묵향 19
묵향의 귀환
격동하는 천하

묵향 19
묵향의 귀환

초판 1쇄 발행일 · 2007년 06월 22일
초판 4쇄 발행일 · 2021년 10월 31일

지은이 · 전동조
펴낸이 · 유용열
기　획 · 김병준
편　집 · 김은희. 유지원
펴낸곳 · 도서출판 스카이미디어

주소 · 서울시 동대문구 용두동 234-35번지 대명빌딩 201호
전화 · (02)922-7466
팩스 · (02)924-4633
E-mail · skymedia62@hanmail.net
출판등록 · 제6-711호

Copyright ⓒ 전동조 2021

값 9,000원

ISBN · 978-89-92133-24-1　04810
ISBN · 978-89-92133-00-5　(세트)

※ 온라인상의 불법 복제물의 유포나 공유는 저작자의 재산권을 침해하는
　중대한 범죄 행위로 관련법에 의거해 처벌 대상이 됩니다.
※ 작가와의 협의에 의하여 인지는 생략합니다.
※ 잘못된 책은 본사나 구입하신 서점에서 교환해 드립니다.

DARK STORY SERIES Ⅱ

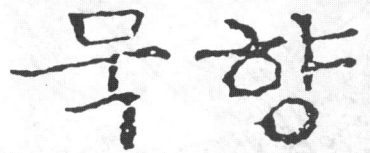
묵향의 귀환

전동조 장편 판타지 소설

19
격동하는 천하

차례
격동하는 천하

이이제이(以夷制夷) …………………………7

격동하는 천하……………………………19

아련한 기억 ……………………………48

양양성으로 가는 길 ……………………62

진실과 거짓 사이 ………………………76

이어지는 인연 …………………………100

흑풍대의 분전과 오해 …………………132

무림 연합과 대 금제국군의 충돌 ………172

차례
격동하는 천하

쓰레기 문파 천지문의 심법 ·············194

대(代)를 이어 가는 우정 ···············222

뜻밖의 결투 ·························236

소림에 돌아온 괴승 ···················257

개방도의 작당 모의 ···················276

어울리지 않는 동행 ···················287

야반도주 ···························299

한 가지 부탁 ·······················310

이이제이(以夷制夷)

 무림맹주와 무림사에 길이길이 남을 협정을 맺은 묵향은, 협정을 마친 무림맹주 일행이 멀어져 가는 것을 보며 투덜거렸다.
 "젠장, 그 빌어먹을 장인걸 때문에 내가 저런 쓰레기들과 손까지 잡아야 하다니……."
 곁에 서 있던 군사 설민은 묵향의 눈치를 살피며 은근슬쩍 입을 열었다.
 "어쩔 수가 없지 않습니까. 제아무리 본교의 힘이 강하다고는 하지만 거대한 제국을 상대로 혼자 싸울 수는 없는 일이 아니겠습니까."
 그 말에 묵향의 안색이 더 일그러지자 설민은 재빨리 머리를 굴려 다급히 말을 이었다.
 "교주님께서 이번 협정에 대해 너무 마음 상해하지 않으셨으면 합니다. 금과의 전쟁 대부분은 정의를 부르짖는 저놈들에게 은근슬쩍 떠넘기고, 본교는 배신자 장인걸을 잡는 데 전력을 다하는 것이 좋지 않겠습니까?"

설민의 그 말은 마음에 들었는지 묵향은 말없이 고개를 주억거렸다.

묵향은 발길을 돌려 수하들과 함께 감숙성 분타로 이동했다. 감숙성 분타는 오래전에 철영 부교주가 몰래 건설해 놓은 곳이었기에, 현재 무림 각지에 건설되고 있는 타 분타들과는 달리 철통같은 방어진을 이미 갖춰 놓고 있었다. 그리고 그곳에는 관지 장로가 흑풍대를 거느리고 비밀리에 이동하여 대기 중이었다.

감숙 분타에 도착한 묵향은 관지 장로를 은밀히 불렀다.

"관지 장로."

"예, 교주님."

"그대는 흑풍대를 이끌고 무한에서 양양성으로 이어지는 방어선을 지키도록 하게."

묵향의 말이 떨어지자 관지 장로의 몸이 끓어오르는 격동에 부르르 떨렸다. 완전무장을 갖춘 흑풍대를 이끌고 감숙 분타에 대기하라는 명령을 받았을 때, 관지는 이미 이런 명령이 떨어질 것을 어느 정도 예상하고 있었다.

하지만 그렇게 생각만 하고 있는 것과 그것이 명령이 되어 자신에게 하달되었을 때는 엄청난 차이가 있다. 그렇기에 묵향의 명령은 짧았지만 그의 가슴은 주군에 대한 감동과 다시금 대 송제국을 위해 한 몸 바쳐 싸울 수 있다는 충성심에 불타올랐던 것이다.

"옛, 목숨을 걸고 명령을 완수하겠나이다."

"아, 목숨을 걸 필요까지는 없네. 자네는 본교에 아주 소중한 인재니까 말일세. 자네는 한 가지만 주의해 주면 돼. 본교가 개입했음을 장인걸이 눈치 채지 못하게 하는 것, 알겠나?"

"옛, 교주님의 말씀 명심하도록 하겠습니다."

"자네만 믿겠네. 어찌 되었건 한시가 급하니 지금 바로 떠나는 것이 좋을 게야."

"존명!"

관지가 서둘러 흑풍대가 대기하고 있는 막사를 향해 달려가는 뒷모습을 보며 묵향은 미소를 지었다. 피치 못할 사정으로 마교에 몸담고 있기는 했지만, 그는 황실에 대한 충성심과 대송의 앞날을 걱정하는 진정한 장수였다.

"관지가 갔으니 아마도 장인걸이 직접 나서지 않는 한 방어선이 무너질 일은 없겠지."

묵향은 혼잣말로 중얼거린 후, 뒤돌아서서 설민 군사에게 말했다.

"자, 이제부터 금을 박살 낼 계책이나 의논해 보기로 할까?"

그러자 설민은 약간 난감한 기색으로 자신의 생각을 말했다.

"상대는 문파가 아니라 불붙듯 강렬한 기세로 일어서고 있는 거대한 제국입니다, 교주님. 아무리 무림맹과 연합했다고는 하나 쉬운 상대가 아니지 않겠습니까? 거기에다가 더욱 안 좋은 것은 송 황실을 도무지 믿을 수가 없다는 점입니다."

설민의 자신 없어 하는 말투에 묵향의 인상이 팍 일그러졌다.

"이런 망할! 자네는 머리는 좋은데 왜 그렇게 소심한가! 쯧쯧, 설무지는 안 그랬는데, 어찌 그 핏줄에서 저 모양인지 모르겠군. 잘 들어! 문파나 국가나 다 똑같은 거야. 그놈들을 거대 문파, 그러니까 무림맹이 조금 더 커졌다고 생각하고 기탄없이 말해 보란 말이야!"

묵향의 질책에 설민은 얼굴을 붉히며 슬쩍 고개를 숙였다. 하필이면 아버지와 비교해서 말하다니…….

사실 지략으로만 따진다면 자기 아버지를 능가한다고 자부하는 설민이었다. 다만 문제가 있다면 그의 아버지와 그가 처한 환경이 달랐다는 점이다.

설무지는 묵향의 전폭적인 지지를 등에 업고 자신의 계책을 원 없이 펼쳐 볼 수 있었다.

하지만 그에 비해 설민은 어떠했나? 교주는 행방불명이 된 상태였고, 고집불통의 늙은 아버지와 용과 범같이 무섭기 짝이 없는 말 안 듣는 부교주들 사이에 끼어 수많은 눈치를 봐야만 했다. 그러다가 아버지가 돌아가신 후, 그가 군사의 자리에 올랐을 때 두 부교주 간의 힘의 균형을 맞추는 데 온 신경을 집중해야 했다. 만약 거기에 실패했다면 마교는 곧장 내전으로 치달았을 테니 말이다.

대국적 견지에서 마교의 중흥을 꾀하는 것도 좋다. 설민도 그걸 알고는 있었지만, 실행할 여유조차 없었다. 금방이라도 터질 듯 아슬아슬하기 그지없는 마교의 상황을 유지해 나가는 것만으로도 그에게는 너무나도 벅찬 일이었던 것이다.

그것이 오랜 세월 지속되다 보니 자연 설민은 윗사람의 눈치를 보는 성격을 지니게 되었다. 하지만 아무리 그의 성격이 그렇다고 해도, 그도 자존심이 있는 사람이었다. 묵향의 말에 울컥하지 않는다면 그는 사람이 아닐 것이다.

　설민은 마음을 굳게 먹고 묵향을 똑바로 바라보며 입을 열었다. 하지만 마음과는 달리 처음에는 제법 컸던 목소리가 말이 이어질수록 조금씩 작아지고 있었다.

　"병법에 이르기를 적의 기세가 강할 때는 피하라고 했습니다. 정면에서 승부하는 것보다는 그들을 피로하게 하여 자신들이 지닌 바 힘을 제대로 발휘하지 못하게 하는 것이 선결 과제일 것입니다."

　묵향은 짜증스럽다는 표정으로 소리쳤다.

　"그래서 뭘 어떻게 해야 한다는 말이야! 그 방법을 말해 보란 말이야!"

　묵향의 노성에 찔끔한 설민은 아까보다 더욱 작아진 목소리로 중얼거렸다.

　"속하의 생각으로는 이이제이(以夷制夷)의 병법을 쓰는 것이 어떨까 하는데……."

　"뭐! 이이제이?"

　아무래도 묵향의 표정을 보아하니 자신의 생각을 탐탁치 않게 생각하는 듯하자 설민은 고개를 팍 숙이고 정신없이 중얼거렸다. 그러면서 속으로는 왜 묵향의 말에 자신이 울컥했는지 가슴을 치고 싶은 설민이었다.

　"예, 그러니까 이쪽에서 금을 치기 전에 먼저 이민족들의 힘을 빌리는 편이 좋지 않겠습니까? 그러면 금은 이민족도 상대해야 하고, 이쪽도 상대해야 하고……."

　"그렇지. 바로 그거야! 홍진 장로."

설민의 생각과는 달리 묵향은 이이제이의 계책이 마음에 들었는지 흡족한 표정으로 고개를 끄덕이며 마교의 정보를 총괄하고 있는 비마대 대주인 홍진 장로를 불렀다.

"예, 교주님."

"금을 칠 만한 세력이 있는가? 참, 그러고 보니 요의 잔존 세력들이 아직 남아 있다고 들었는데 그들의 세력은 어떤가?"

묵향의 질문에 홍진 장로는 자신이 아는 대로 대답했다.

"그들을 이용하기는 힘들 것 같습니다. 아직 남아 있기는 하나 현재 잔존하고 있는 요의 세력은 조만간에 붕괴될 것이 확실합니다. 뛰어난 인재가 있어 구심점 역할만 제대로 해 준다면 얘기가 달라질 수도 있겠습니다만……. 현 상황에서 인재를 키울 여유도 없지 않겠습니까?"

"흠, 그렇다면 요의 잔존 세력은 도무지 도움이 안 된다 그거로군. 그렇다면 고려는 어떤가?"

고려라는 말에 홍진 장로는 생각할 것도 없다는 듯이 단호하게 말했다.

"고려의 군사력이 강하다고는 하지만 그들이 나설 이유가 없습니다. 괜히 금과 전쟁을 해 봐야 잃는 것은 많아도 얻을 것은 하나도 없으니 말입니다."

자신의 계책을 묵향이 받아들인 듯하자 설민은 자신감을 얻었는지 슬쩍 입을 열었다.

"교주님, 이미 많은 것을 가지고 있는 고려는 불가능하겠지만, 몽고족이라면 이야기가 다르지 않겠습니까? 교주님께서도 잘 아시다시피 그들은 척박한 환경에서 생활하는 자들입니다. 이쪽에서 뭔가 그럴듯한 대가만 약속해 준다면 전쟁쯤이야 불사하지 않겠습니까?"

설민의 말에 묵향이 고개를 가로저으며 중얼거렸다.

"대 송제국에게 막대한 피해를 입은 지 그렇게 오랜 세월이 흐르지도 않았지 않은가? 더군다나 몽고를 일통할 만한 실력자도 없다고 들었는데……."

오래전 찬황흑풍단에 소속되어 자신의 손으로 몽고를 휩쓸었던 묵향이었기에 설민의 의견에 회의적인 생각이 들었던 것이다. 홍진 장로 또한 설민의 의견에 찬동할 수 없다는 듯 고개를 저으며 말했다.

"흠, 설민 군사. 내가 받은 정보로는 몽고 쪽도 힘들 것 같소. 누군가가 몽고를 일통할 만큼 큰 세력을 지닌 것도 아니고, 군소부족들은 각자 족장의 뜻에 따라 자신들의 이익에 따라 이전투구(泥田鬪狗)를 벌이고 있는 실정이오. 특히 몽고의 동남쪽에 위치한 족장들은 상당수 금 쪽에 붙기 시작하고 있다고 들었소. 그들로서는 금과 연합하여 요의 잔당들을 치는 쪽이 매우 실속 있는 선택이라고 생각할 테니 말이오."

그 말에 자신 있게 앞으로 나섰던 설민의 고개가 팍 수그려졌다. 잠시 생각을 정리하던 묵향이 홍진 장로에게 물었다.

"금에 가장 협력적인 부족은 어딘가?"

"몽고에서도 흉폭하기로 손가락에 꼽힌다는 타타르 부족입니다."

묵향은 빈정거리듯 말했다.

"호오, 흉폭하기 그지없다고? 그렇다면 원수질 일 또한 적지 않앉겠군. 그 주위에 있는 족장들 중에서 타타르족이라면 이를 가는 족장들이 당연히 있을 거야. 안 그런가?"

"물론 그런 부족도 있습니다. 테무진이라는 젊은 부족장이 타타르족 사람들을 가장 증오한다고 하더군요. 하지만 그가 지닌 세력은 너무 보잘 것이 없어……."

홍진 장로는 대수롭지 않은 듯 대답했지만, 묵향의 생각은 달랐다. 묵향은 흥미롭다는 듯 눈을 빛내며 질문을 던졌다.

"그래? 왜 그렇게 증오한다고 하던가?"

"그의 아버지를 독살했다고 하더군요."

그 말에 묵향은 고개를 주억거리며 말했다.

"흠, 과연 증오할 만도 하군. 그래, 그가 몇 살 때 아버지를 잃었지?"

왜 그런 것을 교주가 궁금해하는지 의아해하면서도 홍진 장로는 성실하게 대답했다. 사실 묵향이 행방불명된 후, 비마대는 그를 찾기 위해 엄청난 노력을 투자했다. 심지어 개방이나 무영문 쪽의 정보까지도 슬그머니 사들였을 정도였으니 더 이상 말할 필요조차 없을 것이다. 그랬기에 홍진 장로가 몽고의 상황을 자세히 파악하고 있는 것도 당연하다면 당연한 일이었다.

"언젠지는 정확히 알 수 없지만, 그가 어렸을 때라는 것은 확실한 모양입니다."

"좋아, 바로 그 녀석으로 하자. 몽고는 그야말로 치열한 약육강식의 세계야. 아무리 뛰어난 족장이었다고 해도, 그가 죽은 후 그의 부족이 유지되었을 리가 없지. 모두 뿔뿔이 흩어지는 게 정상이니까 말이야. 그런 와중에 젊은 나이에 자신의 힘으로 그 정도까지 세력을 키운 것을 보면 보통 놈은 아니야. 조금만 도와주면 타타르를 박살 내 버릴 거야."

묵향이 테무진을 선택한 데는 과거 몽고 원정 때의 경험이 큰 영향을 미쳤다. 과거 철진천이라는 거목을 뒤에서 기습해서 척살하자마자 그를 따르던 몽고 부족들은 순식간에 흩어져 버렸지 않았던가. 그들에게 있어서 이미 죽은 자에 대한 의리 따위는 눈곱만큼도 중요한 것이 아니었다. 그렇게 해야만 살아남을 수 있을 정도로 몽고의 대지는 척박했던 것이다.

더군다나 흉폭하기 그지없다는 타타르 부족이 그 아버지를 죽이고 후환이 될지도 모르는 그의 핏줄을 살려 둘 리가 없었다. 그런데도 살아남았을 뿐만 아니라 약간의 세력까지 유지하고 있다면 테무진이라는 부족장의 능력이 매우 뛰어나다는 것을 증명하는 것이나 마찬가지였다. 묵향은 홍진 장로가 던진 말 몇 마디에 테무진이 충분한 이용 가치가 있다고 확신했던 것이다.

금에 협조적인 부족을 없애려면 어차피 누군가를 하나 택해서 키워 줘야 했다. 그래서 타타르 부족을 가장 증오하는 자를 물어본 것이었는데, 그 부족장이 능력까지 겸비하고 있다니 그야말로 금상첨화가 아니겠는가.

묵향이 고개를 주억거리자 설민과 홍진 장로는 의아하다는 듯이 바라보았다. 그들로서는 교주가 왜 세력도 미미한 테무진이라는 부족장을 선택했는지 이해할 수가 없었던 것이다.

묵향은 자신의 생각대로 테무진이 타타르를 박살 냈을 때를 가정해 봤다.

"아마 그때쯤이면 장인걸이 요를 끝장내 버렸을 거야. 요가 없어지면 몽고와 금은 국경을 마주하게 되지. 그때, 테무진을 충동질해서 금을 괴롭히게 만든다면……."

생각을 정리한 묵향은 곧장 고개를 설민 쪽으로 돌리며 지시했다.

"홍진 장로가 말한 그 테무진이라는 족장을 우리 쪽으로 끌어들여라. 물론 타타르 부족을 상대할 수 있도록 지원을 해 주겠다며 말이야."

설민은 묵향의 명령이 납득되지는 않았지만 하늘같은 교주의 명령에 감히 토를 달지 못하고 어쩔 수 없이 대답했다.

"옛, 교주님."

묵향은 흐뭇한 표정을 지으며 중얼거렸다.

"장인걸, 그 광활하기 그지없는 대지를 모두 다 지키려면 쉬운 일이 아닐 거다. 흐흐흐."

혼자 좋아하고 있는 묵향을 향해 홍진 장로가 난처하다는 듯한 어조로 말했다.

"교주님, 다시 한 번 생각해 보시는 게 어떻겠습니까? 물론 테무진이 이이제이 병법의 적임자일 수도 있지만, 그의 세력은 너무나도 보잘 것이 없습니다. 오히려 세력이 큰 케레이트족의 수장 옹칸을 끌어들이는 것이 낫지 않겠습니까? 그는 남부 몽고에서 가장 강대한 세력을 지니고 있을 뿐만 아니라, 오랜 세월 송과 교역을 해 왔기에 협상의 묘미를 잘 알고 있는 족장입니다. 그렇기에……."

묵향은 더 이상 들을 것 없다는 듯 확정적으로 말했다.

"본좌는 테무진이 적격이라고 생각한다."

하지만 홍진은 필사적으로 간언했다. 사실 그가 생각했을 때, 교주의 계획은 너무나도 실현 가능성이 없었던 것이다.

"그렇지만 그를 끌어들여 봤자 본교의 지원이 없다면 그다지 쓸모가 없지 않겠습니까? 어느 정도 타타르와 대항할 수 있는 세력을 만들려면 무사나 물자를 지원해 줘야 할 텐데, 그렇다고 본교의 무사를 보내 줄 수도 없지 않습니까? 더군다나 그가 있는 곳은 몽고의 동북부입니다. 물자를 지원하는 것도 결코 녹록한 일이 아닙니다, 교주님."

홍진 장로는 동의를 구하려는 듯 설민을 바라보았다. 그러나 설민은 난처한 표정을 지으며 얼른 고개를 돌려 홍진 장로의 시선을 외면했다. 그 모습에 홍진 장로는 내심 설민에게 이를 갈며 말을 이었다.

"테무진을 어느 정도의 세력까지 키워 주기 위해서는 그야말로 막대한 양의 물자를 지원해 줘야 하는데 그 물자를 어떻게 전달한단 말입니까? 드넓은 몽고 벌판을 가로질러야 합니다. 충분한 호위를 붙여야 할 텐데, 언제 장인걸과 전면전이 벌어질지 모르는 상황에서 그렇게 많은 고수들을 뺄 수 있겠습니까? 잘해 봐야 자성만마대가 한계일 겁니다. 그리고 가장 중요한 것은 그 정도 세력이 이동한다면 장인걸이 눈치 챌 수도 있다는 점입니다. 장인걸 또한 사방에 첩자들을 깔아 놨을 테니 말입니다."

홍진 장로의 말이 꽤 그럴듯하자 딴청을 피우던 설민이 슬그머니 끼어들었다.

"홍진 장로의 의견도 일리가 있습니다. 물자를 호위하기 위해 많은 무사들을 움직인다면 무영문이 눈치 챌 게 불 보듯 뻔합니다. 무림맹과 협약을 맺은 지도 얼마 되지 않았는데, 우리가 아무 해명

없이 그 정도 세력을 움직인다면 괜한 의심만 살 수도 있습니다."

설민의 말에 묵향도 일리가 있다는 듯 고개를 끄덕였다. 하지만 곧 무슨 생각을 했는지 설민을 향해 단호한 목소리로 명령을 내렸다.

"본좌가 직접 이 일을 처리하겠다. 무림맹과 장인걸의 눈을 피하기 위해 최소한의 병력으로 움직일 것이니 군사는 장영길 장로에게 통보해서 자성만마대 대원들 중에서 5백 명만 차출해 두라고 일러라."

"교, 교주님. 그 정도 일로 교주님께서 직접 가신다는 것은……."

"왜, 본좌가 가면 어때서? 본좌가 못 미덥다는 말이냐?"

홍진 장로는 당황한 듯 다급히 고개를 저었다.

"저, 절대로 그런 뜻은 아닙니다, 교주님. 교주님께서 가신다면 무슨 걱정이 있겠습니까? 하지만 지금 교주님께서 자리를 비우신다는 것이……."

묵향은 손을 쓱 쳐들며 홍진 장로의 말을 막았다.

"그건 걱정할 필요가 없다. 몽고에서의 일을 끝낸 후, 곧바로 남하할 테니 남은 일은 너희들이 잘 처리해 주리라 믿는다. 만약 돌아왔을 때, 일처리가 시원치 않았을 때는……."

그러면서 묵향은 설민과 홍진 장로를 힐끗 노려봤다. 그러자 그 둘은 찔끔하며 이구동성으로 외쳤다.

"기대에 부응하도록 최선을 다하겠습니다, 교주님."

사실 묵향이 지금 자리를 비울 생각을 할 수 있었던 것도, 막강한 마교의 힘을 믿었기 때문이다.

격동하는 천하

 정사를 대표하는 거두들이 사이좋게 협정서를 교환한 역사적인 날, 묵향은 바로 그날 흑풍대를 파견한 후 다음에 시행할 작전을 수립한다고 바빴다. 그렇다면, 철천지원수지간인 양쪽이 협정서를 맺도록 도와준 옥화무제는 무엇을 하고 있었을까? 양쪽에서 사례로 받은 선물들을 앞에 수북이 쌓아 두고 득의만만한 미소를 띠고 있었을까? 사실 그러고 있어야 함이 정상이겠지만, 현실은 그렇지 못했다. 그녀는 지금 끓어오르는 울화를 삭이느라 얼굴이 시뻘겋게 달아올라 있는 상태였다.
 옥화무제는 이가 갈리는 듯한 암울한 음성으로 중얼거렸다.
 "지금 뭐라고 했지요?"
 옥화무제의 질책에 총관은 기어 들어가는 목소리로 대답했다.
 "그러니까…, 지금 남경에서 새로운 황제가 즉위식을 올렸다고."

옥화무제는 치밀어 오르는 울화를 참지 못하겠는지 자신이 앉아 있는 의자의 손잡이 부분을 꽉 움켜쥐었다. 그만큼 지금 총관의 보고가 그녀의 속을 뒤집어 놓았던 것이다.

"이런 빌어먹을! 지금 그걸 말이라고 하는 거예요? 정강의 변으로 황제와 상황제 그리고 대소신료들은 모두 다 금에 잡혀가 버렸어요. 이런 상황에서 누군가 황실의 인물을 끄집어내어 무조건 즉위식만 올리면 되는 것이었는데, 그걸 본문이 주도하지 못했다는 게 말이 되요?"

"하, 하지만 정강의 변 이래 워낙 많은 일들이 갑작스레 벌어졌고…, 그리고 태상문주님께서도 자리를 비우셨던 터라……."

콰직!

옥화무제가 움켜쥐고 있던 의자의 손잡이 부분이 그녀의 악력을 견디지 못하고 거친 소리를 내며 터져 나갔다. 울화를 참지 못한 옥화무제가 자신도 모르게 손에 힘을 너무 준 것이다. 하지만 그것만으로는 치밀어 오르는 화를 어쩔 수 없었던지 옥화무제는 이를 으드득 갈며 거칠게 탁자를 내리쳤다.

"아무리 본녀가 없었다고 하지만, 그걸 주도할 인물이 하나도 없었다는 게 말이 되나요?"

꽝!

그녀의 분노 어린 주먹에 탁자는 가루가 되어 흩날렸다. 순간 보고를 올리던 총관은 찔끔하며 고개를 푹 숙였다. 옥화무제는 그런 총관을 한동안 못마땅한 듯 노려보다 한숨을 푹 내쉬었다. 수하의 모자람을 이제 와서 탓해 봐야 무슨 소용이 있겠는가.

"휴우~, 본문의 규모는 더욱 커졌지만, 너무나도 인재가 없군요, 인재가……."

자신의 딸인 문주라도 그녀가 없는 동안 제대로 일을 처리했다면 상황이 이렇게 어처구니없이 흐르지는 않았을 것이다. 무영문이 환관 동관을 배후에서 움직여 천하를 농락할 수 있었던 것도 옥화무제가 있었기 때문이다.

하지만 옥화무제라는 존재가 없다면 그것이 가능했을까? 옥화무제가 안타까워하는 것도 바로 그것이었다. 자신과 같은 걸출한 인재가 무영문에 한 명 더 없다는 사실이.

황제, 상황제와 함께 고위 관료 3천 명이 금에 끌려가 버린 지금 송은 먼저 황제를 즉위시킨 자가 권력을 잡을 수 있는 상황이었다. 무영문은 정보 단체인 만큼 끌려가지 않은 모든 황족들의 위치도 알고 있었고, 그중 하나를 황제로 즉위시킬 힘도 지니고 있었다. 그런데 무영문이 비상할 수 있는 그 절호의 기회를 놓쳐 버린 것이다.

그런 옥화무제의 분노 어린 눈길을 받으며, 총관은 그것이 모두 자신의 책임인 양 고개를 들지 못했다. 총관을 날카롭게 노려보던 옥화무제는 긴 한숨을 내쉬며 마음을 안정시키기 위해 노력했다.

사실 이 모든 것이 총관의 잘못은 아니지 않은가. 자신의 딸인 문주의 잘못이요, 또 손녀인 부문주의 잘못이었다. 그리고 문주와 부문주를 제대로 보좌하지 못하고 있는 그 나이만 헛먹은 장로들의 잘못이기도 했다.

노력은 했지만, 아직 울화가 가라앉지는 않았는지 옥화무제의 목소리는 거칠게 흔들렸다.

"그래, 누가 신황제를 옹립하는 데 주축이 된 것인가요?"

"진회(秦檜)라는 자입니다."

잠시 고개를 갸우뚱거리며 기억을 더듬어 봤지만 떠오르지가 않았다.

"진회? 그가 어떤 인물인지 철저히 조사해 보세요."

"이미 조사해 보라고 일렀습니다. 현재까지 올라온 자료를 봤을 때, 지방의 하급 관료로서 그렇게 특별한 데는 없는 인물인 듯합니다."

총관의 말을 듣고 보니 오히려 이제는 허탈한 심정까지 드는 옥화무제였다. 아예 이름도 들어 보지 못한 지방의 하급 관료 따위가 황제를 옹립하다니.

그녀는 긴 한숨을 내쉬며 총관을 향해 입을 열었다.

"허, 그런 인물이 황제를 옹립하도록 그저 멍하니 보고만 있었다니……."

총관은 다시 고개를 푹 수그리며 입을 열지 못했다.

"그와 접촉을 한번 해 보세요. 이렇게 손놓고 가만히 있을 수는 없는 노릇이 아닙니까?"

"예, 명대로 따르겠습니다, 태상문주님."

"아참, 그리고 혹시 신황제에 불만을 품고 있는 황족이나 세력이 있는지 조사해 보도록 하세요. 만약 진회라는 자가 우리와 손을 잡기를 거부한다면 그쪽으로도 생각해 봐야 할 테니까요."

"옛."

바로 이때, 문을 두드리는 소리가 들려왔다. 총관은 살짝 인상을 찡그리며 재빨리 문 쪽으로 갔다. 밖에 서 있던 문사 차림의 중년인 하나가 총관이 나오자마자 귀에다가 뭔가 소곤소곤 소식을 전한 다음 총총히 물러갔다. 총관은 재빨리 되돌아와 태상문주에게 방금 들어온 정보를 전했다. 마교와 관련된 특급 정보였던 것이다.
"방금 들어온 정보에 따르면, 마교의 흑풍대가 이동을 시작했다고 합니다."
마교에 흑풍대라는 단체가 있음을 알고 있는 자는 극소수였다. 그들은 20여 년 전 마교의 내분 때만 활약했을 뿐, 무림에 모습을 드러낸 적이 단 한 번도 없었기 때문이다. 하지만 무영문의 경우, 마교에 대해 유독 촉각을 곤두세우고 있었던 터라 이미 그들의 정체를 알고 있었다.
그건 묵향의 공포스러운 능력을 일찍이 간파한 옥화무제의 명에 의해, 마교와 관련된 것이라면 아무리 작은 것 하나라도 놓치지 않을 정도로 철저하게 정보를 긁어모았기 때문이다.
"흑풍대가?"
말은 그렇게 했지만 그건 이미 옥화무제가 예상하고 있던 것이었다. 마교의 실질적인 목표는 금이 아니라 장인걸이었다. 장인걸도 바보가 아닌 이상 마교가 개입했다는 것을 눈치 챘다면 모종의 대비를 해 올 것이 분명했다.
그것을 미리 차단하려면 장인걸의 촉각에 걸리지 않을 만큼 마교의 냄새를 풍기지 않으면서도 충분히 강력한 단체를 파견할 것이 틀림없었다.
그리고 그 모든 조건을 갖춘 것은 마교 내에서 흑풍대밖에 없었다. 더군다나 흑풍대의 간부들은 모두 다 찬황흑풍단의 무장 출신이었다. 금군을 상대로 한 대규모 접전에도 경험이 풍부할 것이 분명했다.

"예, 난주 인근의 관도를 빠른 속도로 이동 중인 것이 포착되었다고 합니다."

그 말은 옥화무제도 예상하지 못한 것이었다.

흑풍대는 통상적인 마교의 단체들과 달리 엄청난 중무장을 갖추고 있는 데다가 기마대이기에 아주 눈에 잘 띄는 무력 단체였다. 그런 그들이 십만대산 주위가 아닌 난주 인근에서 갑자기 모습을 드러낼 수는 없는 노릇이었다. 그것은 마교와 무림맹이 협정서를 조인하기 훨씬 이전에 흑풍대가 움직이고 있었음을 증명하는 것이나 다름없었다.

"분명 난주 인근이라고 했나요?"

"옛, 태상문주님."

"흠, 그렇다면 그 정도 병력이 감쪽같이 숨어 있을 만한 규모의 비밀 분타가 그 근처에 있다는 말이군요. 몇 개 조를 투입해서 비밀 분타의 위치를 파악해 두도록 하세요. 나중에 혹시 필요할지도 모르니까요."

"옛."

묵향이 이토록 빨리 움직이기 시작할 줄이야. 물론, 장인걸에게 하루라도 빨리 복수하고 싶은 그의 마음은 십분 이해할 수 있었다. 묵향이 장인걸에 대한 복수를 완성했을 때, 바로 그때가 금이 멸망하는 순간일 것이다. 장인걸 없이 금이 버틸 재간은 없을 테니 말이다.

금의 멸망.

"뿌드드득!"

금에 대한 일만 생각하자 도저히 감정을 주체할 수 없는지 그녀의 이빨이 갈리기 시작했다. 그놈의 금 때문에 자신이 얼마나 큰 피해를 당했던가. 그녀 또한 묵향 못지않게 금에 대해 원한이 많기는 마찬가지였던 것이다.

"흑풍대가 목적지에 최대한 빨리 도착할 수 있도록 적극 지원해 주도록 하세요."

"옛."

"그리고 난주 쪽에서 중무장을 한 기마대가 움직이고 있다는 것을 안다면 장인걸이 괴이하게 생각할 거예요. 이쪽에서도 수많은 첩자를 운용하고 있듯, 저쪽의 첩자들도 사방에 깔려 있다고 봐야 하지 않겠어요? 그들의 첩보망을 철저히 교란하도록 하세요."

"명심하도록 하겠습니다."

몇 달 전 묵향에게 먼지 나게 쥐어 터지진 후, 초류빈은 또다시 심기일전하여 수련에 매진하고 있었다. 이것 외에는 그 꿈에 볼까 두려운 인간의 마수에서 벗어날 길이 없다고 느꼈기 때문이다.

"내가 왜 무공을 가르쳐 주겠다는 그 말에 혹해서 이곳까지 따라 왔는지. 내가 미쳤지, 젠장!"

초류빈은 식사를 마친 후, 식사와 함께 보내진 독한 화주 세 병을 마시며 푸념을 하고 있는 중이었다. 묵향을 다시 만난 이후부터 느는 것은 무공이 아니라 주량이었던 것이다.

"아무래도 솔잎을 헤아렸다는 것은 순 거짓말인 것 같고, 뭔가 엄청난 무공을 비밀리에 수련한 것 같은데…, 그게 뭔지 모르겠단 말씀이야?"

아무리 주량이 늘었다지만 안 좋은 기분에 독한 화주를 계속 마시자 취기가 조금씩 올라왔다. 하지만 내공을 일으켜 억지로 취기를 억누르지는 않았다. 취한 기분에 속에 있는 불만을 이렇게라도 토해 내지 않으면 울화가 쌓이고 쌓여 주화입마라도 될 것 같았기 때문이다.

또다시 술병을 들어올려 벌컥벌컥 들이켠 후, 초류빈은 도저히 참을 수 없다는 듯 울분에 찬 어조로 외쳤다.

"화경에 들었다면 그래도 중원에서 열 손가락 안에 꼽히는 초강자잖아, 젠장. 그런데 화경에 들면 뭘 해! 그 빌어먹을 새끼한테는 통하지도 않는데. 그나마 성격이라도 좋으면 스승처럼 모시며 존경심이라도 갖지."

혼자 중얼거리던 초류빈은 생각할수록 울화가 치미는지 또다시 술병을 들어 벌컥벌컥 들이켰다. 취기가 오르자 슬슬 속에 쌓여 있던 불만이 거친 욕설과 함께 튀어나오기 시작했다.

"크아, 그나저나 예전에 사부가 말씀하시기를 무공을 대성하기 위해서는 먼저 인성을 제대로 닦아야 한다더니 말짱 다 개소리였어. 그렇지가 않다면 저 극악무도한 놈이 어떻게 그렇게 엄청난 무공을 익히고 있는지 아무리 생각해 봐도 설명이 안 되잖아."

초류빈은 묵향을 만나기 전까지 무공을 사사받았던 예전의 사부, 즉 초씨세가의 전대 가주의 말을 떠올리며 투덜거렸다. 사부는 어느 정도의 무공까지는 숙달만 하는 것으로 충분하겠지만, 그 한계를 뚫고 깨달음을 얻어 무공을 대성하기 위해서는 폭넓은 자연의 이해와 삶에 대한 성찰이 필요하다고 강조했었다. 그러면서 명상을 통해 자연의 소리와 내면의 소리에 귀를 기울이라고 조언했었다.

하지만 곧 초류빈은 고개를 흔들었다. 왜냐하면 자신은 그딴 성찰 따위는 하나도 하지 않고 오로지 묵향에게 맞지 않겠다는 일념, 그것 하나만으로 악착같이 무공을 익혀 화경에 올랐다는 사실이 떠올랐기 때문이다.

"휴우~, 그 빌어먹을 놈 때문에 내 창창한 인생도 이렇게 비루하게 썩다가 종치게 되는구나. 으, 생각만 해도 치가 떨리네. 빌어먹을 새끼!"

얼큰하게 취한 초류빈이 묵향을 떠올리며 이를 갈 때였다.

"뭐시라?"

갑자기 등 뒤에서 치미는 울화를 참고 있는 듯한 괴이한 울림을 간직한 목소리가 들려왔다.

"헉!"

바로 뒤에 누군가 있었다. 초류빈은 순간 취기가 확 달아나며 등 뒤로 식은땀이 흘러내리는 것을 느꼈다. 도대체 누가 있어서 자신의 지척까지 기척을 숨기고 접근할 수 있다는 말인가? 초류빈은 도(刀)를 움켜쥐며 재빠르게 뒤로 돌아서며 외쳤다.

"누구?!"

퍽!

초류빈은 순간 머리를 뒤흔드는 듯한 고통을 느끼며 바닥에 나뒹굴었다. 얼마나 호되게 가격당했는지 눈알이 튀어나올 것만 같았다. 돌아섬과 동시에 머리를 공격당했던 것이다. 하지만 아픔보다는 어이가 없었다. 화경에 다다른 자신이 아무리 술에 취했다고는 하지만 상대가 이토록 가까이 다가설 때까지 기척조차 느끼지 못했다니 도저히 믿기지가 않았다.

초류빈이 비틀거리며 일어설 때 억지로 울화를 참고 있는 듯한 억눌린 목소리가 들려왔다. 초류빈은 그 목소리를 듣는 순간 왠지 온몸에 힘이 쭉 빠지며 두려움에 떨어야 했다. 그만큼 그 목소리가 전해 주는 공포감은 소름 끼칠 만큼 끔찍했던 것이다.

"네놈이 본좌를 그렇게 생각하고 있었단 말이지? 애써 무공도 가르쳐 주고, 먹여 주고, 입혀 줬더니 하는 소리 봐라! 오냐, 안 그래도 장인걸 그놈 때문에 짜증이 났었는데. 마침 너 잘 걸렸다. 이 배은망덕한 놈, 어디 죽어 봐라."

순간 초류빈의 얼굴이 새하얗게 질렸다. 그제서야 상대가 누군지를 알아차렸기 때문이다. 상대가 누군지 확인된 그 순간, 그의 머릿속에는 그토록 무공을 익혔는데도 불구하고 아직까지 묵향의 기척조차 느끼지 못하는 자신의 무능력이 그저 원망스러울 따름이었다. 그리고 그런 무시무시한 상대에 대해 아예 반항할 엄두조차 나지 않았다. 자신의 무공이 어느 정도 경지라는 자각보다는 상대가 안겨 주는 공포감이 먼저 떠올랐기 때문이다.

사실 아무리 묵향이라도 화경에 오른 초류빈의 감각을 속이고 이토록 가깝게 접근해 올 수는 없었다. 하지만 그것은 초류빈이 정상적일 때의 얘기다. 지금처럼 술에 취해 있을 때는 해당 사항이 없는 것이다.

묵향을 따라 마교에 들어온 후, 초류빈이 매일 당한 것은 지독한 구타였다. 일단 몸이 느껴야 대성한다는 괴상한 지론 아래 묵향은 초류빈에게 비무 아닌 비무를 강요했다. 그 덕분에 초류빈의 무공이 급상승한 것은 사실이다. 하지만 얻은 것이 있으면 잃는 것도 있는 법. 그는 묵향 앞에서는 고양이 앞의 쥐였다. 지금까지 그가 무슨 짓을 해서라도 더욱 높은 경지의 무공을 연성하려고 노력해 온 것도, 다 이 악몽과도 같은 현실에서 벗어나기 위한 발버둥이었다.

초류빈은 어색한 미소를 지으며 얼른 묵향에게 변명하려고 했다. 안 그러면 맞을 테니까 말이다.

"저, 제가 잠시 술에 취해서 미쳤나……."

하지만 채 말을 끝내기도 전에 분노에 찬 묵향의 발길질에 무자비하게 짓밟혀야만 했다.

퍽! 퍽!

"으아아악! 제발 한 번만……."

초류빈은 아예 반항할 생각조차 못하고 최대한 몸을 움츠려 맞는 부위를 최소화하려고 애썼다. 그리고 자신도 모르게 공력을 끌어올려 몸을 보호했다. 묵향의 무자비한 구타에 본능적으로 행한 행동이었지만 설마 그것이 묵향의 분노를 더욱 돋울 줄이야 누가 알았겠는가.

"호오, 호신강기(護身剛氣)? 몇 대 쥐어 패고 용서해 주려 했더니 감히 호신강기를 일으켜 저항을 해!"

그 말을 듣는 순간 초류빈은 자신이 왜 그토록 기를 쓰고 무공을 익혔는지 새삼 원망하는 마음이 들었다. 누가 호신강기를 일으키고 싶어서 일으켰나? 자연스럽게 몸이 반응하는 것을 어쩌란 말인가. 초류빈은 모든 것을 포기하고 그저 빨리 묵향의 분노가 끝나기만을 참고 기다려야 했다.

사실 묵향이 자신을 죽이자고 패는 것도 아니었고, 그도 구타라면 당할 만큼 당한 강골이 아닌가. 묵향이 처음에 초류빈에게 무공을 가르쳐 줄 때 우선 몸으로 먼저 느끼는 것이 진전이 빠르다며 무자비한 구타를 가했기 때문에, 맞는 것이라면 이미 이골이 난 상태였다. 몸을 살짝살짝 비틀어 통증을 최소화하는 기법에 있어서는 아마 무림 내에서 초류빈을 따를 자가 없을지도 몰랐다.

초류빈은 적당히 비명도 질러가며 묵향의 눈치를 힐끔힐끔 살폈다.

'이쯤 했으면 화가 풀릴 때도 됐는데……?'

그러다가 어느 정도 묵향의 표정이 누그러졌다는 생각이 들자 초류빈은 한껏 불쌍한 표정을 지으며 사정했다.

"잘못했습니다. 오랜만에 술을 마시다 보니, 술에 취해 그만……."

"호오, 아까는 극악무도한 성격이라며? 취중진담이라고 하지 않았냐? 네가 평상시에 생각하는 내 모습이 그런 모양인데 말이야."

초류빈은 무슨 소리를 하느냐는 듯 고개를 세차게 흔들었다.

"아니, 제가 감히 그런 말을 했단 말입니까? 결코 그럴 리가 없습니다. 어떻게 본교가 배출한 가장 위대하신 지존께 제가 그런 망발을 입에 담을 수 있다는 말씀이십니까? 아마 잘못 들으신 거겠죠."

넉살 좋은 그 말에 묵향은 기가 막힐 수밖에.

"어엇? 이 녀석이 무공은 안 늘고 아부만 늘었군."

"그럴 리가 있겠습니까? 제 말은 진실이라니까요."

어차피 입에 발린 소리라는 것을 알고는 있었지만 묵향은 더 이상 따지지는 않았다. 그보다는 초류빈에게 할 말이 있었기 때문이다.

"좋아. 그건 그렇다 치고. 너, 나 좀 따라와라."
"예? 어, 어디 가십니까?"
"이번에 일이 생겨 몽고에 가야 하는데 혼자 가자니 심심해서 말이야. 더군다나 명색이 부교주라는 놈이 허구한 날 처박혀서 밥만 축내고 있지 말고 일을 해야 할 거 아냐!"

묵향의 말에 초류빈의 안색이 팍 일그러졌다. 쉽게 말해 몽고까지 가며 심심하면 쥐어 팰 상대가 필요하다는 말이 아닌가. 마교 내에서 묵향의 등쌀에 견딜 수 있는 자라고 해 봐야 자신과 천리독행 정도였다. 하지만 천리독행은 몸이 완쾌된 지 얼마 되지 않았으니 만만한 건 자신뿐이었을 것이다.

초류빈은 얼른 표정 관리를 하며 고개를 조아렸다. 괜히 묵향의 심기를 건드려 매를 버는 것은 사양하고 싶었던 것이다.

"물론이죠, 교주님. 하명만 하십시오. 세상 끝까지라도 따라가겠습니다."

싫어도 초류빈은 눈물을 머금고 묵향을 따라가지 않을 수 없던 것이다.

'젠장, 화경에 오르면 편할 줄 알았는데, 어째 좀 더 귀찮아지는 것 같단 말씀이야.'

넓은 정원에는 제철을 만난 듯 수많은 꽃들이 피어 있다. 때는 바야흐로 가을로 접어드는 계절이 아니던가. 벌과 나비가 춤을 추고, 연못 위로는 잠자리들이 쌍으로 날아다니며 알을 낳느라 바쁘게 움직이고 있었다.

주변 경치는 너무나도 아름다웠지만 연못 앞에 선 사내에게는 그런 것이 하나도 눈에 들어오지 않았다. 따사로운 가을 햇살이 내리쬐는 연못에는 수많은 잉어들이 푸른 물살을 헤치며 우아하게 떠돌고 있었지만 그 모습 또한 수심 어린 그의 눈길을 끌지는 못했다.

"가주, 어인 일로 이 시간에 여기 서 계신 것이오?"

하지만 가주가 가만히 서 있자 중년 여인은 가주에게 다가가서 조금 더 큰 목소리로 말했다.

"가주! 어찌 그리 수심에 찬 표정이시오?"

가주는 화들짝 놀라며 재빨리 대꾸했다.

"아, 어머님께서 나오셨습니까?"

가주의 어머니 매화검(梅花劍) 이옥연(李玉然)은 아들의 눈치를 살피며 질문을 던졌다. 그녀는 지금 남궁세가를 떠받치고 있는 네 명의 장로들 중 한 명이었다.

자신의 아들이기에 앞서 남궁세가를 이끌어가는 가주였기에 그녀는 아들에게 존칭을 사용하고 있었다.

"무슨 일로 그러시는 게요?"

"워낙 세상이 뒤숭숭하다 보니 이것저것 생각할 것이 많아서 그렇습니다."

"지금 무림을 뒤흔들고 있는 금 때문인 게요?"

"예."

아들이 고개를 끄덕이자 이옥연은 가볍게 한숨을 내쉬며 말했다.

"무림맹주가 마교와 연합을 결심할 정도니, 그들의 세력이 보통은 넘는 것 같더구려. 하지만 지금껏 무림은 황실의 일에 관여한 적이 없었지 않소? 괜한 싸움에 끼어들어 피를 흘릴 필요는 없겠지요."

"물론입니다, 어머니. 하지만…, 5대세가의 수장이라고 할 수 있는 서문세가에서도 문주께서 직접 가신들을 이끌고 참전하시겠다고 통보를 보내왔습니다."

각 세가는 수직적인 관계가 아니라 수평적인 관계였다. 사실 5대세가라고 불린다고 해서 얻는 것은 명성밖에 없었으니 말이다. 하지만 그들이 무림세가들 중에서 가장 세력이 큰 것이 사실이었고, 그들의 행보에 모든 세가들의 관심이 집중된다는 것 또한 사실이었다.

하지만 다른 세가들과 달리 서문세가만은 그중에서 특별한 데가 있었다. 왜냐하면 세가들 중에서 가장 강력한 세력을 보유하고 있는 데다가, 유일하게 화경의 고수를 배출했기 때문이다.

거기에다가 서문세가는 5대세가의 두 번째라고 할 수 있는 종리세가와 사돈지간을 맺고 있었다. 그가 움직이면 당연히 종리세가도 함께 움직일 것이다. 또 종리세가가 움직인다면 종리세가의 가주 패도(覇刀) 종리영우(鍾里英優)와 의형제를 맺은 제갈세가의 가주 패검천령(覇劍天嶺) 제갈기(諸葛琦)도 움직이지 않겠는가.

그러니까 수라도제의 뜻에 따라서 5대세가 중 셋이 움직이게 되는 것이다. 이렇게 되면 결국 서문세가의 움직임이 모든 세가들의 행보에 결정적인 영향을 미치게 될 것은 자명한 사실이었다.

"으응? 수라도제 어른께서?"

이옥연은 의외라는 듯 중얼거렸다. 그러면서 노회하기 그지없는 그녀는 수라도제가 움직임으로 인해 그에 동참할 세력도 머릿속에 떠올리고 있었다. 그런 그녀의 말을 확인시켜 주듯 가주의 말이 이어졌다.

"예, 패도 어르신께서도 동참하시겠다고 하시더군요. 아마 조만간에 제갈세가나 다른 세가들에서도 동참할 거라는 통지가 올 것이 뻔합니다. 그런 상황에서 본가만 몸을 사릴 수도 없는 노릇이 아니겠습니까?"

그 말에 일리가 있다고 생각했는지 이옥연이 고개를 끄덕였다. 그것에 자신을 얻은 가주는 자신의 의견을 덧붙였다.

"그리고 만약 이렇게 해서 금을 중원에서 몰아낸다면 어떤 일이 벌어지겠습니까? 오랑캐를 몰아내는 데 힘을 보탠 사람들은 모두 황실로부터 큰 포상을 받지 않겠습니까?"

"그렇게까지 멀리 볼 필요는 없겠지요. 실패했을 때라는 가정도 있을 수 있으니까요. 그래서 가주의 생각은 어떠신 게요?"

"소자는 한 팔을 보태는 것이 좋을 것이라고 생각합니다. 물론, 독자적으로 행동하는 것보다는 서문세가와 함께 움직이는 것이 훨씬 피해가 적지 않겠습니까?"

그 생각에 찬성한다는 듯 매화검 이옥연은 고개를 살짝 끄떡이며 미소 지었다.

"그렇다면 규모는 어느 정도로 생각하고 있으시오?"

"만약이라는 것도 있으니, 창궁18수를 포함해서 1천 정도를 거느리고 나갈까 생각하고 있습니다."

그 말에 이옥연의 아미가 꿈틀했다.

"가주가 직접 나가시겠다는 말씀이시오? 본가의 과거를 잘 생각해 보세요. 만약 가주의 신상에 문제가 생긴다면 본가가 어떻게 될지를 말이오."

 이옥연의 근심도 당연한 것이었다. 자신의 남편, 즉 전대 가주를 잃은 과거의 경험이 있었기 때문이다.

 가주가 혈기방장하기는 했으나 근심에 젖어 있는 어머니의 눈을 보면서 차마 다시금 자신이 직접 나가겠다는 말을 되풀이할 수 없었다. 잠시 말없이 가만히 서 있는 가주를 향해, 이옥연은 슬픈 눈빛으로 무언의 압력을 가하기 시작했다.

 잠시 후 가주는 한숨을 내쉬며 연못쪽으로 시선을 돌렸다.

 "어머님의 뜻이 그러하시다면 천풍검(天風劍) 곡추(曲抽)에게 지휘를 맡기겠습니다."

 그제서야 이옥연은 활짝 미소 지으며 대답했다.

 "잘 생각하시었소. 그러시는 것이 좋겠지요."

 남궁세가가 양양성으로 고수들을 파견하기로 의견을 모았듯이, 무림 전역의 다른 문파들도 양양성으로 문파의 정예들을 출발시켰다. 그것이 현재 무림의 대세였고, 또 무림맹이 추진하는 것이었다.

 물론, 목전의 이익만을 추구하느라 정신이 없는 사파 계열의 문파들은 거기에 동참하지 않았다. 그럴 수밖에 없는 것이 자신들의 정신적 지주라고 할 수 있는 천마신교가 한 발자국 물러서서 관망하는 태세를 취하고 있었기 때문이다. 물론 무림맹과 마교가 협정서를 조인하기는 했지만, 그건 아주 극비에 속하는 것이었다. 정파의 핵이라는 무림맹도 마교와 손잡았다는 치부가 밖으로 드러나는 것을 원치 않았고, 마교 또한 장인걸의 이목을 의식하여 그것을 비밀로 숨겼기 때문이다.

협정서가 조인된 지 며칠이 지난 후, 테무진에게 지원할 방대한 양의 물자가 준비되자 묵향은 초류빈과 함께 몽고로 출발했다. 식량 및 무기 등을 실은 마차가 끝이 보이지 않을 정도였으니 그가 테무진에게 지원할 물자의 양이 어느 정도인지 능히 짐작할 수 있었다.

마차를 중심으로 좌우에서 자성만마대가 호위했다. 그리고 그 일행의 가장 앞에서 수송대를 지휘하는 이팔삼(李捌三)은 뒤쪽에서 희희낙락하며 따라오고 있는 상관들의 눈치를 조심스럽게 살폈다. 겨우 자성만마대의 제12대장 따위가 교주와 부교주를 호위하며 길을 떠나고 있는 것이다.

물론 이 기회에 교주에게 잘 보이겠다는 생각에 무영신마 장영길 장로는 함께 따라오고 싶어 했지만 이번 호위는 자성만마대의 겨우 1개 대 5백 명만 출동하게 되었다. 자성만마대의 전력이 고스란히 총단에 남아 있는 상황에서 나중에 어떤 일이 생길지도 알 수가 없는데 대주가 자리를 비울 수는 없는 노릇이었다.

하지만 그 밑에 있는 사람들은 처지가 달랐다. 모두들 힘든 여정이 될 것이 뻔한 이 일에 선뜻 나서려고 하지 않았던 것이다. 그 때문에 서로 간에 책임 떠넘기기를 거듭하다가 결국 선택된 인물이 바로 자성만마대 제12대장 이팔삼이었다.

자성만마대라면 마교의 무력단체들 중에서 흑풍대를 포함해서 가장 하급에 놓이는 두 단체들 중의 하나였다. 그렇기에 그들 중에서 5백 명을 거느린 대장이라고 해도 무림에서 말하는 신검합일급에도 미치지 못한다. 그런 그가 지고한 두 양반을 모시고 먼 길을 떠나게 되었으니 좌불안석일 수밖에 없었다.
 거기에다가 무슨 일인지 모르겠지만 교주와 함께 가고 있는 초류빈 부교주의 얼굴이 영 심상치 않아 보였다. 그 떨떠름한 면상으로 봤을 때, 그가 결코 기분 좋아서 따라나서는 것이 아님을 한눈에 알 수 있었던 것이다.
 길을 나선 묵향의 기분은 그 어느 때보다도 날아갈 듯한 상태였다. 사실, 그와 같은 승부사에게 있어서 교내에 틀어박혀 수하들과 각종 전략과 전술 그리고 모략을 세우는 것은 영 취향에 맞지 않은 행동이었던 것이다. 그렇기에 대충 둘러 대고 교 밖으로 나서니 이렇게 기분이 상쾌할 수가 없었다.
 묵향은 주위를 두리번거리더니 만족스러운 표정으로 말했다.
 "여행하기 정말 좋은 날이로군."
 하지만 묵향의 말과 달리 하늘은 잔뜩 구름이 끼어 있어 언제 비가 내려도 이상하지 않을 만큼 좋은 날씨가 아니었다. 뚱한 표정으로 초류빈이 아무런 대꾸도 하지 않자 묵향은 다시 한 번 말했다. 그런데, 이번에는 그의 어조에 무시 못 할 여운이 가미되어 있었다.
 "그렇게 생각하지 않는 모양이군. 이 좋은 날씨가 그렇게 느껴지지 않는 것을 보니 별로 기분이 안 좋은 듯한데. 너, 혹시 나한테 불만이라도 있냐?"
 묵향의 기색이 영 심상치 않아 보이자 초류빈은 호들갑스럽게 맞장구를 치기 시작했다. 한번 개겨 봤다가 무려 두 시진을 두들겨 맞은 경험이 있는 그로서는 오로지 아부만이 최선의 방법이었다.
 "무슨 말씀을……. 어떻게 제가 감히 교주님께 불만이 있을 수 있겠습니까. 주변의 풍경이 워낙 뛰어나 잠시 정신이 팔려 있었을 뿐입니다. 교주님을 따라나서지 않았다면 어찌 이런 경치를 구경할 수 있었겠습니까? 더군다나 해가 나오지도 않았으니 덥지 않아서 좋고, 바람도 부니 선선해서 좋고, 비도 내리지 않으니 그야말로 금상첨화가 아니겠습니까?"

이때 하늘에서 비가 조금씩 흩날리기 시작했다. 그러자 초류빈은 급히 덧붙였다.

"허, 부슬부슬 내리는 빗방울이 정취까지 더해 주는군요. 떨어지는 빗방울을 바라보며 술 한잔하면 얼마나 끝내 주겠습니까?"

그 말에 묵향은 흐뭇한 표정으로 고개를 주억거렸다.

'이놈도 나하고 같은 취향을 가지고 있을 줄이야. 역시 교내에 처박혀 있다가 밖으로 나오니 이렇게 좋아하는 것을. 앞으로 일이 없더라도 자주 데리고 다녀야겠군.'

아마 초류빈이 묵향의 속마음을 알았으면 기겁을 했을 것이다.

"호오 아주 좋은 생각이야. 안 그래도 술 생각이 나던 참이었는데 말이야."

묵향은 품속에서 술병을 꺼내어 벌컥벌컥 들이켠 다음 초류빈에게 건네주며 말했다.

"자네도 한 모금 할 텐가?"

묵향의 제안에 초류빈은 넙죽 술병을 받아 들었다.

"영광입니다."

하지만 속마음은 달랐다.

'에라이, 아무리 구타가 무섭다지만 맨정신으로는 도저히 아부를 못하겠군.'

묵향이 건네주는 술병을 받아 초류빈은 단숨에 들이켰다. 그런데 한 모금 들이킨 초류빈의 표정이 묘했다. 술이 입에 쩍쩍 달라붙었던 것이다.

'오호, 이거 정말 좋은 술이군. 나는 싸구려 백주나 마시고 있는데, 이 빌어먹을 놈은 이렇게 좋은 술을 마셔? 젠장, 세상은 너무나도 불공평하단 말씀이야.'

그들의 모습을 뒤에서 바라보고 있던 이팔삼은 기겁을 하고 달려왔다.

"교, 교주님."

다급히 달려온 이팔삼 대장의 말에 묵향은 의아한 표정으로 물었다.

"무슨 일인가?"

"옛, 근처에 꽤 유명한 주루가 있다고 들었는데, 그곳으로 모시도록 하겠습니다."

행렬을 잠시 이곳에서 머물게 한 후, 주루까지 호위해 드리면 될 것이라는 이팔삼 대장의 생각이었다. 하늘같은 교주님께서 이렇게 노상에서 술을 드신 것을 만약 교의 윗사람들이 알게 되면 교주님을 제대로 모시지 못했다고 크나큰 문책을 당할 수도 있는 일이었다.

특히 자성만마대의 대주인 장영길 장로가 이 사실을 알게 된다면 자신을 가만히 놔둘 리가 없었다. 장영길 장로의 경우 한때 장인걸의 수하였다가 교주님의 은혜를 받아 합류한 인물이었다. 그렇다 보니 처음부터 묵향과 행동을 같이했던 일부 장로들과 비교한다면 꿀리는 것이 사실이었다. 그렇기에 그는 그것을 만회하기 위해 교주께 과잉 충성하려는 면이 있었다.
 하지만 교주의 반응은 이팔삼의 생각과는 전혀 달랐다.
 "아닐세. 갈 길이 급한데 그럴 필요 없어. 이것만으로도 충분해."
 "그, 그래도……."
 안절부절못하던 이팔삼은 갑자기 뭔가를 떠올린 듯 곧장 수하에게 명령했다.
 "이봐, 빨리 가서 교주님께서 드실 만한 고급 안주 몇 가지를 챙겨 오도록 해라."
 "옛."
 하지만 수하가 명령을 받고 달려가려는 순간, 묵향이 말했다.
 "어허! 그럴 필요 없대도 그러는군. 본좌는 이것만으로도 충분해."
 그러면서 묵향은 품속에서 육포를 꺼냈다. 그걸 쭉 찢어서 초류빈에게 한 토막을 건네준 후 말을 이었다.
 "본좌는 이 정도만으로 충분하니 너무 신경 쓰지 말고 자네 할 일이나 하게."
 그래도 그가 안절부절못하고 있자, 육포를 질겅거리며 씹고 있던 초류빈이 심드렁한 표정으로 입을 열었다.
 "허어, 괜히 부담가지지 말고 자네 일이나 보게. 교주님께서는 먼 길을 가며 갖은 고생을 하게 될 자네들을 배려하여 하시는 말씀이니 부하들이나 잘 챙겨 주게나."
 이팔삼은 왠지 모를 감동에 눈시울이 뜨거워지는 것을 느꼈다. 사실, 그와 같은 하급 고수가 교주님이나 부교주님 같은 지고한 존재들을 가까이서 볼 일은 거의 없다고 해도 과언이 아니었다. 그분들을 이렇듯 가까이서 뫼시게 되었다는 것만 해도 충분히 감동스러운 일이다.

 더군다나 지금 그들이 하는 행동을 보라. 너무나도 소탈하지 않은가. 마교 내에서 서열 1백 위권만 되더라도 극진한 대접을 받으며, 호사스럽게 움직이려 한다. 심지어는 수하들을 마소쯤으로 생각하는지 여덟 명의 고수를 시켜 가마를 메도록 하고는 타고 다니는 자도 있을 정도였다.

 그런데 저분들은 마교의 하급 고수들처럼 말을 타고 이동했다. 그리고 먼 길을 가게 되는 수하들을 배려하는 저 깊고 깊은 마음······. 저런 분들을 위해서라면 이 목숨 바친다 한들 무엇이 아쉬울 것이 있겠는가. 묵향과 초류빈을 향해 마음속으로 충성을 다짐하는 이팔삼 대장이었다.

 화려한 명판과는 달리 대원루(大原樓)는 조그마한 객잔이었다. 객잔 주인인 방 노인은 폭포수처럼 쏟아지고 있는 빗줄기를 보며 혀를 찼다.

 "에잇, 젠장. 무슨 비가 이렇게 쏟아지나. 오늘 손님 받기는 글렀구먼."

 웬만큼 급한 일이 있지 않고서야 이런 굵은 빗줄기를 뚫고 여행하는 사람들은 거의 없는 법이다. 이제 해가 지려는 참이었기에 사위는 더욱 빠른 속도로 어두워지고 있었다.

 "오늘 장사는 이만 끝인 모양이다. 문 닫을 준비하거라."

 "예, 나으리."

 점소이는 방 노인의 지시대로 청소를 시작했다. 한참 점소이가 지저분한 곳을 쓸고 닦고 있는데, 마을로 1백여 대에 달하는 마차들이 들어오는 것이 보였다. 마차를 호위하고 있는 무사들의 수만 해도 수백 명에 달하는 것 같았다. 그 모습을 본 방 노인은 재빨리 점소이에게 외쳤다.

"손님 받을 준비하거라. 주방 화로에 장작 좀 더 집어넣으라고 이르고, 빨리!"

얼핏 본 것만 해도 마차와 함께 마을로 들어온 무사들의 수는 수백 명에 달했다. 이 마을에 몇 개 있지도 않은 객점이나 객잔들은 모두 다 다음 날 아침까지 그들로 북적거릴 수밖에 없을 것이다. 이 마을에 그 많은 사람들을 수용할 만큼 커다란 객잔이 없으니 말이다.

잠시 후, 온몸에서 물방울을 뚝뚝 떨어뜨리는 인물들이 객잔 안으로 들어섰다.

"어서 옵쇼! 자, 모두들 자리에 앉으십시오. 폭우를 뚫고 오시느라 얼마나 고생이 많으셨습니까?"

방 노인은 처음에는 그들이 표사들인 줄 알았다. 대부분의 사람들이 무기를 휴대하고 있었기 때문이다. 하지만 방 노인은 곧이어 자신의 생각이 잘못된 것이 아닐까 하고 의심하기 시작했다. 왜냐하면 손님들의 몸에서는 사람을 억누르는 것 같은 괴이한 기운이 뻗어 나오고 있었기 때문이다. 일반적인 표사들은 절대로 몸에서 저런 기운을 뿜어내지 않는다. 그렇기에 방 노인의 손님 대하는 태도는 더욱 조심스러워졌다.

객잔 안으로 들어선 무사들 중 두 사람이 물방울이 뚝뚝 떨어지는 초립을 벗어 탁자 옆에 놨다. 그것을 본 점소이는 재빨리 두 사람을 향해 쪼르르 달려갔다. 사람이 많은 만큼 빨리빨리 행동해야 하는 것이다.

"무엇을 드릴깝쇼? 손님."

점소이가 방글거리는 얼굴로 말을 걸었지만 오히려 그 표정이 마음에 안 든다는 듯 상대가 대꾸했다.

"야, 비 맞은 사람 처음 보냐? 뭐가 좋아서 헤실거리는 거야?"

그러자 그 앞자리에 앉은 사람이 보통 사람들보다 조금 더 굵은 눈썹을 꿈틀거리며 중얼거렸다.

"이봐, 비에 젖는 것이 싫으면 내공으로 튕겨 버리면 될 일이지, 그냥 다 맞아 놓고 왜 이제 와서 점소이에게 신경질을 부리는 거야?"

체격은 앞에 앉아 있는 사내에 비해 왜소해 보였는데도 불구하고 그의 말이 떨어지자 그는 덩치에 걸맞지 않게 약간 비굴한 표정으로 꼬리를 말며 허둥지둥 대답했다.

"교주님께서 그냥 맞으시는데 어찌 제가 감히 그런 짓을 할 수 있다는 말씀이십니까? 아마 수하들도 다 저와 같은 생각으로 비를 맞았을 텐데요."

"시키지도 않았는데, 말도 안 되는 짓거리들을 하고 있었군. 누가 맞으라고 했냐? 쓸데없는 소리하지 말고 음식이나 시켜."

"예? 예. 이봐, 오리탕하고 술 좀 가져와."

점소이가 한눈에 척 봐도 그들 간의 상하 관계를 알 수 있었다. 그리고 객잔에는 빈 자리가 없을 정도로 무사들로 꽉 차 있었지만 유독 이 둘이 앉은 자리에는 그 누구도 가까이 오려고 하지 않았다. 그것만 봐도 이 두 사람이 지위가 상당히 높은 사람들일 것이신교라면 십만대산에 자리 잡은 거대한 무림의 문파를 말하는 것이 아닌가.

옛날에는 중앙의 통제력이 지방의 곳곳까지 미쳤었다. 그렇기에 유사시에는 군대가 출동하는 경우도 있었다. 하지만 요와 금에 이르는 강대한 이민족 제국들의 연이은 등장으로 그쪽에 신경을 쓰느라 정신이 없었던 탓에 중원의 서쪽은 지금 거의 방치되다시피 하고 있었다. 언제나 천하가 혼란스러울 때는 자신의 욕심만을 채우는 탐욕스런 관리가 날뛰기 마련이다.

하지만 그렇게 탐욕스러운 관리들도 어떻게 하지 못하는 단체가 있었다. 그것은 바로 지방에 뿌리를 내리고 있는 거대한 무림의 문파들이었다. 중앙에서 지원을 해 주지를 못하니, 그들로서는 문파들을 통제할 방법이 없는 것이다. 거기에다가 이 일대는 그 이름도 무시무시한 마교의 세력권이었다.

점소이의 안색도 창백해졌지만, 임 포두의 안색은 더더욱 창백해졌다. 임 포두는 상대의 눈치를 살피며 사근사근한 어조로 말했다.

"저렇게 많은 물자를 옮기시다니 고생이 많으시겠군요. 허허허, 그럼 수고들 하십시오."

돈푼이나 뜯어먹을 수 있을까 하는 기대감을 가지고 행차했던 임 포두는 상대가 마교도라는 것을 알자마자 재빨리 꼬리를 말아 버렸다. 괜히 기웃거리다가 상대가 시비를 걸면 오히려 골치 아픈 상황에 빠지게 된다는 것을 잘 아는 것이다.

임 포두가 사라지고 난 후, 마교도들의 주문을 받고 음식을 나르는 점소이와 방 노인의 움직임은 더욱 빨라졌으며 친절해졌다. 등 뒤로는 연신 식은땀이 흘렀지만 말이다.

  이렇듯 마교의 세력권 안에서는 관이 매우 협조적으로 움직였기에, 묵향이 이끄는 수송대는 아무런 사고 없이 빠른 속도로 이동해 나갈 수 있었다. 물론, 이것이 마교의 세력권이 끝나는 시점에서 어떻게 바뀔지 누구도 알 수 없는 일이었지만 말이다.

아련한 기억

 밤하늘을 따라 멀리 퍼져 나가는 금음이 오늘따라 유난히도 슬프다고 설취(薛翠)는 생각했다. 금을 타는 데 있어서 중원에서 손가락에 꼽힐 정도로 뛰어난 사부가 들려주는 금음을 거의 매일 밤 듣다 보니 그녀의 귀도 금에 한해서는 매우 수준급으로 변해 있었다. 금음의 앞부분만 척 들어도 상대가 얼마나 금을 잘 타는지 파악하게 되었다고나 할까?
 묵향의 경우 만통음제의 금음만 들어도 그가 뭘 표현하는 것인지 단번에 알아 맞추지만, 아쉽게도 설취의 능력은 그 정도까지는 미치지 못했다. 하지만 곡조에 섞인 대략적인 느낌을 통해 금을 타고 계시는 사부님의 마음을 대충이나마 짐작할 수 있게 된 설취였다.
 '아마도 마음이 복잡하신 모양이구나. 사숙이 보고 싶으신 건

가?'

이런 생각을 하고 있을 때, 문득 그녀를 부르는 사부의 중후한 음성이 들려왔다.

"취아야!"

"예, 사부님."

그녀는 급히 사부님의 처소로 달려갔다.

만통음제는 금을 소중하게 갈무리해 넣으며 말했다.

"아무래도 노부는 양양성에 가야만 하겠구나."

워낙 뜬금없는 말씀이시라 설취의 눈이 화등잔만 해졌다. 양양성에는 왜 가신다는 것인가?

"양양성에 말씀이십니까?"

"들리는 소문으로는 패력검제가 이끄는 제령문도 그곳에서 싸우고 있다고 하더구나. 물론, 네게 함께 가자고 강요하지는 않겠다. 황실이 무림에 관여하지 않았듯, 무림도 황실의 일에 관여하는 것이 옳다고는 생각하지 않으니까 말이다."

이때, 설취보다도 먼저 그 제안에 우렁차게 답해 온 것은 그의 첫째 제자 냉파천이었다.

"저는 사부님을 따르겠습니다. 원칙이 어떻든 그게 무슨 상관이겠습니까?"

그 말에 만통음제는 고개를 가로저으며 말했다.

"너는 이곳에 남아 있거라."

"예? 그건 무슨 말씀이십니까? 사부님께서 사지로 떠나시겠다는데, 어떻게 대제자인 제가 이곳에서 발 뻗고 편안하게 잠을 잘 수 있다는 말씀이십니까? 제발 그 말씀을 거둬 주십시오."

만통음제는 빙긋 미소 지으며 부드러운 음성으로 말했다.

"네 마음은 고맙다만, 너는 노부의 대제자가 아니냐? 너는 무림에 무명(武名)을 휘날리기에 앞서서 문파의 대를 이어야만 하는 의무를 지고 있다는 것을 자나 깨나 잊지 말아야 할 것이다. 오랜 세월 이어져 내려온 문파의 명맥이 노부의 대에서 끊겨서야 되겠느냐? 그렇기에 너는 이곳에 남아야만 한다."

냉파천이 불만 가득한 표정으로 물러났을 때, 설취가 나직한 어조로 질문을 던졌다.

"출발은 언제 하시겠습니까, 사부님?"

"준비도 좀 해야 할 테고…, 아무래도 2주쯤 후가 되지 않을까 생각한다."

"그렇다면 저는 그동안 할아버지 산소에 다녀오겠습니다. 오랫동안 가 보지 못했으니까요. 그리고 제가 없는 동안 화아를 아버지께 맡기려고 합니다."

어쩌면 마지막이 될지도 모르는 길이기에 그곳에 가 보겠다는 말일 것이다. 설취의 할아버지와 만통음제는 막역한 친구 사이였다. 묵향과 만통음제의 관계처럼 그 둘도 무공의 고하와는 상관없이 음악으로 맺어져서 친하게 지냈었다. 그리고 그 인연으로 설취를 자신의 제자로 받아들인 것이다.

"오냐, 그렇게 하도록 하거라. 조금 늦어지더라도 내 너를 기다리마."

인자한 사부의 말에 설취는 고개를 조아렸다.

"감사합니다, 사부님."

다음 날 새벽 설취는 제자 송화를 데리고 길을 떠났다. 보통 사람이라면 다녀오는 데 2주일 가지고는 불가능했을지도 모를 정도로 먼 거리였다. 하지만 무공을 익힌 그녀들에게 있어서 그 정도 거리를 오가는 데는 2주일이면 충분하고도 남았다. 그러나 관도를 따라가는 것이 아니라 지름길을 따라 일직선으로 나아가는 것이었기에 자주 야영을 할 수밖에 없었다.

야외에서 하룻밤을 보내는 것도 매우 정취가 있다. 모닥불 위에서 노릇노릇하게 구워지고 있는 토끼 고기를 바라보며, 옛날이야기라도 나누면 더욱 재미있다. 재미난 추억이 곁들여진 구운 토끼 고기는 비록 소금 간밖에 안 된 것이기는 하지만 그 맛은 천하진미가 부럽지 않을 정도로 일품이다.

"이렇게 토끼를 구워 먹는 것도 아주 오랜만이로구나."

"예, 사부님."

송화는 토끼 다리를 뜯어 먼저 사부에게 건넨 후, 자신도 다리 하나를 들고 소금에 살짝 찍어 먹으며 말했다.

"너무너무 맛있어요."

어쩌면 이것이 제자와의 마지막 여행이 될지도 알 수 없는 일이었다. 그렇기에 제자의 얼굴을 바라보는 설취의 눈빛은 너무나도 따사로웠다.

"그래, 많이 먹거라. 할아버지를 따라가서 처음 사부님을 뵈었을 때가 어제 일인 듯 기억에 생생하구나. 사부님께서 환골탈태한 고수라는 사실을 몰랐었던 나는 할아버지께서 후배를 만나러 나들이 하신 건 줄 알았었지."

설취는 송화에게 자주 자신의 할아버지에 대해서 말했었다. 그렇게 엄청난 무공의 소유자는 아니었지만 모든 이들에게서 대협이라며 칭송을 들었을 정도로 그는 명망 있는 고수였다. 거기에다가 지금 그분의 산소에 가는 길이다 보니 자연 할아버지와의 추억담이 그들의 대화에서 많은 부분을 차지하고 있었다. 그러다 송화가 궁금하다는 표정을 지으며 물었다.

"사조님께서는 그때도 지금과 같은 모습이셨나요?"

설취는 자부심 어린 표정으로 고개를 끄덕이며 대답했다.

"물론이란다. 화경의 고수는 주안술을 익힐 필요도 없이 몸이 무공을 펼치기에 최적의 상태로 환골탈태하거든."

그러자 송화는 뭘 생각했는지 까르르 웃었다.

"호호, 저도 처음 사조님을 뵈었을 때는 정말 당황했거든요. 얼굴은 젊은 동안인데 수염을 길게 기르셔서 말이죠. 그때도 그러셨어요?"

그러자 설취는 씁쓸한 미소를 지었다.

"아니, 그때 사부님께서는 수염을 기르시지 않으셨었지. 수염을 깎으신 사부님의 모습은 정말 젊게 보였거든. 할아버지께서 사부님을 소개하시며 앞으로 사부로 모시라는 말씀을 하셨을 때, 나는 싫다고 막 떼를 썼었지. 너무 젊어서 왠지 오빠처럼 보이는 사람에게 사부라고 부르기는 싫었거든. 그런 내 모습을 보신 사부님께서는 도저히 위엄이 안 선다고 하시면서 그때부터 수염을 기르기 시작하셨단다."

만통음제의 칠흑처럼 긴 수염을 떠올린 송화는 킥킥거리며 웃다 다시 입을 열었다. 아무리 생각해도 동안의 모습에 긴 수염은 도저히 안 어울렸기 때문이다.

"킥킥, 사조님께서 수염을 기르신 게 다 이유가 있었군요. 아무리 그렇다 해도 그 많은 연세에도 불구하고 그렇게 젊은 외모를 하고 계시니 너무 어색하게만 느껴져요."

설취는 살짝 미소 지은 후 말했다.

"아마도 그건 화경의 고수를 만나는 모든 이들이 가지게 되는 감정일 게다. 뭔가 부자연스러운 것을 대하는 듯한 느낌, 거기에다가 질투심이 서로 반반씩 섞인 것이겠지."

모닥불을 사이에 두고 나누는 사제 간의 이야기는 끝없이 이어졌다. 원래 설취는 할아버지 산소에 들른 다음, 그 인근에 있는 아버지의 장원에 들를 예정이었다. 그곳에 송화를 맡겨 놓고 돌아가, 양양성으로 떠나려 한 것이다. 하지만 이것으로 제자와 마지막이 될지도 모른다고 생각하다 보니, 설취는 될 수 있으면 많은 것을 제자에게 알려 주고 싶었다. 자신이 살아온 인생 그리고 그녀가 원했던 모든 것들……. 어쩌면 이번에 자신이 목숨을 잃더라도, 제자에 의해서 그 모든 것들이 구현되기를 바랐던 것인지도 모른다.

교교한 달빛에 취한 것인지 아니면 설취가 부드러운 목소리로 계속 이야기를 받아 줘서인지는 모르겠지만 송화의 입에서 불쑥 튀어나온 질문은 설취를 당혹스럽게 만들었다.

"그런데 사부님께서는 왜 결혼을 안 하세요?"

제자의 갑작스런 당돌한 질문에 설취의 안색이 미묘하게 변화하기 시작했다. 어떻게 보면 쓸쓸함과 당혹스러움을 함께 간직하고 있다고 해야 할까.

"내가 너보다 조금 더 어렸을 때, 그러니까 사부님을 만나기 전이었단다. 내가 할아버지와 함께 무림에 처음 나갔을 때였지. 그

때, 어떤 무인을 만난 적이 있었단다."

꿈을 꾸는 듯 과거를 회상하는 사부의 안색을 살피며 송화는 그 사람이 사부의 결혼에 지대한 영향을 미쳤음을 직감했다. 그렇기에 그녀는 궁금증을 참지 못하고 외쳤다.

"예에? 그 사람이 누군데요?"

송화의 두 눈은 호기심으로 반짝이고 있었다. 너무나도 고고하게만 느껴졌던 사부의 과거를 들을 기회가 온 것이다. 흥미가 동하지 않을 리가 없었다. 설취는 쑥스러운 듯 고개를 가로저으며 대꾸했다.

"몰라. 워낙 오래전의 일이라 단편적으로 떠오를 뿐이지. 그는 그 당시 악명을 떨치던 무뢰배들을 순식간에 제압해 버린 사람이었지. 그 일이 있기 전까지만 해도 그가 그렇게 강하다는 것을 나는 조금도 눈치 채지 못했었거든. 그래서 매우 놀랐던 것이 아직도 잊혀지지 않는단다. 사실 그가 검을 쓰는 모습을 나는 보지도 못했지만, 나중에 그 흔적만은 볼 수 있었지. 할아버지께서는 그 흔적을 하나하나 지적하며 그가 엄청난 고수였다고 나한테 말해 줬지. 할아버지보다도 훨씬 더 강한……."

"그래서요?"

호기심 어린 제자의 눈동자를 보며, 설취는 미소 지었다.

"그래서요는 무슨……. 어찌 되었건 그 일이 있는 후부터 만나는 남자들은 모두 다 그와 비교가 되는 거야."

사실 워낙 세월이 흐르다 보니 그 사람에 대한 거의 모든 기억이 희미했다. 하지만 그에게서 받았던 몇 가지 특정적인 기억만은 남아, 그것이 그녀가 남성을 보는 기준으로 확고하게 자리 잡고 있었다.

"우와! 그래서 아직까지……. 참, 그 사람이 누구예요? 사부님께 그 정도 인상을 남겼다면 지금쯤 무림에 명망 있는 대협으로 위명을 떨치고 계시지 않을까요? 어쩌면 아직도 결혼하지 않고 계실 수도 있잖아요?"

"결혼하지 않았을 거야."

단호한 사부의 말에 송화는 눈빛을 빛내며 되물었다.

"어떻게 그렇게 단정하세요?"

설취는 씁쓸한 미소를 지으며 대답했다.

"그는 동자공(童子功)을 익히고 있었거든."

동자공이라는 말에 송화의 눈이 화등잔만 해졌다. 그녀도 동자공이 뭔지 알고 있었던 것이다.

"저, 정말이세요?"

"내가 왜 네게 거짓말을 하겠니. 그때 내가 동자공이 어떤 무공인지 모르고 할아버지에게 물어본 적이 있었단다. 할아버지는 아주 난처해하시며 나중에 자연히 알게 된다고 하셨지. 사실 동자공이 뭔지 나중에 알았을 때, 왜 할아버지께서 그렇게 난처해하셨는지 이해할 수 있었지. 어쩌면 그 때문에 그 사람이 더욱 기억에 남았는지도 몰라. 지금도 동자공이라는 말을 들으면 할아버지께 질문을 던져 난처하게 만들던 때의 기억이 떠올라 얼굴이 화끈거리는걸."

"서로 결혼은 할 수 없더라도, 왕래를 가질 수는 있잖아요. 혹시, 그 후에 그분과 만난 적은 있으세요?"

"아니, 그 이후로 단 한 번도 만나지 못했다. 사부님을 만나고,

또 너를 만나고…, 이리저리 바쁜 시간을 보내다 보니 어느덧 그의 이름까지도 잊어버리고 말았구나. 아주 독특한 이름이었는데 말이다. 그도 그럴 것이 수십 년 전에 있었던 일이었으니……."

"그런데, 그분의 어디가 그렇게 매력적이셨어요?"

제자가 매력이라는 단어를 사용한 것이 조금 마음에 걸리기는 했지만, 설취는 기억나는 대로 대답해 주었다.

"그 일이 있기 전까지 꽤 오랜 시간 동행했었는데도 할아버지조차 그의 진정한 실력을 알지 못했어. 엄청난 실력을 지니고 있으면서도 아주 겸손한 사람이었거든. 그리고 사건의 발단은 누군가를 괴롭히는 사람들을 상대로 벌어진 것이었어. 무림의 명숙이셨던 할아버지도 건드리기 어려운 사람들이었으니 아주 강한 자들이었지. 그런 만큼 그 상황에서 나섰다면 약자를 배려할 줄 아는 사람이라고 봐야 하지 않을까? 그리고 무참하게 모두 죽여 버린 것을 보면 일단 칼을 뽑으면 망설임이 없는 사람이야. 그런 멋있는 남자는 흔한 게 아니거든."

가만히 듣고 있던 송화는 고개를 갸웃하며 중얼거렸다. 아무래도 사부의 설명에 매우 근접하는 인물이 한 명 뇌리에 떠올랐기 때문이다.

"듣고 보니 북향 사숙소 어르신하고 비슷한 사람이였던 모양이네요. 사숙조 어르신 성격이 좀 그렇잖아요?"

그 말에 설취는 발끈했다. 제자의 천진난만한 추측이었지만, 그녀의 오랜 추억을 박살 내는 그런 말이었기 때문이다.

"뭐? 어떻게 그런 사람하고 비교를 할 수 있다는 말이냐?"

사부가 노화를 터뜨리자, 송화는 찔끔했다. 하지만 그렇다고 그냥 물러설 수는 없었기에 사부의 눈치를 살피며 자신이 생각한 바를 설명했다.

"사실 나중에 사숙조께서 천마신교 교주라고 밝히시지 않았다면 몰랐을 정도로 겉으로 드러나는 행동을 안 하시잖아요. 또 여행하면서 저한테 아주 잘해 주셨거든요. 그리고 보통 사람들에게 당신께서 강자라고 해서 일부러 시비 걸지도 않으시고 말이에요. 하지만 사숙조 어르신과 싸워서 살아남은 사람이 전무하다는 소문을 들은 걸 보면 칼만 뽑으면 정말 무자비하신 모양이던데요. 사숙조 어르신께서 사숙님을 처음 만났을 때의 일을 생각해 보세요. 한 차원 높은 경지에 대해 상세하게 설명까지 해 주시는 자상함을 보이시다가 한 번 수틀리니까 사숙님을 무참하게……."

그때 일이 생각나는지 송화는 두려움에 가볍게 몸을 떨기까지 하고 있었다. 이때, 제자의 말을 들으며 설취의 뇌리 저편에 묻혀 있던 한 토막의 기억이 갑작스럽게 떠올랐다. 할아버지가 길동무를 함께 하자며 의향을 묻자, 그는 싱그러운 미소를 지으며 대답했다.

「좋지요. 저는 묵향(墨香)이라 합니다.」

설취는 도저히 믿기지 않는다는 듯 혼잣소리처럼 중얼거렸다.

"그, 그래. 이제 기억이 나. 그때 그 이름을 듣고 참 특이하고 멋있기는 하지만 무인의 이름은 아니라고 생각했었지."

그토록 오랜 세월 기억해 내려고 애를 썼건만 기억나지 않았던 그 이름이 왜 지금에서야 갑작스럽게 떠올랐단 말인가. 더군다나 그 이름이 자신이 그토록 끔찍하게 생각하고 있던 마교 교주 묵향일 줄이야.

설취는 자신의 기억을 믿을 수가 없었다. 자신이 그토록 그리워하던 사람이 그일 리가 없을 것이라고 말이다. 어쩌면 동명이인일 수도 있지 않을까? 설취는 머릿속이 터져 버릴 것만 같았다. 마교의 교주, 암흑마제, 악마들의 지배자, 온갖 추잡스런 마공들을 통해 절대의 경지에 들어간 악마. 이 모든 것이 동일한 사람을 지칭하는 말이었다. 그런 사람이 지금까지 자신이 그리워하던 사람이라고는 도저히 인정할 수 없었다.

설취는 혼란스러운 심정에 거칠게 머리를 흔들었다.

이것을 본 송화가 의아한 표정을 지으며 물었다.

"사, 사부 갑자기 왜 그러세요?"

한참 머리를 흔들며 괴로워하던 설취가 문득 정신을 차리고 고개를 들었다. 이때, 그녀의 눈과 송화의 눈이 마주쳤다. 제자의 맑은 눈동자를 보는 순간, 설취는 화들짝 놀랐다. 깨끗한 제자의 눈을 보자 마치, 제자가 자신의 속마음을 빤히 들여다보고 있는 듯한 착각이 들었던 것이다. 황급히 송화의 시선을 피하며 설취는 얼버무리듯 말했다.

"아, 아무것도 아니다."

말은 그렇게 했지만, 설취의 표정은 이미 딱딱하게 굳어져 있었다. 사부가 자신의 말에 그토록 충격을 받을 줄 몰랐기에 송화는 한껏 죄송하다는 표정을 지으며 사죄했다.

"사부님, 제가 너무 경솔한 말씀을 드려서, 사부님의 아픈 기억을 건드렸나 봐요."

설취는 왠지 콧잔등이 시큰해지며 눈물이 터져 나오려는 것을 꾹 참았다. 그녀는 애써 부드러운 미소를 지으며 제자에게 말했다.

"그가 누군지는 중요하지 않아. 어쨌거나 너도 그런 사람이 되도록 노력하거라. 겸손하며 약자를 보호할 줄 알고 또, 꼭 손을 써야 겠다는 생각이 들었을 때는 망설이지 않아야 한다. 언제나 손을 쓰기 전에 세 번을 생각하거라. 그렇다면 결코 틀림이 없을 것이야."

"명심하겠습니다, 사부님."

말은 그렇게 하면서도 설취는 다음에 묵향 사숙을 만나면 반드시 예전에 자신을 만난 적이 있었느냐고 물어보리라 다짐했다.

이때, 뭔가 엄청난 기운이 자신들을 향해 빠른 속도로 접근해 오고 있음을 뒤늦게 눈치 챈 설취는 재빨리 송화를 자신의 뒤로 숨겼다. 그런 다음 검을 뽑아 들었다. 워낙 늦게 눈치를 채서 그런지 벌써 침입자는 그녀들 앞에 모습을 드러낸 후였다.

모습을 드러낸 침입자는 무림인이 아니라 승려들이었다. 어둠을 뚫고 나타난 20여 명의 승려들은 어디선가 치열한 격전이라도 벌인 듯 행색이 말이 아니었다. 하지만 설취는 승려들의 옷차림이 아니라 이마에 찍힌 계인(戒印)을 유심히 바라보고 있었다. 이마에 계인을 찍는 곳은 소림사뿐이었다. 그렇다면 이들은 소림승들이란 말인가?

상대가 소림승이건 아니건 간에 일단 적의는 없어 보였다. 설취는 검집에 검을 집어넣으며 이쪽도 적의가 없음을 표시했지만, 그래도 상대에 대해 경계를 늦추지는 않았다. 그것을 보고 승려들 중의 한 명이 말을 걸어왔다.

"아미타불, 소승은 광료(廣了)라 하오. 시주들의 휴식을 방해한 것 같아 죄송하구려."

설취로서는 당혹스럽지 않을 수 없었다. 그녀는 광료라는 법명을 들어 본 적이 없었기 때문이다. 하지만 저들이 가짜가 아닌 진짜 소림승이라고 가정한다면 광자 배가 가지는 배분의 위치는 대단히 높은 것이었다. 현재 소림의 장문인이 대(大)자 배이고, 그를 떠받치는 원로들이 덕(德)자 배, 실질적인 행동을 하는 승려들 중에서 가장 높은 배분이 그다음인 광(廣)자 배인 것이다.

상대가 통성명을 하고 나왔기에 설취 또한 마주 포권하며 대답했다.

"유운비화 설취라 합니다."

그 말에 광료는 함빡 인자한 미소를 지으며 말했다.

"호오, 유운비화 시주셨구려. 말씀은 몇 번 들은 듯하구려."

설취는 조심스럽게 질문을 던졌다.

"선사께서는 소림에서 나오셨습니까?"

그 말에 광료선사는 인자한 미소를 머금으며 대답했다.

"예, 그러하오이다. 그건 그렇고 시주께 말을 건 것은 이곳에 얼마나 계셨었는지. 또, 계시면서 혹시 무슨 이상한 일을 겪었다든지, 혹은 이상한 기척을 느낀 적은 없는지 하는 것을 묻기 위함이외다."

아마도 광료선사는 이곳에 피워 놓은 모닥불을 보고 달려온 모양이다. 그 말에 설취는 저으기 안심하며 대답했다. 일단 상대는 누가 뭐라 해도 공명정대하기로 이름난 소림 승려니까 말이다.

"이 아이는 제 제자 송화라고 합니다. 저희들은 지금 어딘가 다녀올 곳이 있어서 그곳으로 가는 길이었습니다. 저녁나절쯤 이곳에 도착하여 밤을 보내고 있던 중이었지요. 여기 있으면서 지금까지 이상한 기척을 느낀 적은 없었습니다."

"그렇소이까? 협조해 주셔서 감사하오이다. 그럼 갈 길이 바빠서 이만……."

승려들은 누군가를 추적하던 중이었던 듯 그 말을 끝으로 재빨리 사라져 버렸다. 승려들의 고절한 경신술에 송화는 감탄사를 연발하며 말했다.

"소림이 무림의 태두라고 해서 말도 안 된다고 생각했었는데, 오늘 보니까 그게 아니네요, 사부님."

설취는 고개를 끄덕이며 대답했다.

"소림의 힘은 위대하단다. 다만, 그들이 지닌 힘을 겉으로 드러내지 않을 뿐이지. 겉으로 약하게 보인다고 해서 다 약한 게 아니거든."

"그런데 소림사에서 저토록 잡으러 다니는 사람이 누굴까요?"

"글쎄다. 광자 배분의 승려가 나섰을 정도라면 대단한 인물일 텐데…, 별로 짚이는 사람이 없구나."

소림승들이 사라진 곳을 바라보는 설취의 머릿속에는 많은 생각들이 교차하고 있었다. 과연 소림승들이 누구와 싸우고 있었던 것일까? 지금까지 소림은 될 수 있으면 무림의 일에 관여하지 않고 있었다. 그렇기에 그녀가 아무리 생각해 봐도 딱히 의심이 갈 만한 단체나 대상이 떠오르지 않았다.

양양성으로 가는 길

　관도에는 대규모의 군세가 이동 중이었다. 9천 기에 달하는 인마가 질서 정연하게 움직이는 것으로 보아 훈련을 잘 받은 병력임을 한눈에 알 수 있었다. 거기에다가 예비마 9천 필에 여섯 마리의 말이 끄는 마차 1백여 대가 뒤따르다 보니 그 규모는 엄청나다는 말이 실감날 정도였다. 바로 이들이 관지가 이끄는 마교의 숨겨진 세력이라고 할 수 있는 흑풍대였다. 지금까지 단 한 번도 외부에 모습을 드러낸 적이 없었던 흑풍대가 드디어 위풍당당하게 강호에 그 위용을 드러낸 것이다.
　해가 질 무렵, 미친 듯이 질주하고 있는 흑풍대는 수많은 사람들이 북적거리는 것을 발견할 수 있었다. 그들은 흑풍대와 싸우기 위해 모여 있는 것이 아니라, 그 반대로 흑풍대를 돕기 위해 모여 있는 것이다. 그것을 증명이라도 하듯 여기저기에 놓여 있는 커다란 솥단지에서는 먹음직스런 음식 내음이 풍겨 나오고 있었다. 그리고 곳곳에는 커다란 건초 다발이 수북이 쌓여져 있었다. 물론 말먹이다. 옥화무제의 명령을 받은 무영문은 흑풍대가 최적의 상태를 유지하며 이동할 수 있도록 이렇듯 지원을 아끼지 않고 있는 것이다.

"먼 길을 달려오시느라 수고가 많으셨습니다."

대기하고 있던 자들은 저마다 흑풍대 대원들에게 인사를 건넨 후, 말을 받아 끌고 갔다. 병사들이 식사하는 동안 말이 흘린 땀을 건초로 닦아 주고, 여물과 물을 충분히 먹이기 위해서다.

자리에 앉아 음식을 먹으면서도 흑풍대 대원들은 여기에 무영문도들이 있다는 것을 전혀 이상하게 생각하지 않고 있었다. 처음에는 그들이 음식과 말먹이를 제공하는 것에 당혹감을 표현했었지만, 매일 이런 일이 반복되다 보니 오히려 지금은 그것이 당연하게만 느껴졌다. 하지만 그래도 상대를 전적으로 믿을 수는 없었다. 그렇기에 그들은 음식에 독이 있는지 살피고, 말의 건강 상태를 매일 점검하고 있었다. 그리고 밤에는 보초병들을 세워 무영문도들의 동태를 철저히 감시했다.

어찌 되었건, 무영문으로부터 편의를 제공받게 된 후로 흑풍대의 이동 속도는 조금 더 빨라졌다. 사람과 말이 충분히 휴식을 취하고, 보다 좋은 음식물을 먹고 마실 수 있게 되었기 때문이다.

하급 대원들이야 어떻게 생각했을지 모르지만, 최소한 흑풍대의 천인대장 이상은 하루하루가 지날수록 무영문이 지닌 힘이 얼마나 대단한지 뼈저리게 느끼고 있었다. 그들은 흑풍대가 하루 동안 이동할 수 있는 거리를 정확히 예측한 다음, 그곳에다가 음식과 여물

등을 미리 준비해 두고 있는 것이다.

말로는 쉽지만 현재 이동 중인 흑풍대의 인원은 보급대의 일꾼들을 포함하여 1만에 가까웠다. 거기에다가 흑풍대가 보유한 말은 짐말까지 포함해서 2만 필에 가까웠다. 그 많은 인마들이 충분히 먹고 마실 정도의 음식을 쉽사리 구할 수는 없는 노릇이었다.

물론 처음 며칠 동안은 준비가 좀 미흡했었다. 갑자기 그 많은 음식 및 건초를 확보한다는 것이 쉬운 일이 아니었기 때문이다. 그리고 음식을 배급하는 데도 시간이 꽤 걸렸었다. 그렇기에 모자라는 부분은 흑풍대가 자체적으로 해결해야만 했었다.

하지만 그게 하루하루 지날수록 눈에 띄게 좋아지기 시작하더니, 지금에 와서는 반 시진도 되지 않아 모든 흑풍대원들이 식사를 끝내고 취침할 수 있게 되었다. 그리고 말들 또한 배불리 먹고 마신 후, 건강 점검까지 받을 수 있게 된 것이다. 무영문에서 고용한 대장장이가 말들을 둘러보며 편자의 상태까지 다 점검해 주고 있었다. 그렇기에 지금까지 강행군을 해오면서도 잃은 말은 단 한 필도 없었다.

"과연 정파의 힘은 무섭구나. 본교의 세력이 그토록 강성함에도 불구하고 왜 그들과 전면전을 펼치지 않는가 궁금했었는데, 요즘에서야 그 이유를 알겠다."

관지의 말에 마화도 찬성하는지 고개를 끄덕이며 대답했다.

"아마 본교에서도 이렇게까지는 할 수 없었을 겁니다. 덕분에 식량과 건초의 소모가 거의 없습니다. 그리고 부하들의 사기도 대단히 높구요."

"시작부터 아주 좋군."

"예."

"천인대장들에게 지시해서 수하들과 말의 피로도를 세심히 살피라 일러라. 그곳에 최대한 빨리 도착할 필요성이 있지만, 피곤에 지친 상태로 도착하는 것은 아무런 도움이 되지 않으니까 말이다."

"옛, 명심하겠습니다."

이때, 무영문도 중 한 명이 그들을 향해 다가왔다. 그는 관지에게 정중하게 인사를 보낸 후 입을 열었다.

"매일 강행군을 하시느라고 수고가 많으십니다. 혹시 마음에 안 드시는 점은 있으셨습니까?"

관지는 부드러운 미소를 지으며 입을 열었다.

"이렇듯 신경을 써 주어 무영문주께 고마울 따름이네. 그건 그렇고 전선에서 들려온 새로운 정보는 없는가?"

"예, 패력검제 대협께서 돕는 데다가, 양양성을 맡고 있는 악비 대장군도 대단히 뛰어난 인물입니다. 거기에다가 무당파의 도사들도 무림맹이 참전하겠다는 결정을 내린 이후에 합류하여 사력을 다해 저항하고 있으니 쉽사리 함락되지는 않을 겁니다."

관지는 다행이라는 듯 고개를 끄덕였다. 자신들이 기를 쓰고 달려갔는데 만일 그때까지 버티지 못하고 성이 함락된다면 일이 훨씬 힘들어지기 때문이다.

"우리들이 도착하기 전에 함락당한다면 아주 골치 아파지지. 그건 그렇고 무림맹의 세력은 패력검제가 거느리고 있는 인원이 다인가?"

"그럴 리가 있겠습니까? 무한 방면에 대규모의 세력이 집결 중입니다. 아마도 서문세가의 수라도제 대협께서 지휘하게 되실 겁니다. 무림맹주께서 직접 나서시지 않는 한 그분보다 뛰어난 사람은 없으니까 말입니다."

"수라도제가 이끈다면, 그들은 꽤 도움이 되겠군. 무한을 방위하고 있는 송군의 세력은?"

"2만 남짓입니다. 아무래도 송군은 별로 보탬이 되지 않을 거라는 것이 본문의 추측입니다."

잠시 양양성의 정세를 머리에 그려보던 관지는 무영문도가 더 물어볼 것이 없느냐는 표정을 지으며 자신을 쳐다보고 있음을 깨닫고는 얼른 입을 열었다.

"그런가. 알겠네. 알려줘서 고맙군."

"별말씀을 다 하십니다. 그럼 편안한 밤 되시기를 바랍니다."

정중히 인사를 건넨 후, 무영문도는 자신의 일을 보기 위해 가버렸다. 아직도 그에게는 할 일이 많이 남아 있었기 때문이다.

다음 날 아침 식사를 끝낸 흑풍대는 또다시 길을 재촉하며 달려가 버렸다. 그리고 그 자리에 남은 무영문도들은 어질러진 장내를 수습한다고 정신없이 뛰어다니고 있었다. 물론 그들 중에서 진짜 무영문도들은 거의 없었다. 먼 곳에서 품삯을 주고 고용한 일꾼들이 그 대부분을 차지하고 있었던 것이다.

일꾼들이 장내를 정리하는 모습을 바라보며 무영문도들 중 한 명이 이마에 흐른 땀을 닦으며 말했다.

"휴우, 겨우 끝났군."

이곳에 모인 수천 명의 인원들 중에서 진짜 무영문도는 겨우 네 명밖에 없었다. 나머지는 돈의 힘으로 끌어들인 일꾼들인 것이다.

"그러게 말일세. 1만 명분의 음식과 말 2만 필이 먹을 사료. 그걸 시간 내에 구한다고 뛰어다닌 걸 생각하면 정말 식은땀이 나는구먼."

"그래도 잘 끝나서 다행일세."

사내 중 한 명이 흑풍대가 달려간 방향을 바라보며 중얼거렸다.

"그건 그렇고, 얘기는 들었지만 흑풍대의 규모가 이 정도일 줄이야."

"그러게 말일세. 저 정도 중무장이라면 군대라고 봐도 과언이 아니지 않은가."

동료 중 한 명이 맞장구를 치자 사내는 고개를 절레절레 흔들며 입을 열었다.

"만약 저들이 마교 집단이라는 것을 몰랐었다면 아마 군대가 이동하는 줄 착각했을 거야. 이 변방에 저토록 잘 갖춰진 송군이 이동하고 있다는 자체가 이상한 일이 아니겠는가? 그 덕분에 저들이 이동하는 것을 수상히 여긴 제324첩보조가 연락을 보내 겨우 저들이 흑풍대라는 것을 알게 되었다고 하더군."

"그러게 말일세. 태상문주께서 왜 그렇게 마교에 관련된 정보라면 특급으로 취급을 하시는지 이제 알 것만 같군. 어지간한 문파는 저들만으로도 아작이 날 테니까 말일세."

마교의 막강한 저력의 한 자락을 본 것 같다는 생각을 하던 사내는 불현듯 아직도 자신들의 할 일이 산더미처럼 쌓여 있다는 데 생각이 미쳤다. 주위를 둘러보며 자신을 바라보는 동료들에게 사내가 소리쳤다.

"자, 자네는 흑풍대가 무사히 통과했다는 것을 총타에 빨리 알리게. 그리고 자네는 일꾼들에게 품삯을 지급하고 말이야. 자, 모두들 빨리 움직이세. 다음 일이 기다리고 있지 않은가."
 언제나 바쁜 무영문도들이었다.

 양양성을 지원하기 위해 마교와 정파의 정예들이 바쁘게 움직이기 시작하고 있었다. 하지만 양양성은 워낙 멀리 떨어진 곳에 위치하고 있었기에 아직까지 무림의 주력이 당도하지 못하고 있었다.
 양양성을 포위한 금군은 초반에 워낙 큰 피해를 당해서 그런지 그다음부터는 그렇게 대규모의 공격을 가해 오지는 않고 있었다. 오히려 야음을 이용하여 성에서 무림고수들이 튀어나와 몇 번 휘젓자 금군은 강력한 방어망을 갖추는 데 더욱 신경을 썼다.
 그런 다음 포위망이 완벽하게 갖춰지자 어쩌다 한 번씩 공격을 가해 양양성의 전반적인 방어 상태를 파악하는 데 주력했다. 그러는 한편 매일같이 무력시위를 하여 자신들의 막강한 세력을 보여 주며 적의 사기를 꺾으려 노력했다. 하지만 그들의 목적은 요의 잔당을 처리하기 위해 북쪽으로 이동한 완옌 렌지에 대원수가 이끄는 주력 부대가 남하해 오기를 기다리는 것이었다.
 전투가 소강상태에 빠지자 그 시간을 이용해서 진팔은 수련에 여념이 없었다. 자신에게 배정된 숙소에 앉아 끊임없이 명상을 하는 것이다. 그가 주로 떠올리는 것은 패력검제가 보여 줬었던 놀라운 무공들이었다. 물론 상대의 무공을 훔쳐 배우겠다는 것이 아니라 그 한 초식 한 초식을 떠올리며 자신이 알고 있는 초식을 대입해 보는 것이다. 그런 식으로 그는 자신과 패력검제간의 가상 대결을 끊임없이 해 오고 있었다.

물론, 이때 자신의 내면에서 울려 퍼지는 목소리가 큰 힘을 보태 주고 있었다. 안될 듯하다가도 불현듯 떠오르는 생각을 따라 흘러 가다 보면 그 초식을 막아 낼 묘안이 떠오르는 것이다.

그럴 때의 진팔의 얼굴에는 살짝 미소가 떠올랐지만 오래가지는 못했다. 왜냐하면 마치 기다리기라도 했다는 듯 패력검제의 다음 초식이 그를 숨 막히게 만들었던 것이다. 그럼 다시 진팔은 그 초 식을 상대하기 위해 골머리를 앓아야 했다.

"흐음, 이렇게 반격해 들어올 때 과연 막을 방법이 있나?"

진팔의 머릿속을 떠도는 각종 초식들은 대부분 급조해서 만든 것들이었다. 왜냐하면 사문의 도법으로는 패력검제의 단 1초식도 감당할 수 없음을 잘 알기 때문이다. 그렇기에 그는 별의별 꼼수를 다 동원하여 상대의 공격을 막는 데 급급해 있는 중이었다.

'그 순간 도를 던진 다음, 튕겨 나온 도를 붙잡고 재차 휘두르며 영감탱이의 다리를 노린다면……. 으음, 그렇게 했다가는 바로 목 이 날아가겠군.'

열심히 머리를 굴려 가며 초식을 생각해 보았지만 도무지 뾰족 한 수가 떠오르지 않았다. 한참을 고민하던 진팔은 거칠게 방바닥 을 주먹으로 후려갈기며 투덜거렸다.

"에잇, 젠장. 어떻게 방법이 없나?"

패력검제와 다투는 데 사용하기에는 너무하다고 할 정도로 사문 의 도법이 조악하기 그지없었다.

어쩌다가 한 번씩 떠오르는 내면의 목소리를 따라가다 보면 한 두 수는 막을 수 있었고, 또 역공도 가능했다. 하지만 그 한두 수를 사용하게 되면, 전체적인 초식의 운용이 엉망진창으로 뒤엉키게 된다. 그 뒷감당을 어떻게 해야 하나?

이때, 밖에서 문 두드리는 소리가 들려왔다.

똑똑!

'젠장, 누구야? 금군이라도 쳐들어왔나?'

이런 생각을 잠시 하고 있는데, 밖에서 흥분한 조령의 목소리가 들려왔다.

"이봐요, 여기 있죠? 빨리 문 좀 열어 봐요."

진팔은 투덜거리며 자리에서 일어나 거칠게 문을 열며 소리쳤다.

"도대체 무슨 일인데 그러는 거야?"

문밖에는 조령과 쟈타르가 함께 서 있었다. 진팔은 조령과 쟈타르를 번갈아 쳐다봤다. 쟈타르의 한심스러운 듯한 표정으로 봤을 때, 급한 일은 아닌 모양이다. 그렇다면 저토록 흥분한 조령은 또 뭐란 말인가? 하지만 그 궁금증은 조령의 한마디에 곧바로 풀렸다.

"이겼다구요. 내가 내기에 이겼어요."

순간 진팔의 이마에 퍼런 핏줄 하나가 튀어나왔다. 무슨 전쟁이라도 난 듯 호들갑을 떨기에 나와 봤더니 겨우 내기 바둑에 이긴 것 때문이라니 어처구니가 없었던 것이다. 그렇다고 상대가 좋아라 웃는 모습을 보니 차마 화를 낼 수는 없었기에 진팔은 심드렁하게 대꾸했다.

"아아, 패력검제 영감과 시작한 그 내기 바둑을 말하는 모양이군. 축하하네."

김빠진 목소리로 진팔이 말하자, 조령이 미간에 주름을 잡으며 따지고 들었다.

"이봐요. 그 얼굴, 별로 축하하는 표정이 아닌데요."

사실, 매일매일 바둑을 둬서 수백 번을 깨졌으면, 바보 멍청이가 아닌 이상 지금쯤 바둑판의 한쪽 귀퉁이에 자기 집을 마련할 때도 된 것이다. 하지만 그걸 곧이곧대로 얘기했다가 무슨 귀찮은 꼴을 당할지 잘 아는 진팔이 아닌가. 생각은 그렇게 했지만, 그는 다급히 손을 내저으며 변명했다.

"무슨 그런 말을…, 나는 진심으로 축하하는 거야. 자, 볼일 다 끝났으면 들어가 봐도 되겠어?"

"그러지 말고 자, 가자구요. 이긴 기념으로 한턱 크게 쓸게요. 진 소협도 술 좋아하잖아요? 한잔하자구요."

"글쎄…, 내가 술을 좋아하는 것은 사실이지만, 지금 술을 파는 곳이 있을까?"

철없는 조령이야 아무 생각 없었지만, 진팔의 생각은 당연한 것이었다. 지금 양양성은 적에게 포위당한 상태다. 그리고 그 포위가 언제 풀릴지도 알 수 없는 상황이었다. 그렇게 되면 가장 먼저 식량을 통제하게 된다. 먹을 식량도 없는 상황에서 술을 빚을 쌀이 있을까?

조령은 마치 꼬마 애에게 말하듯 한껏 으스대며 애교스럽게 말했다.

"쯧쯧, 겉보기와 달리 아직 세상 경험이 부족하시군요."

'뭐시라?!'

진팔의 미간에 주름이 잡히건 말건 조령은 신경도 안 쓰고 넉살 좋게 말했다.

"이 세상에 돈으로 안 되는 게 어디 있어요. 돈만 있으면 웬만한 건 다 구할 수 있다구요."

진팔은 떨떠름한 표정으로 눈앞에 놓인 술잔을 바라보고 있었다. 술잔 안에는 투명하면서도 독하기 그지없는 액체가 찰랑거리고 있었다. 이것은 바로 술. 조령의 말대로 돈으로 안 되는 것이 없었던 것이다.

양양성에 금주령이 내려지고, 식량이 통제되기 전에 만들어진 술이었다. 새로 만드는 것에 대해서야 통제를 가하겠지만, 이미 만들어진 술을 식량으로 바꿔 놓으라고 할 수는 없는 노릇이 아닌가. 물론 이런 술은 암암리에 거래되었고, 그 가격은 상상도 하지 못할 정도로 비싼 값에 거래되고 있었다. 흔하디흔했던 백주도 지금에 이르러서는 아주 귀하신 몸으로 변해 있었던 것이다.

진팔은 술잔을 목구멍 안에 털어 넣었다. 찌르르한 느낌이 오장육부를 진동한다.

"크으으~."

"어때요? 비싼 돈값은 하죠? 자, 한 잔 더 하라구요."

안 그래도 무공을 수련하며 마음대로 잘 안 풀려 답답하던 참에 술을 마시니 속이 후련해지는 것 같았다. 그래서인지 술을 따라주겠다며 옆에 달라붙어 애교를 떠는 조령의 모습이 싫지만은 않았다.

'허구한 날 귀찮게만 하더니 가끔은 이쁜 짓도 하는군.'

진팔은 자신을 바라보며 환히 웃는 조령의 모습이 왠지 예쁘다고 생각했다. 사람을 좋게 보면 겉모습도 달라 보이는 모양이다. 하기야 지금까지 진팔은 그녀를 반쯤은 애물단지 정도로 생각하고 있었으니 말이다.

진팔이 화통하게 술을 들이켜고 있는데, 조령이 의기양양한 표정으로 입을 열었다.

"봐요, 술 파는 곳이 있는지 찾아보기를 잘했죠? 해 보지도 않고, '이러이러할 것이다' 하는 지레짐작에 포기하는 것은 못난 사내나 하는 짓이라구요."

진팔은 힐끗 조령을 바라보고는 다시 고개를 돌렸다. 자신을 못났다고 말하는데 어느 누구가 기분이 좋겠는가. 하지만 술까지 마시게 해 주었는데 화를 낼 수도 없는 노릇이라 그냥 아무 대꾸도 하지 않았다. 하지만 조령은 그렇지 않은 모양이었다. 진팔이 자신의 말에 대꾸를 하지 않자 살짝 미간을 찌푸리며 입을 열었다.

"진 소협은 그게 문제라구요. 너무 고지식한 거 말이에요. 사람이 좀 유연하게 사고를 할 줄도 알아야 할 거 아니에요?"

조령은 아무 생각 없이 한 말인지는 모르겠지만 진팔은 그 말을 듣는 순간 벼락이라도 맞은 듯 엄청난 충격에 가슴이 뻥 뚫린 듯했다. 진팔은 조령의 말을 듣는 순간 깨달았던 것이다. 어린애한테도 배울 것이 있다고 하더니, 역시 그녀의 말대로 자신의 마음가짐이 더욱 큰 문제인지도 몰랐다. 패력검제가 무림에서 적수를 찾기 힘든 고수라는 점은 그도 인정하는 바이다.

머릿속으로 대련하면서 패력검제는 기기묘묘한 수를 동원하여 자신의 공격을 막고, 또 공격해 온다. 숨도 쉬기 힘들 정도의 압박감을 흘리면서…….

그러면 자신은 그것을 막는 것만도 벅차다. 공격은 엄두도 내기 힘들다. 모든 초식이 뒤엉키고, 손발이 따로 놀다가 자멸하는 경우가 부지기수였다. 하지만 지금 생각해 보니 마음속 대련의 기준은 누가 잡은 것인가? 왜 그런 기기묘묘한 초식을 패력검제만 쓸 수 있고, 자신은 사문의 초식만 써야 한다고 누가 정해 놓은 것인가? 가만히 생각해 보니 지금껏 자신이 뭐 하고 있었나 싶어 너무나도 한심하게 느껴지는 진팔이었다.

조령은 진팔이 술을 마시다 갑자기 멍하니 생각에 빠진 듯하자 의아하다는 표정으로 물었다.

"뭐 해요? 술 마시다 말고."

하지만 진팔은 지금 한가하게 술 마시고 있을 처지가 아니었다. 일순간에 도를 깨닫는다고 하더니, 진팔은 지금 그것을 경험하는 중이었다. 고정관념에서 벗어나자 그의 손발은 어디로든지 뻗어갈 수 있을 것만 같았다. 그리고 아무리 괴이한 초식이라도 사용 가능할 것만 같았다.

가슴이 두근거린다. 이 순간 환골탈태가 일어나지 않는 것이 못내 아쉬울 뿐이었지만, 이것이 화경의 깨달음이 아니라고 해도 그것이 무슨 상관이 있겠는가. 이것을 통해 자신은 더욱 강해질 것이다. 그리고 화경에 한 발자국 더 다가설 것이다.

진팔은 꿈꾸는 듯 몽롱한 어조로 중얼거렸다.

"아아, 나는 아직까지도 내면의 목소리를 제대로 실행하지 못하고 있었구나. 너무나도 미숙했어."

백주를 홀짝거리고 있던 조령이 궁금하다는 듯 질문을 던졌다.

"내면의 목소리라니, 그건 무슨 소리예요? 진 소협."

"아아, 조 소저는 알 필요 없어. 그걸 알 정도 수준이 되려면 20년은 검을 더 휘둘러야 할 테니까 말이야."

조령의 아미가 꿈틀하는 것 같았지만, 그녀는 곧이어 미소 띤 표정으로 애교스럽게 말했다.

"에이, 그러지 말고 가르쳐 줘요~."

하지만 진팔의 대답은 퉁명스럽기 그지없었다.

"무공을 익히는 데 있어서 자기가 아무리 싫어도 필요한 단계를 밟아 나갈 수밖에 없어. 지금 조 소저는 가르침을 받는 초식을 정확히 이해하고 따라하며 자신의 것으로 만들어야 하는 단계야."

마음이 상했는지 조령은 입을 삐죽거리며 투덜거렸다.

"칫, 사내가 쪼잔하기는……. 그냥 가르쳐 주기 싫으면 싫다고 할 것이지."

"내가 가르쳐 주기 싫어서 그러는 게 아니야. 자신이 익혀야 할 단계도 제대로 소화해 내지 못한 상태에서 높은 단계를 알아 봐야 허사라구. 오히려 수련에 방해가 되고 몸만 망칠 뿐이야. 알겠어?"

하지만 조령의 입이 오리 주둥이마냥 삐죽이 튀어나와 있는 것을 보면 진팔의 말을 전혀 이해하지 못하고 있는 모양이었다. 그런 조령을 진팔은 귀여운 여동생을 대하듯 바라봤다.

'지금처럼 아무것도 모를 때가 오히려 더 좋은 거야. 경지가 높아질수록 골치만 아프지. 조금 지나고 나면 내 말을 이해할 수 있는 날이 올 거다.'

진실과 거짓 사이

 요즘 근처에 마적단이 나타났다느니, 떼강도가 출몰했다느니, 산적들이 횡행한다느니 하는 불안한 소문이 파다하게 퍼지고 있었다. 적은 재산이나마 지니고 있는 자들은 그 소문에 몸을 움츠려야 했다.
 옛날이 정말 좋았다. 강력한 대 송제국의 힘이 나라 구석구석까지 뻗치고 있을 때가 말이다. 대부분의 사람들은 그렇게 생각했다. 하지만 언제나 세상에는 엇나가는 사람도 존재하기 마련이다. 사람들은 다르게 생각하는지 몰라도, 방 포두는 치안이 허술하다고 난리를 떠는 지금이 오히려 더 좋았다. 요즘 그는 물고기가 물을 만난 듯 하루하루가 행복하기 그지없었다.
 "이봐, 박 영감. 며칠 전에 땅을 샀다면서? 그렇다면 세금을 내야 할 거 아냐?"

자신의 말에 박 영감은 식은땀을 흘리며 애절한 목소리로 대답해 왔다.
"세금이라면 벌써 다 드렸지 않습니까요? 방 포두 나으리."
방 포두는 짐짓 고개를 들어 주위를 휘휘 둘러보았다. 이런 짓을 한두 번 해 보는 게 아니다 보니 요령이 생긴 것이다. 이럴 때에는 그런 얘기에는 관심이 없다는 듯 딴청을 피우는 것이 돈을 뜯어내는 데 훨씬 효과가 있다는 사실을 잘 알고 있었던 것이다.
'흥, 이런 능구렁이 같으니라구. 애절한 목소리로 말하면 내가 마음이 약해질 줄 알았나?'
하지만 내심과는 달리 방 포두는 근엄한 표정으로 입을 열었다.
"크흐흣, 이봐. 세금이라는 것은 말이야. 황실에 납부해야 하는 것만이 아니야. 자네가 도둑이나 강도 걱정 없이 하루하루 평안하게 생활할 수 있는 것도 다 이 방대이(方大二) 어르신이 노력한 결과라는 점도 알아줘야지. 황실에서 자네 집에 도둑이 드는지 신경 써 주는 건 아니거든. 안 그래?"
황실의 모든 이목이 금에 쏠려 버린 지금, 이곳 변경은 무법 지대나 다름없었다. 현감도 별의별 수단을 다 동원해서 치부를 하고 있다.
물론 윗사람들이 치부하는 것을 가만히 지켜만 보고 있을 방대이 포두가 아니었다. 상관의 행동을 본받아 그도 열심히 치부에 동참하고 있는 중이었던 것이다.
"어, 얼마나 드려야 합니까?"
"은자 한 냥."
순간 박 영감의 안색이 허옇게 변하는 게 보였다. 내가 너무 과

진실과 거짓 사이 77

하게 불렀나? 아니야. 마음이 약해서야 이 사업을 할 수가 없지. 이놈저놈 사정 봐주다가 언제 돈을 모은다는 말인가.

"왜, 못 주겠다는 말인가? 그 땅을 잘 활용하면 그 정도는 쉽사리 뽑아낼 수 있잖아. 안 그래?"

"하, 하지만 그 많은 돈을 어떻게……."

방 포두는 자신이 다 알아서 처리해 주겠다는 듯 박 영감의 등을 토닥토닥 두드리며 부드러운 어조로 말했다.

"허, 이 사람. 별 쓸데없는 걱정을 다 하고 있구먼. 설마하니 내가 자네의 처지를 모르고 이런 말을 했겠는가? 걱정 말게. 그저, 여기다가 도장만 꽝 찍으면 된다네."

하면서 방 포두가 박 영감에게 은근슬쩍 내민 것은 차용증서였다. 방 포두에게 은자 한 냥을 빌렸는데, 그것을 나중에 갚겠다는 내용이 적혀 있었고, 그뿐만이 아니라 차용증서 한쪽 귀퉁이에는 아주 작은 글씨로 그 은자 한 냥을 갚을 때까지 매월 상당히 높은 이자를 지불하겠다는 내용까지 덧붙여져 있는 것이 아닌가.

박 영감은 차용증서를 내려다보며 치를 떨었다. 은자 한 냥을 거저 뜯기는 것만 해도 억울해 죽겠는데, 거기에 고리 대금이라고 해도 과언이 아닐 정도로 높은 이자까지 받겠다는 심보이니 말이다. 이건 완전히 날강도와 다를 바 없지 않은가. 하지만 그걸 거절할 방법이 없었다. 만약 거절한다면 별의별 트집을 잡아 자신을 괴롭힐 것이 뻔했으니 말이다.

박 영감이 부들부들 떨리는 손으로 도장을 찍고 있는 것을 방 포두가 흐뭇한 시선으로 바라보고 있을 때, 포졸 하나가 허겁지겁 달려와서 외쳤다.

"방 포두 나으리. 거상(巨商)입니다요, 거상."

"뭣이? 그게 무슨 말이냐?"

"지금 거상이 마을을 향해 오고 있습니다. 여섯 필의 말이 끄는 수레가 끝이 안 보일 지경입니다요."

"뭣이? 어서 현감 어른께 통보를……."

여기까지 말하던 방 포두는 뭘 생각했는지 슬쩍 박 영감의 눈치를 보더니, 포졸의 귀를 잡고 속삭였다.

"현감 어른께 통보는 드렸느냐?"

"아, 아뇨. 먼저 포두 어른께 알려 드리기 위해 달려왔습니다요."

"그래?"

방 포두는 누구 들은 사람이 없는지 주위를 둘러본 후, 서둘러 박 영감을 돌려보냈다. 물론, 도장이 꽝 찍힌 차용증서를 받고 말이다.

거상인 만큼 그들을 슬쩍 찌르면 상당한 액수가 튀어나오겠지만 그 대부분은 현감의 주머니로 들어가게 된다. 하지만 자신이 몰래 가서 찌르면? 물론 현감이 직접 하는 것보다는 액수가 작겠지만, 현감이 먹고 남은 부스러기를 얻어먹는 것보다는 훨씬 액수가 크지 않겠는가. 만약 제대로만 걸리면 큰 돈을 만질 절호의 기회가 찾아온 것이다.

"입이 무거운 놈들로 20명만 대기시켜라."

"예?"

"멍청하기는! 한두 번 해 보는 일도 아닌데 뭘 그러느냐? 척하면 알아들어야 할 것이 아니냐. 물론 이번 건은 좀 덩어리가 큰 만큼 아이들을 세심하게 골라야 할 것이야."

그 말에 포졸의 눈빛이 음흉하게 빛났다. 그제야 상관의 속셈을 눈치 챈 것이다.

"예, 바로 애들을 불러 모으도록 하겠습니다."

"마을 바깥에 집결시키도록 해라. 그리고 다른 녀석들에게는 내가 마을 근방을 순시하러 간다고 하더라고 전하거라."

"옛."

어차피 그들을 붙잡아 적당히 구슬려 돈을 뜯어내는 것은 자신의 역할이었다. 현감이야 관청에 앉아 자신이 뜯어낸 돈을 그저 챙기기만 하지 않는가. 문제는 그들이 마을에 머무르냐 아니면 그냥 통과하느냐에 달려 있다. 만약 머무르지 않고 마을을 통과한다면 미리 마을을 벗어나는 지점에 가서 기다리다가 그들을 검문하면 되는 것이다. 그리고 현감에게는 그때 자신이 자리에 없어 그들을 검문하지 못했다며 적당히 둘러 댈 생각이었다.

흐흐흐, 드디어 애월루의 향이를 품게 되는구나.

과연 포졸 녀석의 말대로 거대한 상단이었다. 짐이 잔뜩 실린 마차가 도대체 몇 대나 되는지 셀 수도 없었다. 그것까지는 좋았는데, 문제는 마차 주위를 에워싸고 움직이는 호위 무사들이었다. 괴이한 기운까지 물씬 풍기는 것을 보면 상당한 실력자들인 것 같은데, 과연 이들을 건드려도 괜찮을까?

좀 찜찜하기는 했지만 그냥 놔두기에는 너무 아까웠다. 저 정도 규모의 상단이라면 은자 열 냥, 스무 냥 정도는 돈도 아닐 것이다. 더군다나 자신은 국가의 녹을 먹고 있는 포두가 아닌가. 만약 분위기가 이상하면 적당히 둘러 대며 빠져나오면 충분할 것이다.

방 포두는 아랫배에 힘을 주며 천천히 상단 앞으로 걸어 나갔다. 물론 최대한 얼굴 표정을 근엄하게 보이려 애쓰면서 말이다.

"잠깐 멈추시오, 이건 어디서 오는 마차들이오?"

관복을 입고 있는 그의 물음에 장대한 체구를 지닌 사내가 급히 다가왔다. 칼에 난 상처인 듯 보이는 긴 흉터가 뺨에 있어 매우 인상적으로 보이는 인물이었다.

"수고들 하시는구려. 이 물건들은 천마신교에서 필요한 물건들이외다."

하지만 천마신교고, 말꼬랑지 신교고 간에 그런 곳이 있다는 소리를 들어 본 적도 없는 방 포두다. 이곳은 천마신교와 너무나도 멀리 떨어진 곳이니 말이다.

자신이 들어 보지 못한 상단 이름이었기에 괜히 겁을 먹었다고 생각한 방 포두는 거만한 표정으로 상단을 쓰윽 둘러보며 물었다.

"천마신교라? 하여간에 목적지와 물품들의 품목이 뭔지 알려주시오. 물론 관에서 발급한 증빙 서류는 갖추고 있겠지요?"

자신이 꼬장꼬장하게 나가자 예상대로 뺨에 긴 상흔이 있는 그 장한은 난감한 표정을 지으며 가까이 다가왔다. 그리고는 은근슬쩍 전낭 하나를 건네주며 말을 거는 것이 아닌가.

"수고들 하시는구려. 이거 얼마 안 되지만 일 끝나고 나서 술이나 한잔하시오."

얼핏 무게를 가늠해 보니 제법 묵직했다. 아마 상당한 액수일 듯 싶었다. 이쯤에서 그만 둘까? 하지만 곧 방 포두는 생각을 바꿨다. 살짝만 찔렀는데도 이 정도인데 조금만 더 귀찮게 하면 짭짤하게 한몫 챙길 수 있을 것 같다는 것에 생각이 미쳤던 것이다. 지금 거

뒤들이는 은자가 모두 자기 것이라고 생각하니 욕심이 그의 눈을 가렸던 것이다.
 방 포두는 우선 받은 전낭을 얼른 품속에 챙겨 넣었다. 그리고는 짐짓 안타깝다는 표정으로 장한을 바라보며 말했다.
 "허어, 뭐 이런 걸 다······. 물론, 본관은 편의를 봐드리고 싶지만 뒤에 있는 수하들의 이목도 있는지라······."
 한마디로 몇 푼 더 달라는 요구였다. 뺨에 흉터가 있는 장한은 씁쓸한 미소를 지으며 품속에서 몇 개인가의 은자를 더 끄집어냈다. 방 포두의 입이 귀밑까지 찢어지는 순간이었다. 그런데 바로 그때, 뒤에서 싸늘한 목소리가 들려왔다.
 "이봐, 지금 뭐 하는 겐가?"
 장한은 다급히 뒤를 돌아보며 고개를 조아리며 말했다.
 "아무것도 아닙니다."
 한참 은자를 건네받던 방 포두가 깜짝 놀라서 그쪽으로 시선을 돌려보니 한 주먹감이면 끝날 듯 보이는 비쩍 마른 녀석이 오만한 자세로 서서 퉁명스레 말하고 있는 것이 아닌가. 한눈에 척 봐도 세상 물정 모르는 대갓집 도련님 같은 인상이었다. 방 포두는 살짝 눈살을 찌푸리며 혀를 찼다.
 '쯧쯧, 저런 철없는 놈들 때문에 아랫사람들이 고생하는 거야. 아주 일 잘하고 있구만, 뒤에서 구경이나 하고 있지 끼어들기는 왜 끼어들어.'
 그런데 그 순간 부잣집 도련님의 오만하기 그지없는 건방진 말투에 방 포두의 인상이 확 일그러졌다.
 "아무것도 아니기는······. 왜 저런 쓰레기 같은 놈에게 돈푼을 쥐어 주는 거지?"
 '뭣이 쓰레기라고? 감히 나 방대이를 쓰레기라고 불러?'
 방대이는 노기 띤 어조로 소리쳤다.
 "아니, 감히 이것들이 본관을 쓰레기라고 불러? 좋다. 이것 다 필요 없어."
 방 포두는 장한에게서 건네받았던 은자를 땅바닥에 내동댕이친 다음 두 눈을 부릅떴다. 하지만 험악한 그의 표정과는 달리 방대이의 두 눈은 이리저리 굴러간 은자들의 위치를 은밀하게 뒤쫓고 있었다. 나중에 다시 회수해야 할 테니까.
 "얘들아, 저 마차에 실린 짐들이 어떤 것들인지 철저하게 조사해라. 만약 그 속에 금지 품목이 단 하나라도 있다면 너희들 모두 다 껍질을 홀랑 벗겨 주마."
 저들의 수가 많은 것이 조금 마음에 걸리기는 하지만, 자신에게도 수하가 20여 명이나 있었다. 그리고 이 일대는 모두 자신의 관할 구역이다. 거기에다가 내가 누군가. 나를 감히 쓰레기라고 불러?
 내가 버럭 화를 냈으니 저런 세상 물정 모르는 대갓집 도련님 따위는 지금 바짝 겁에 질려 있을 것이 분명했다. 그러면 저 뺨에 흉터 있는 장한이 다급히 자신에게 다가올 테고 한두 번 튕기다 못 이기는 척하며 은근슬쩍 다시 협상을 하면 될 것이다.
 하지만 일은 방대이의 계획대로 풀리지 않았다. 지금까지 계속 먹혀 들어갔듯 자신이 화를 내면 이번에도 효과가 확실할 줄 알았다. 관리들과 잘 지내려는 것이 상인들의 기본 태도니까 말이다. 하지만 밥 맛 없게 생긴 호리호리한 놈은 얼굴 표정 하나 바뀌지 않은 채 콧방귀를 뀌었다. 그것이 방 포두를 조금 두렵게 만들었다. 헉! 이거 혹시 잘못 건드린 거 아냐?

"흥! 껍질을 벗겨 주겠다고? 애들아."

그 말에 주위에 서 있던 무사들이 일제히 고개를 숙이며 외쳤다.

"하명하십시오!"

너무나도 절도 있는 그들의 동작 하나만으로도 방 포두는 간담이 서늘해지는 느낌이었다. 아무래도 뭔가 잘못 건드려 놓은 듯하다. 재빨리 사태를 파악한 방 포두는 슬금슬금 뒷걸음치며 중얼거렸다.

"뭐 말이 그렇다는 것이지요. 핫핫, 유쾌한 여행이 되기를 빌겠소이다. 애들아, 가자."

그들이 몇 발자국 가지도 못했을 때, 뒤에서 예의 그 목소리가 들려왔다.

"모두들 잡아서 꿇려라."

"존명!"

마차를 호위하고 있던 무사 10여 명이 달려왔다. 그 순간 후위에 서 있던 포졸들 중에서 제일 실력이 뛰어나다는 아삼(兒三)이 재빨리 칼을 빼들었다.

하지만 그는 칼을 채 휘두르지도 못했다. 어느새 두들겨 맞았는지 길게 쭉 뻗어 버렸고, 칼은 저쪽으로 요란한 소리를 내며 굴러가 버렸다. 도무지 방 포두가 생각하고 있던 인간의 움직임이 아니었다.

물론 방 포두도 잡히지 않기 위해 반항했다. 하지만 바로 그 순간 무지막지한 주먹이 자신의 배에 꽂혔다.

퍼억!

"크어어억! 쿨럭쿨럭!"

너무나도 통증이 극심해서 방 포두는 한동안 숨조차 쉴 수 없었다. 그들은 양쪽에서 방 포두의 손을 붙잡아 끌고 갔다. 그 호리호리한 녀석은 자신의 앞에 꿇려져서 핼쑥하게 질려 있는 방 포두 일행을 보며 이죽거렸다.

"오기는 쉽게 왔는지 몰라도, 갈 때는 너희들 마음대로 갈 수 없지. 자, 기왕에 껍질 벗기는 얘기가 나와서 말인데, 그게 어떤 것인지 본좌가 친히 가르쳐 주마."

엄청난 실력 차. 거기에다가 상대방은 5백여 명이나 된다. 옛날이었다면 상부에 통고해서 어림군이라도 출동시킬 여지라도 있었지만, 지금은 그게 불가능했다.

자신들도 상부의 통제가 느슨해진 틈을 타서 뇌물을 먹었지만, 역으로 자신들의 통제력을 상회할 정도의 무력을 지닌 채 반항하는 자들이 생겼을 때 그것을 막을 방법이 하나도 없음을 방 포두는 깨달아야만 했다.

방 포두는 얼굴이 새파랗게 질려 부들부들 떨며 말했다.

"하, 하늘을 몰라 뵙고 실수를 저질렀습니다. 용서해 주십시오."

애처롭게 용서를 구했지만 돌아온 것은 차가운 비웃음뿐이었다.

"버러지만도 못한 새끼들. 여봐라."

"옛."

"이런 쓰레기들이 두 번 다시 내 눈에 띄지 않게 해라."

"존명!"

"그리고 저놈은 특별히 껍질을 홀랑 벗겨 주도록!"

그러면서 그는 방 포두를 손가락으로 가리켰다. 방 포두 자신은 성질난 김에 그들이 가지고 있는 것을 몽땅 다 뺏겠다는 의미에서 '껍질을 홀랑 벗기겠다'는 표현을 썼지만, 상대의 말은 말 그대로 껍질, 그러니까 가죽을 벗기겠다는 소리였다. 그 순간 방 포두의 얼굴은 새하얗게 질려 버렸다. 가죽을 벗긴다고? 어찌 사람 가죽을 벗긴다는 말을 저렇듯 아무렇지도 않게 할 수 있단 말인가. 그리고 우렁찬 목소리로 대답하는 저놈들은 도대체 사람이라는 말인가? 아니면 백정들이라는 말인가.

방 포두는 한쪽 구석으로 질질 끌려가면서도 애절한 목소리로 악착같이 용서를 구했다.

"대, 대인 제발 살려 주십시오. 대이이이인!!"

하지만 흑의를 입은 무사들은 인정사정없었다.

퍽! 퍽!

"크아아악!"

우선 모진 구타가 시작되었다. 방 포두와 그의 부하들은 손이 발이 되도록 빌고, 또 빌었지만 하나도 달라진 것은 없었다. 모두들 피투성이가 되어 기절하기 직전쯤 되어서야 주먹질과 발길질이 멈췄다.

그리고 그들 중의 한 명이 품속에서 작은 칼을 쓱 꺼냈다. 비도(飛刀)로 보이는 그 칼은 아주 얇고도 날카로웠다. 그는 칼날을 손가락으로 튕기면서 음침한 목소리로 이죽거렸다.

"이봐, 내가 좀 실수해서 살점이 떨어져 나가더라도 참으라구. 나도 사람 가죽 벗기는 것은 처음이라서 말이야."

그 말을 듣는 순간 방 포두는 극심한 공포를 도저히 참지 못하고 기절하고 말았다.

　최근 마교의 동태를 기록해 놓은 보고서들을 읽어 보던 옥화무제는 황당하다는 듯 물었다.
　"이건 도대체 뭐죠?"
　총관은 옥화무제 옆으로 다가가서 어떤 보고서인지 확인한 후 자신이 알고 있는 바를 설명했다.
　"예, 일단의 마교 세력이 북상하고 있습니다. 엄청난 수의 수레에 뭔가를 잔뜩 싣고 수송하고 있는데, 그게 뭔지까지는 파악하지 못한 모양입니다."
　옥화무제는 보고서를 찬찬히 훑어보며 이해할 수 없다는 듯 중얼거렸다.
　"이상하군요. 이들이 하는 행동은 완전히 '내가 이리로 가고 있소' 하면서 광고하고 있는 거나 다름없잖아요. 겨우 자성만마대 1개 대뿐인 전력만으로 말이에요."
　"그러게 말입니다. 그것 때문에 마교에서 요 근래에 출발한 또 다른 고수들이 없는지 철저히 조사해 보라 지시했습니다. 그리고 미끼인 듯 보이는 그들 주위도 철저히 수색해 보라고 일러두었습니다."
　"그래서 뭔가 건진 것이 있었나요?"
　총관은 고개를 저으며 대답했다. 옥화무제에게 보고서를 올리기 전에 자신도 그것을 읽어 보았지만 아무리 머리를 굴려 봐도 그들이 왜 그런 짓을 하는지 도무지 알 수가 없었기 때문이다.
　"아쉽게도 하나도 없었습니다. 이상하게도 그들은 총타와 아예 연락을 주고받기를 포기한 듯, 그 어떤 연락도 보내지 않고 있습니다."

"흐음…, 이해하기 힘들군요."

잠시 이리저리 궁리하던 옥화무제가 입을 열었다.

"보고서대로라면, 그들은 몽고 쪽으로 가고 있는 모양인데……."

"예, 방향만으로 따진다면 몽고 쪽으로 가는 것이 확실한 것 같습니다. 몽고 남부의 케레이트 부족 같은 경우 돈만 많이 준다면 충분히 포섭할 수 있을 테니 말입니다. 하지만 속하가 도저히 이해할 수 없는 것은 그들의 행동이었습니다. 엄청난 마차를 몰고 가면서도 호위 무사가 겨우 자성만마대 1개 대뿐이었고, 더군다나 가는 길에 포두의 가죽을 벗긴다든지 하는 눈에 띄는 행동을 하고 있지 않습니까. 마치 금이 자신들의 행동을 지켜봐 주기를 원하는 것처럼 말입니다."

총관은 잠시 옥화무제의 눈치를 살피며 혀로 입술을 축인 뒤 계속 말을 이었다.

"아무래도 속하의 생각으로는 양양성으로 가고 있는 흑풍대의 존재를 감추기 위해 연막을 치는 것이 아닌가 하는 생각이 듭니다. 장인걸의 시선을 몽고 쪽으로 돌려놓고, 양양성 일대를 쓸어버리겠다는 계획이 아니겠습니까?"

옥화무제는 다시 한 번 보고서를 쓱 훑어보며 말했다.

"그게 가장 신빙성 있는 추리겠죠. 마교 쪽에서는 본문이 그렇게 적극적으로 흑풍대를 지원하리라고는 생각하지 못했을 테니까요. 사실 흑풍대를 향한 장인걸의 모든 이목은 본문이 막아 주고 있는데 말이에요."

"마교는 아직까지도 그걸 모르고 있을 겁니다."

사실 무영문이 흑풍대의 이목을 가리거나 지원을 해 주고 있는 것들은 모두 다 마교와 사전에 협의가 된 것이 아니었다. 당연히 마교 쪽에서는 그 사실을 전혀 알지 못하고 있을 것이 분명했다. 그만큼 무영문의 움직임은 은밀한 것이었으니 말이다.

잠시 생각에 잠겼던 옥화무제가 고개를 들더니 총관에게 지시를 내렸다.

"지금 몽고로 가고 있는 마교 세력에 대한 정보도 장인걸이 포착하지 못하도록 공작을 펼치도록 하세요."

그 말은 도저히 이해할 수 없었던지 의아한 표정으로 총관이 물었다.

"예? 그건 무슨 말씀이신지······. 장인걸의 세력이 분산되면 분산될수록 더욱 좋지 않습니까?"

그 말에 옥화무제는 의미심장한 미소를 보내며 말했다.

"하나만 알고 둘은 모르는군요. 만약 장인걸이 무너지고 나면 그 다음은 어떻게 되겠어요? 마교와 무림맹은 또다시 무림을 두고 다퉈야 해요. 이번에 마교가 더 많은 피해를 보도록 만드는 것이 좋지 않겠어요? 20여 년 동안 축적된 마교의 힘은 상상도 할 수 없을 만큼 강대하니까 말이에요."

그 말에 총관은 고개를 끄덕이며 말했다.

"과연 그렇군요. 마교와 무림맹의 세력이 모두 약해질수록 본문의 세력은 강성해질 테니까 말입니다."

무영문의 찬란한 미래가 보이는지 총관은 미소를 씩 지으면서 말을 이었다.

"그 미끼로 던져진 자성만마대 1개 대는 태상문주님의 보살핌 덕분에 목숨을 건졌다는 것도 모르겠군요. 대신 양양성에 모인 자들은 그만큼 더 고생을 하겠지만 말입니다."

하지만 그들은 전혀 모르고 있었다. 그게 미끼가 아닌 진짜라는 사실을 말이다. 그리고 이 결정 때문에 북방의 판도가 엄청난 변화를 겪게 되리라는 것 또한 그들은 알 수 없었다.

묵향 일행이 뇌물을 요구한 포두와 포졸들을 어떻게 했는지는 곧이어 그 일대에 소문이 쫙 퍼져 버렸다. 대부분의 포두들은 묵향 일행이 나타나자마자 재빨리 길을 열어 줬다. 하지만 그중에는 그렇게 하지 않는 인물들도 있었다.

묵향 일행이 변방의 요지라고 할 수 있는 주천(酒泉)을 통과하고자 할 때였다. 1백여 명이 넘는 포졸들이 십수 명의 포두들의 지휘를 받아 가며 활과 창 등으로 무장을 갖춘 채, 방어선을 치고 묵향 일행을 맞이했다.

포두들 중에서 한 명이 앞으로 나서며 외쳤다. 앞에는 창과 칼을 든 포졸들이, 뒤에는 활을 든 포졸들이 도열해 있었다. 활을 든 포졸들은 활시위를 가득 당긴 상태여서 명령만 내리면 곧장 발사할 수 있도록 대기하고 있었다.

"너희들은 지금 어디로 가는 길이냐?"

여태까지 봐 오던 부패한 포두들과는 그 움직임부터 판이했다. 포졸들도 포두의 명령에 따라 절도 있는 움직임을 보이고 있었다. 묵향은 뒤에서 아주 흥미롭다는 표정으로 그들이 하는 짓을 지켜보고 있었다.

장대한 체구의 이팔삼 대장이 앞으로 쓱 나서며 대꾸했다.

"우리들은 몽고와 교역하기 위해서 가는 길이오."

"그대들이 이전에 벌인 만행은 잘 알고 있겠지? 감히 국가의 녹을 먹는 관리에게 상해를 입히다니, 그것은 황실의 권위를 넘보는 행위임에 분명하다. 이 상단의 책임자는 누구인가, 당장 앞으로 나와 오라를 받거라."

이팔삼은 마른침을 꿀꺽 삼키며 교주의 눈치를 힐끗 살폈다. 가소롭다는 듯이 바라보고 있는 교주를 보며, 이팔삼은 다음 행동을 어떻게 할 것인지 즉각 결정했다.

"쳐랏!"

이팔삼의 손짓에 1백여 명의 자성만마대원들이 전광석화처럼 돌진해 들어갔다. 그리고 그 순간 포졸들이 정신없이 쏜 화살 수십 발이 날아들었다. 자성만마대가 아무리 마교에서 하급 무력 단체라고는 하지만 무공을 익히지 않은 포졸들이 쏜 화살에 당할 만큼 만만하지는 않았다.

포졸들은 채 두 번째 화살을 날릴 틈도 없이 제압당했다. 앞에서 창이나 칼을 든 포졸들이 뒤에 활을 든 포졸들을 방어해줘야 함에도 순식간에 무너져 버렸기에 벌어진 일이었다. 약간 무공의 맛을 봤다고 자부하는 포두들도 몇 있었지만, 정식으로 마교에서 수련을 쌓은 자들과는 수준 차이가 벌어져도 너무 심하게 벌어졌다.

특히나 마교도들이 익히는 마공의 특성상 초기 연성 속도는 그 어떤 문파보다도 뛰어났다. 물론 상급 단계로 올라갈수록 더욱 힘들다는 단점이 있었지만, 그 단점을 무시해 버릴 정도로 그 속도가 지니는 매력이 컸던 것이다. 그리고 사실, 웬만큼 뛰어난 고수들 정도야 수로 밀어 버리면 되는 것이 아니겠는가.

이팔삼 대장은 앞을 가로막고 있던 포졸들을 처리한 후, 수하들에게 명령했다.

"여태까지 해 왔듯 정신 좀 차리게 만들어 줘라."

"옛, 대장."

어딘가로 끌고 가서 주제 파악 좀 하도록 죽지 않을 만큼만 두들겨 패라는 소리였다. 하지만 이때, 묵향의 목소리가 울려 퍼졌다.

"잠깐!"

이팔삼 대주는 재빨리 묵향의 앞으로 다가가 공손히 아뢰었다.

"지시하실 것이 있으십니까?"

이팔삼에게 대답도 하지 않고, 묵향은 앞으로 걸어 나갔다. 그곳에는 포두와 포졸들이 꿇어앉아 있었다. 그들은 아직까지도 자신들이 어떻게 제압당했는지도 이해하지 못하는 듯했다.

묵향은 거만한 표정으로 그들을 쭉 훑어본 후 이죽거렸다.

"호오, 이제는 뇌물을 받기 위해 떼거리로 몰려오는구먼. 이 정도 병력을 동원하려면 포두 정도의 힘으로는 안 될 텐데?"

그러면서 묵향은 제일 앞에 꿇어앉아 있는 포두들 중의 한 명에게 물었다.

"여기 현감 놈이 시킨 짓이냐?"

그제서야 정신을 차린 듯 포두 한 명이 굵은 눈물을 흘리며 말했다.

"크흐흐흑! 말세로다. 어찌 이런 무뢰배들이 날뛴단 말인가. 가욕관에 어림군이 주둔하고 있기만 했었어도 네놈들을……."

"신세타령은 그만 하고 묻는 말에 대답이나 하지? 여기 현감 놈이 뇌물을 거둬오라고 시키더냐?"

"당치도 않은 말을 하지 말거라. 현감님께서 어떠한 분이신데, 네놈 따위가 함부로 입에 담는단 말이냐."

묵향은 인상을 살짝 찡그리며 말했다.

"범인을 말해야 껍질을 벗길 것 아니겠느냐? 자 순순히 이실직고 하지?"

그 말에 포두의 안색이 창백하게 질렸다. 자신의 말 한마디에 현감의 목숨이 걸린 것이다. 그렇기에 그는 필사적으로 외쳤다.

"아, 아니다. 내가 그랬느니라."

묵향의 눈이 실쭉 가늘어졌다. 부하들에게 이 정도의 충성을 받고 있는 것으로 보아, 여기 현감이 보통 인물은 아닌 듯 보였기 때문이다.

"크흐흐훗, 좋다. 현감에게 가서 알아 보기로 하지. 만약 아니라면 죽을 줄 알아라."

그런 다음 묵향은 고개를 돌려 이팔삼 대장에게 명령했다.

"오늘은 때도 늦었고 하니, 주천에서 묵도록 하지."

"옛."

묵향은 포두 한 명을 앞세워 현감의 처소로 달려갔다. 물론 초류빈도 함께였다. 달리 할 일이 없었던 초류빈이었으니 상관이 무슨 행동을 하는지 구경도 할 겸, 겸사겸사해서 따라나선 것이었다.

"댁이 이 지방의 현감이시오?"

갑자기 묵향이 나타났음에도 불구하고 40대 초반의 현감은 얼굴색 하나 변하지 않았다. 그는 근엄한 표정으로 묵향과 함께 온 포두에게 질문부터 던졌다.

"관 포두, 대체 이자는 누군가?"

현감의 물음에 관 포두는 면목 없다는 듯 대답했다.

"현상 수배된 일행들의 우두머리인 듯합니다, 대인."

현감은 집무를 수행하던 자리에서 천천히 일어서서 묵향에게로 다가오며 말했다.

"그대들은 누구인가? 안 그래도 어지러운 변방에서 무슨 일로 소란을 일으키는 것인가?"

"글쎄…, 그냥 상인들이라고 해 둡시다."

"본관이 보고를 듣기로는 저 청해성부터 시작해서 이곳으로 흘러온 것으로 알고 있는데, 상인이라니. 그렇다면 몽고와 상거래를 하기 위해 이동해 온 것인가?"

"그렇다고 해 둡시다."

"그런데, 관의 수색에 불응한 것으로 보아 금지 물품을 거래하는 자들인가?"

현감의 질문이 계속될수록 묵향의 대답은 조금씩 퉁명스러워졌다.

"그럴지도 모르지."

안하무인격의 상대방의 태도에 분기탱천한 현감은 드디어 노성을 터뜨렸다.

"이런 발칙한! 금지 물품을 밀거래하는 자들이 어찌 관을 이렇듯 업신여긴단 말인가?"

현감의 서릿발 같은 호통에 묵향은 시끄럽다는 듯 귓구멍을 후비며 능청스럽게 말했다.

"그야 당연히 아무것도 모르고 설쳐 대는 관청 놈들의 말을 들을 이유가 없으니까. 그건 그렇고, 얼마면 되겠소?"

그 말에 현감이 어이없다는 듯 반문했다.

"뭣이? 그게 무슨 말이냐?"

"얼마를 드리면 지명 수배를 해제해 주고, 이곳을 무사 통과시켜 주겠느냐 이 말이오. 사실, 당신의 부하들은 내 수하들에게 제압당한 지 오래요. 그런 만큼 내 제안을 따르는 것이 당신 신상에 좋을 거외다."

현감은 기가 막힌지 온몸을 부들부들 떨면서 외쳤다.

"이, 이런 발칙한 놈을 봤나!"

그러자 묵향은 쓱 검을 뽑아 들며 짙은 살기를 뿜어냈다.

"나도 쓸데없이 살생을 즐기지는 않으니 웬만하면 이 정도에서 타협하는 게 좋지 않겠소? 그렇지 않다면 지금 당신을 벨 수밖에 없소."

"이익! 오냐, 벨 테면 베어 봐라. 관에서는 네놈을 끝까지 추격하여 그 죗값을 치르도록 할 것이다."

"흐훗, 이곳 현에서는 우리들을 잡을 만한 병력이 없지 않소. 더군다나 어림군은 이곳을 떠난 지 오래지 않소? 자, 어서 선택하시오."

그러면서 묵향은 검을 현감의 목에 가져다 댔다. 여차하면 벨 기세. 묵향이 내뿜는 짙은 살기에 현감은 온몸을 부들부들 떨지 않을 수 없었다. 하지만 그는 항복하지 않았다. 단지 눈을 지그시 감으며 탄식을 터뜨릴 뿐이었다.

"허어, 저런 무뢰배들이 날뛰는데도 어찌할 수 없다니…, 대 송제국의 앞날이 걱정되는구나."

잠시 그런 현감의 얼굴을 바라보던 묵향은 검을 거둔 후, 자리에 앉으며 사과했다. 사실 방금 전까지 그에게 모질게 대한 것은 상대를 시험하기 위해서였다. 이토록 청렴한 관리가 이런 변방에 아직까지 남아 있다는 것이 신기하게만 느껴졌던 것이다.

"그대를 잠시 시험해서 미안하게 생각하오. 나는 대 송제국을 위해서 몽고에 군수 물자를 지원해 주기 위해 이동하는 중이오."

그 말에 현감은 감았던 눈을 뜨고 묵향을 바라봤다. 묵향을 향하는 그의 시선에는 불신과 의혹이 가득 차 있었다. 하지만 묵향은 그것을 아는지 모르는지 계속 말을 이었다.

"몽고를 충동질하여 금의 뒤를 치기 위해서지. 아무래도 변방이 소란스러워지면 금으로서도 모든 병력을 송에다가 쏟아 붓기 힘들어지니 말이오. 자, 이제 대답이 되었소?"

잠시 혼란스러운 표정을 짓던 현감은 묵향의 두 눈을 바라보았다. 이미 포졸들을 완전히 제압한 상태에서 상대가 거짓을 말할 이유가 없다는 생각이 문득 들었다. 상대에게 지금까지 놀림을 당한 것 같아 화가 나기는 했지만, 그의 말이 사실이라면 상대의 지위는 대단히 높을 것이 분명했다. 그런 중대한 사명을 받은 자라면 결코 신분이 낮을 리가 없기 때문이다. 그렇기에 현감은 끓어오르는 분노를 억누르고 조심스러운 어조로 질문을 던졌다.

"황실의 밀명을 받고 움직이는 분이시오?"

"그것까지 알 필요는 없소. 하지만, 귀하처럼 청렴한 관리가 아직까지 남아 있다는 것은 정말 다행스러운 일이라고 할 수 있겠소."

그 말에 현감은 묵향이 황실과 관련된 인물일 것이라고 확신했다. 그렇지 않다면 5백여 명이나 되는 정예 병사를 이끌고 험난한 몽고 벌판으로 갈 리가 없을 테니 말이다. 만약 그렇다면 포두의 가죽을 벗긴 것도 이해할 수 있었다. 그 포두가 뭔가 그만한 죄를 지었음이 틀림없으리라.

현감은 황송스럽다는 듯 고개를 조아리며 말했다.

"무슨 말씀을……. 본관은 황상 폐하의 명을 충실히 받들 뿐이외다. 자, 먼 길에 수고가 많으신데 차라도 한잔 드시며 얘기를 나누는 것이 좋지 않겠소이까?"

그러면서 현감은 관 포두를 돌아보며 말했다.

"그런 줄도 모르고 자네들에게 괜한 짓을 시켰구먼. 그래 다친 사람은 없는가?"

"예, 다행히 저분들께서 사정을 봐주시어 아무런 문제도 없었습니다, 현감 어른."

그 말에 현감은 "과연"하고 낮게 중얼거리며 고개를 주억거렸다. 그런 다음 그는 관 포두에게 지시했다.

"자, 돌아가서 볼일이나 보게나. 그리고 나가서 차를 대령하라고 이르게."

"예, 대인."

묵향을 바라보며 현감은 침중한 어조로 사죄했다.

"워낙 나라가 어지럽다 보니 요즘 밀수꾼과 마적단들이 판을 치는지라 귀하신 분께 이런 실례를 끼치게 되었습니다."

묵향은 뻔뻔스럽게도 장단을 맞춰 대꾸했다.

"괜찮소이다. 이런 변방에서 마적단까지 상대하자면 많이 힘드실 것이오. 자, 이건 그대에게 주는 자그마한 선물이라고 생각하고 받아 주시오."

현감은 묵향이 건네준 전표를 받아 본 후 눈이 휘둥그레졌다. 보통 큰 액수가 아니었던 것이다. 오히려 상대의 행동이 이해가 안 가는지 현감은 불신 어린 어조로 질문을 던졌다.

"이, 이건 무슨 뜻이오?"

"이건 현감에게 주는 뇌물이나 선물이 아니오. 마적단을 상대하고, 이 지방의 치안을 정립하려면 많은 돈이 필요하지 않겠소? 거기에 보태 주시오."

그 말에 현감은 전표를 품속에 거둔 후 고개를 숙이며 감사해했다.

"가, 감사하오이다."

묵향은 현감과 밤늦게까지 얘기를 나누며 몽고 쪽의 정세라든지 여러 가지 대화를 주고받았다. 현감은 묵향이 황실의 밀명을 받고 행동하는 관리라고 여겼기에 아주 깍듯하게 대접을 해왔다. 그리고 이런 둘의 언행을 옆에서 지켜보고 있던 초류빈은 황당해서 말이 안 나올 정도였다.

현감과 대륙의 정세에 대해 진지한 표정으로 이야기를 나누고 있는 묵향의 모습은 자신이 지금까지 알고 있는 말보다 주먹이 앞서는 단순무식한 교주의 모습이 아니었다.

교교한 달빛을 받으며 현감과 차를 마시며 담소하는 묵향의 말을 듣다 보니 자신이 그렇게 많이 배우지는 못했어도 묵향의 지식이 대단히 폭 넓고도 깊이가 있다는 것을 알 수 있었다. 묵향의 말에 연신 고개를 끄덕이는 현감의 모습을 보며 초류빈은 그가 자신이 아는 교주가 아닌 것 같다는 생각마저 들었다.
 요 며칠간 보여 주는 묵향의 모습은 사내인 자신이 보더라도 왠지 너무나도 멋있었다.
 "허, 거참. 세상 오래 살고 볼 일이네."

이어지는 인연

　며칠 후, 국경을 넘은 묵향 일행은 길 안내를 하기 위해 비마대에서 파견된 막이첨(莫理岾)의 안내로 몽고 벌판 깊숙이 이동하기 시작했다. 그는 몽고 여인과 중원인의 혼혈아였는데, 그 때문인지 몽고어에 능통할 뿐만 아니라 그쪽의 풍습에 대한 지식도 매우 해박했다.
　몽고하면 떠오르는 것이 광대한 평원이겠지만, 그들이 이동하는 이곳은 공고라는 말이 무색할 정도로 싱그러운 초목이 여기저기에 우거져 있었다. 몽고 남쪽은 몽고 전역에 비해 비교적 숲이 많이 우거져 있었고, 물도 흔한 편이었다.
　막이첨은 이팔삼 대장하고 낮은 목소리로 뭔가 속닥거리더니 묵향에게 다가와 보고했다.
　"이 일대는 전부 케레이트 부족의 지배자 옹칸의 영역입니다. 그는 오랜 세월 송과 교역을 해 온 인물이기에 아무래도 그에게 몇 가지 선물을 주고 통행권을 얻는 것이 좋지 않을까 생각됩니다."

지금까지 뇌물을 요구한 관리들을 어떻게 만들어 놨는지에 대해 이팔삼 대장에게 들은 막이첨이었다. 그렇기에 그는 묵향의 눈치를 살피지 않을 수 없었다. 만약 몽고에서도 강행 돌파를 시도하자고 한다면? 이번 일은 대단히 어려워지면서도 귀찮아질 수밖에 없을 것이다.

"물론 본교의 힘이라면 그렇게 안 하고 강행 돌파를 할 수 있겠습니다만, 그렇게 한다면 말을 구입하기가 힘들지 않을까 사료됩니다."

묵향은 알아서 하라는 듯 퉁명스런 목소리로 대답했다.

"몽고에 왔으면 몽고의 예법을 따르는 것이 순리겠지."

뇌물을 주는 것은 순리가 아니었기에 쓰레기들에게 돈을 바칠 이유가 없었지만, 이 경우는 다르다는 묵향의 대답이었다. 묵향의 말에 막이첨은 고개를 숙이며 대답했다.

"옛, 이팔삼 대장에게 전하겠습니다."

뒤로 돌아서며 막이첨은 내심 안도의 한숨을 내쉬었다. 물론 자신들의 힘으로 돌파해 들어갈 수야 있겠지만, 문제는 말을 살 방법이 없는 것이다. 그렇다고 모든 말을 훔치거나 빼앗을 수도 없는 노릇이 아닌가.

케레이트 부족의 본거지에 도착한 후, 묵향은 이팔삼에게 명령을 내렸다.

"자네가 옹칸을 구워삶도록 하게. 선물은 준비해 왔겠지?"

"옛, 걱정 마십시오."

명령을 받은 이팔삼은 수하 몇을 거느리고 옹칸이 기거하는 궁전으로 갔다. 대부분의 몽고 족장들은 궁전 따위를 건설하지 않았다. 궁전을 만들 물자도 없었지만, 이곳저곳을 떠돌아다니는 유목민족의 특성상 궁전을 만들 필요성을 느끼지 못했던 것이다.
　하지만 옹칸은 달랐다. 그의 수입원 중에서 가장 굵직한 것을 차지하고 있는 것이 무역이었다. 시장은 언제나 한곳에 고정해서 열릴 수밖에 없는 것이고, 또 상인들이 마음 놓고 장사를 할 수 있도록 보호해 줘야 했다. 그렇기에 작은 궁전을 만든 것이다.
　이팔삼은 통역관으로 막이첨을 거느리고, 수하 몇 명에게 성대한 선물을 들게 하여 옹칸을 배알하러 궁전으로 들어갔다. 그리고 묵향은 이팔삼이 돌아오는 것을 기다리지 않고 수하들과 함께 마〔馬〕시장으로 나갔다.
　그렇게 유창하지는 않았지만 묵향이 몽고어를 구사하며 상인과 거래를 시작하자, 그를 수행하고 있던 수하들은 모두들 놀라지 않을 수 없었다. 하지만, 그들은 곧 생각을 고쳐먹었다. 천마신교에서 교주는 신적인 존재가 아닌가. 그런 분께서 몽고어를 구사하시는 것은 당연한 일이었다.
　하지만 속사정은 다른 데 있었다. 과거 묵향이 기억을 잃었을 때, 옥영진 대장군 밑에서 일하면서 몽고어를 배운 적이 있었다. 거기에다가 하부르라는 몽고 처녀와 함께 생활하며 꽤 많은 몽고어와 함께 몽고의 풍습도 배워 둔 것이 있었다. 그때의 기억들은 묵향이 기억을 상실하며 잠시 잊혀졌었지만, 아르티엔이 기억을 몽땅 되살리며 모든 것을 되찾았던 것이다. 지금까지는 막이첨이라는 통역관이 있었기에 굳이 자신이 나서지 않았지만, 그가 없는 지금 묵향은 직접 상인들을 상대하고 있는 것이다.

몽고마는 작고 다부지게 생긴 것이 특징이었는데, 생긴 대로 아주 끈질긴 생존 능력을 지니고 있었다. 살아가기에 최악의 조건에 가까운 몽고의 대지에 적응해서 살아오다 보니 그런 식으로 적응하지 않을 수 없었을 것이다. 하지만 몽고마는 그 작은 덩치 때문에 송에서는 별로 환영받지 못하고 있었다. 고작해야 싸구려 짐말 정도로 쓰기 위해 수입하고 있을 뿐이었지만, 이곳에서는 당당하게 전투마로 활용되고 있었다.

묵향이 사들인 몽고마의 수는 무려 3천 필. 그날 마 시장에 나와 있는 거의 대부분의 몽고마를 사들인 수였다. 묵향은 수하들에게 명령하여 각자 한 필씩의 말을 지니고, 남은 말들에게는 중원에서 가져온 화물들을 실었다. 수레 1백 대분의 엄청난 분량이었지만, 2천5백 필에 달하는 말에다가 나눠 싣다 보니 각 말 등에 실린 분량은 그렇게 무거운 것이 아니었다.

마차들은 모두 표국 등지에서 빌린 것들이기에 몽고 접경에서 주인에게 돌려보내야 했다. 묵향이 수하들에게 지시하여 마부들에게 품삯을 나눠 주고 있을 때, 이팔삼이 돌아왔다.

"그래, 어떻게 되었나?"

"예, 자신의 영토를 통과하도록 허락해 줬습니다."

"수고했네. 오늘은 여기서 쉬고, 내일 일찍 출발하기로 하지."

"옛."

막이첨의 인도로 묵향 일행은 몽고를 횡단하기 시작했다. 테무진이라는 족장이 있는 곳은 몽고의 동북부였다. 그런 만큼 오랜 시간 몽고 벌판을 가로지를 수밖에 없었지만, 그 누구도 묵향이 지휘하는 자성만마대의 진격을 막을 수는 없었다. 그들이 가져가는 화물을 노린 몽고족들의 공격을 몇 번 받기는 했지만, 몽고족들은 막심한 피해만 입은 채 물러서지 않을 수 없었다. 무력(武力)에서 쌍방의 차이는 너무나도 컸기 때문이다.

처음에는 몽고족들의 공격을 가볍게 물리치는 것으로 그쳤지만, 그게 자꾸 반복되자 짜증난 묵향이 공격해 들어온 몽고족을 철저하게 응징해서 본보기를 보였다. 그때 죽인 수백 명이나 되는 몽고족의 시체를 갈기갈기 토막 내어 여기저기에 흩뿌려 놨던 것이다. 뒤에서 따라오는 또 다른 몽고족이 있으면 보라는 듯.

그 이후로는 더 이상 그들을 건드리려는 간 큰 몽고 부족은 없었다. 설혹 그 와중에도 습격해 볼까 하는 마음을 가졌던 몽고 부족이 있었을지도 모르지만, 중원 상단과의 격전에서 가까스로 살아서 도망쳐 나온 생존자들이 그때의 참담한 전투 상황을 사방에 알렸다.

생존자들의 증언까지 듣고 나서도 중원 상단을 건드릴 뜻을 굽히지 않는 몽고 부족은 없었다. 그게 사실인지 아닌지 알 수 없었지만, 그런 공포스러운 집단을 상대로 감히 도박을 할 엄두를 내지 못했던 것이다.

"전방에서 약 1천 기의 몽고병들이 접근 중이라고 합니다."

그 말에 묵향은 피식 웃으며 이팔삼에게 명령했다.

"호오, 오랜만에 손님이 오시는군. 이팔삼 대장! 손님 맞을 채비를 해라."

그 말에 이팔삼은 긴장된 표정으로 명령했다.

"모두들 전투 준비를 갖춰라. 8개 조는 앞으로, 2개 조는 말을 보호한다."

묵향은 초류빈에게로 고개를 돌리며 씩 미소 짓고는 말했다.

"심심할 텐데 자네도 따라가서 몸 좀 푸는 게 어때? 요즘 할 일도 없었잖아."

초류빈은 심드렁한 표정이었지만 그래도 공손한 어조로 대꾸했다. 사실 그처럼 뛰어난 고수가 덜떨어진 몽고 병사들하고 싸워 봤자 식후 운동거리도 될 수 없었기 때문이다.

"분부대로 시행합죠."

초류빈은 4백의 자성만마대 대원들을 이끌고 앞서서 달려 나갔다. 하지만 짐작과는 달리 이번에 접근한 무리는 약탈을 위해 달려온 것이 아니었다. 보급물을 싣고 오는 묵향 일행을 마중하기 위해 테무진이 부하들을 파견했던 것이다.

거리가 가까워지자 몽고 기병들은 상대에게 적의가 없음을 나타내기 위해 서서히 속도를 줄이기 시작했다. 몽고 병사들의 우두머리인 듯한 사내가 손을 위로 들자 그들은 일제히 멈춰 섰다. 우두머리인 몽고 병사는 말에서 내린 후 걸어서 초류빈에게로 다가왔다. 공격할 의사가 전혀 없음을 나타내는 행동이었다.

그것을 보고 초류빈도 고삐를 당겨 말을 멈춰 세우며 말했다.

"공격할 의사는 없는 모양인데? 자네는 어떻게 생각하나?"

초류빈의 말에 이팔삼은 고개를 갸웃거리다 대답했다.

"테무진의 영역이 멀지 않았다고 막이첨이 말하지 않았습니까? 혹시 테무진이 보낸 사람이 아닐까요?"

이때, 자신들에게 다가오던 몽고 병사가 그 말을 들은 모양이었다. 그는 자신을 손가락으로 가리키며 뭐라고 소리쳤다. 그게 무슨 말인지 알아들을 수는 없었지만 그 말 사이사이에 '테무진'이라는 말이 끼어 있었다.

"자네 추측이 맞는 모양이군."

초류빈은 말에서 내려 몽고 병사에게로 다가갔다. 그리고 그의 뒤를 이팔삼이 따르고 있었다. 몽고 병사는 처음 보는 중원풍의 복장을 한 사내에게 호기심 어린 눈빛을 던지면서도 손에 쥐고 있는 가죽 부대를 초류빈에게 건넸다.

"이, 이게 뭐지?"

초류빈은 이팔삼을 곁눈질로 쳐다봤지만, 그라고 상관이 모르는 것을 알 턱이 없었다. 몽고 풍속에 능통한 막이첨은 지금 뒤에 남아 있었다.

"젠장, 이걸 어떻게 하라고?"

자신의 말을 알아들을 턱이 없었다. 몽고 병사는 손짓으로 그것을 마시는 시늉을 하고 있었다. 그걸 본 초류빈이 가죽 부대를 슬쩍 흔들어 봤다. 뭔가 액체가 가득 들어 있는 듯 찰랑거림이 느껴졌다.

"아아, 먼 길을 왔으니 물이나, 술을 대접하는 것인 모양이군. 아주 독특한 풍습이네."

기세 좋게 마개를 열고 한 모금 입속에 넣었던 초류빈은 하마터면 입속에 들어온 액체를 푸학하고 토해 낼 뻔했다. 이 느끼하면서도 괴이한 맛과 역한 냄새는 도무지 인간이 참고 마실 만한 성질의 것이 아니었다. 하지만 초류빈이 누구인가. 그는 마시는 척하면서 입속에 들어온 액체를 다시 혀로 슬슬 밀어 가죽 부대 속으로 원상 복귀시켰다. 그런 다음 신나게 목젖을 움직여 벌컥벌컥 마시는 척했다. 하지만 그의 뱃속으로 들어가는 마유주는 단 한 방울도 없었다.

몽고 병사를 향해 한껏 잘 마셨다는 표정을 지어 보인 뒤 초류빈은 이팔삼을 슬쩍 쳐다봤다.

'망할 자식. 혹시 알면서 나한테 엿 먹으라고 가만히 있었던 거 아냐?'

이상한 의심이 들기 시작한 초류빈은 그 가죽 부대를 이팔삼에게 건네며 말했다.

"자네도 한 모금 하게. 환영의 표시니 맛나게 마셔 주는 게 예의겠지?"

말이야 그렇지만 초류빈의 어감은 이거 맛나게 안 마시면 반쯤 죽여 주겠다는 협박의 의미를 다분히 내포하고 있었다. 눈치 빠른 이팔삼이 그걸 모를 리가 없었다. 사실 이팔삼은 초류빈이 자신에게 가죽 부대를 건네주자 가슴이 뛰었다. 자신과 같은 하급 무사가 하늘 같은 부교주님과 같이 술을 마실 수 있다니, 생각만 해도 영광이 아닌가. 그런데 가죽 부대를 건네는 순간 초류빈의 말투가 아무래도 마음에 걸리는 이팔삼이었다. 그는 긴장감 어린 표정으로 마른침을 꿀꺽 삼키며 가죽 부대를 받아들었다.

"옛, 감사합니다, 부교주님."

그는 가죽 부대를 받아 입가로 가져가며 슬쩍 냄새를 맡아 보았다.

'허억! 이 무슨 이상야릇한 냄새더냐!'

이팔삼은 그제서야 초류빈이 가죽 부대를 건넬 때 퉁명스럽게 말했던 것이 이해가 되었다. 냄새만 맡았어도 속이 뒤집히는 것 같았지만 그는 애써 웃는 표정을 유지하며 가죽 부대를 입가로 가져갔다. 자신도 모르게 그의 손은 부르르 떨리고 있었다.

부교주가 마시라면 마시는 거다. 설혹 이 안에 독약이 들어 있다고 해도 맛나게 마셔야만 한다. 이팔삼은 두 눈을 질끈 감고 가죽 부대를 곧장 입으로 가져가 사력을 다해 벌컥벌컥 들이켰다.

곧이어 단 한 번도 느껴 본 적이 없는 괴상한 맛과 향에 독극물이라도 들어온 듯 위가 요동치기 시작했다. 하지만 그걸 토해 낼 수는 없었다. 이팔삼은 필사적으로 구토를 참아 냈다. 사나이 이팔삼, 여기까지 와서 상관에게 맞아죽을 수는 없었던 것이다.

몇 모금이나 마셨는지 기억도 안 난다. 배가 불러올 때쯤 되어, 위장도 어느 정도 적응을 했는지, 아니면 헛된 저항을 포기해 버렸는지 잠잠해진 지 오래다. 이팔삼은 가죽 부대를 몽고병에게로 다시 넘겼다. 트림이 나오려고 하는 것 같았지만, 괜히 트림을 하다가 마유주가 뿜어져 나올까 봐 이팔삼은 배에 힘을 꽉 주고 참아 버렸다.

이팔삼은 말없이 엄지손가락을 치켜들며 억지로 활짝 미소 지었다. 말을 하려고 입을 열면 곧바로 토할 것만 같았기 때문이다.

그 모습을 바라보던 초류빈은 의아하다는 표정으로 고개를 갸웃거렸다. 자신은 냄새만 맡아도 토할 것 같았던 그 뭔가를 저놈은 아주 맛있다는 듯 벌컥벌컥 마시는 것이 아닌가. 처음에는 자신이 겪었던 그 고통을 네놈도 어디 한번 당해 봐라 하는 심정에서 가죽 부대를 건넸던 것인데 저렇게 맛있게 마시다니…….

'거참 이상하네. 혹시 냄새가 약간 고약해서 그렇지 맛은 아주 괜찮았던 게 아닐까?'

가죽 부대를 바라보며 별의별 생각이 초류빈의 뇌리를 떠돌기 시작했다.

손님들이 환영의 의미로 준 마유주를 이렇듯 호쾌하게 들이키자 몽고 병사는 아주 기분이 좋은 듯 환한 웃음을 되돌리며 자신도 벌컥벌컥 마유주를 들이켰다.

묵향이 거느린 본대가 도착한 후에야 막이첨이 달려 나와 몽고 병사들과 겨우 의사소통을 할 수 있었다.

"교주님, 저자는 젤메라고 한답니다. 주군인 테무진의 명을 받들어 교주님을 영접하기 위해 파견되었다고 합니다."

물론 묵향도 그 말을 알아들었지만, 그는 모르는 척 막이첨의 통역을 다 듣고 난 후 부하들에게 명령했다.

"좋아. 자, 가자. 이제 조금만 더 가면 목적지에 도착하겠군."

반나절 동안 벌판을 더 가로질러 간 후에야 묵향은 테무진을 만날 수 있었다. 테무진은 키는 별로 크지 않았지만 모든 근육이 잘 발달한 다부진 체격의 소유자였다. 그는 묵향이 가져온 물자가 상상을 초월할 정도로 막대한 양이었기에 놀라워하는 기색이 역력했다. 말만 해도 수천 필이다. 이것만 해도 자신의 세력이 월등하게 성장할 것이다. 하지만 이렇게 좋은 선물을 가져왔다면 뭔가 바라는 것이 있을 것이다. 그렇기에 테무진은 상대의 저의를 알고 싶다는 듯 길게 째진 눈으로 슬쩍 묵향을 살펴보았다.

"서로 간의 동맹을 위해 이렇듯 먼 길을 와 준 것에 대해 감사드리는 바이오."

테무진은 묵향이 자신의 검을 유심히 살펴보고 있다는 것을 눈치 채고 미소 지으며 말했다. 무인이 검에 관심을 가지는 것을 탓할 수는 없다. 그리고 이 기회에 자신이 지닌 검을 자랑할 수도 있지 않겠는가.

"이 검은 나의 아버지 예수게이께서 사용하셨던 검이오. 아주 훌륭한 보검이지 않소?"

물론 그 모든 말은 사이에 끼어 있는 막이첨이 즉시 통역해 줬다. 테무진의 말을 들은 묵향의 눈에는 짙은 감회가 서렸다.

어찌 그가 그 검을 모를 수 있단 말인가. 옥영진 대장군이 자신에게 사용하라고 줬던 청성(淸性)이라고 하는 검이었다. 황제가 공을 세운 신하에게 하사한 것인 만큼 장식이 아주 호화로운 검이었다. 그렇다 보니 금방 눈에 띄었던 것이다.

'그러고 보니 저 검을 과거 하부르를 맡긴 사내 녀석에게 줬었지. 용의 눈을 가지고 있던 뛰어난 아이에게 말이야. 저놈은 아마 그 녀석의 아들인 모양이군. 아무리 봐도 그 녀석보다는 격이 좀 떨어지는 것 같은데……'

옥영진 대장군의 휘하에서 싸우던 일이 마치 어제 일인 듯 머리를 스치고 지나갔다. 역시 용의 눈을 지니고 있던 그 아이는 요절하고 말았구나.

하부르……. 그렇다면 그녀는 어떻게 되었을까? 여기가 그녀석이 다스리던 부족이라면 그녀 또한 이곳에 있을 것이 분명했다. 오랜 세월이 흘렀으니, 그녀도 결혼했을 테고 아마 아이도 있을 것이다. 지금 그녀는 어떻게 살고 있을까? 너무나도 궁금했다.

하지만 지금 묵향은 하부르를 찾으러 온 것이 아니지 않은가. 사적인 감정은 제쳐 놓고 묵향은 테무진에게 말했다.

"쓸 만한 검이긴 하군. 하기야 황제가 준 검이라고 옥 대장군에게서 들었는데 나쁜 것일 리가 없지. 사실 그때 그놈에게 선물하기는 좀 아까운 검이었어. 그건 그렇고, 멍청한 몽고 놈 주제에 본좌와 동맹을 맺게 된 것을 영광으로 생각해야지. 이만한 물자까지 힘들여 운반해다가 안겨 줬으니 목숨을 걸고 본좌에게 충성해야 해. 알겠나?"

동맹을 맺은 상대에게 할 말은 아니었다. 하지만 아무려면 어떤가? 저놈은 한어를 단 한마디도 모르는데 말이다. 황당하다는 듯 교주를 멍하니 바라보던 막이첨이 조심스럽게 물어왔다.

"그대로 통역할까요?"

"이런 멍청한 녀석 같으니라구. 그런 사소한 것까지 본좌가 일일이 다 가르쳐 줘야겠냐?"

막이첨은 얼른 고개를 조아리며 말했다.

"아, 아닙니다. 교주님."

그리고는 고개를 들고 테무진을 바라보며 유창한 몽고어로 말했다.

"저희 교주님께서는 당신처럼 뛰어나고 용맹스런 부족장을 만나게 되어 기쁘다고 하셨소이다. 더불어 당신이 다스리는 부족과 동맹을 맺게 되어 마음이 든든하다고 하셨소."

막이첨의 통역을 들은 테무진은 만족스러운 듯 미소를 짓더니, 입을 열었다.

"그런데, 이토록 많은 선물을 가져왔다면 뭔가 바라는 것이 있을 텐데……. 그게 무엇이오?"

"우선, 본좌가 원하는 것은 타타르 부족의 멸망이야."

막이첨의 통역에 테무진의 눈이 번쩍 빛났다. 타타르 부족이라면 불구대천의 원수였으니 마다할 이유가 없다. 그렇기에 그는 주저 없이 고개를 끄덕였다.

"그게 대가라면 원하는 대로 해 주겠소."

"그게 다는 아니야. 타타르가 멸망하면 네 녀석의 영토는 금과 맞닿게 되겠지. 안 그래?"

테무진은 불신 어린 표정으로 물었다.

"설마…, 금을 치라는 말이오이까?"

그 말에 묵향은 고개를 끄덕인 후 대답했다.

"물론."

"그건 터무니없는 요구요. 금은 워낙 강성한 제국이라 우리들이 감히 건드릴 수 없다는 것을 귀하도 잘 알지 않소."

테무진의 단호한 거절에도 불구하고 묵향은 너털웃음을 터뜨리며 말했다.

"허허, 이 멍청한 녀석이 아주 성급하게 판단하는군. 내 말은 금을 공격해서 멸망시키든지, 아니면 영토를 점령하라는 말이 아니야."

테무진은 의아하다는 듯 입을 열었다.

"그렇다면 어떻게 해 달라는 말이시오?"

"금과 몽고의 국경선은 아주 길지. 이곳저곳 금군의 경계가 약한 곳을 골라서 약탈하고 도망쳐 달라는 말이야. 금군과 치고받으라는 말이 아니란 말이다. 그 정도도 생각 못 하는 것을 보면 정말 멍청하기 짝이 없구먼."

막이첨의 통역을 듣던 테무진의 입가에는 미소가 어리기 시작했다. 그 일이라면 이자가 부탁하지 않아도 해야만 하는 일이었다. 척박한 몽고는 모든 것이 부족하다. 그렇기에 주위를 약탈해서 그 모자라는 부분을 보충해야만 한다. 그런데 이자가 원하는 것이 그것이었다니 마다할 이유가 없었다.

"그 정도라면 충분히 해 줄 수 있소이다."

"하하핫, 좋아. 자네와 나의 이해가 합쳐졌으니 이보다 더 좋은 일은 없군. 나야 네놈이 금나라 놈들과 치고받다가 죽든지 말든지 별로 신경 쓰지는 않겠지만, 네놈은 몸을 아끼지 말고 열심히 금의 국경을 괴롭혀야 돼. 알겠나?"

묵향과 테무진의 사이에 끼어서 열심히 통역을 하는 막이첨은 그야말로 죽을 맛이었다. 거침없이 터져 나오는 묵향의 거친 말을 최대한 정중한 용어로 바꿔, 다시 테무진에게 통역을 해야 했기 때문이다.

어느 정도 협상이 끝났다고 생각했는지 테무진은 호탕하게 웃은 후 정중하게 말했다.

"물론이오. 자, 부하들에게 귀한 손님들을 위해 성대하게 잔치를 준비하라고 일렀소. 오늘은 마음껏 먹고 마십시다."

일단 여기에 온 소기의 목적은 달성된 상태였다. 그렇기에 묵향은 지금껏 테무진에게 하고 싶었던 질문을 꺼냈다.

"잠깐, 한 가지 물어볼 것이 있는데……. 혹시 이 부족에 하부르라는 여자가 살고 있나? 과거에 안면이 있기에 여기 있다면 만나 봤으면 좋겠는데 말이야."

테무진은 고개를 갸웃하며 대답했다.

"하부르는 매우 흔한 이름이기에 그것만 가지고는 그 여자를 찾기 힘들 거요. 우리 부족만 해도 그런 이름을 쓰는 여자가 몇 명이나 있소. 그 여자의 나이가 어느 정도 되오?"

"아마 잘은 모르겠지만 마흔은 넘을 것 같은데?"

잠시 생각해 보던 테무진은 자신의 부하들을 불러들여 한참동안 쑤군거렸다. 그런 다음 그는 미소 지으며 입을 열었다.

"우리 부족에 그 조건을 충족하는 여자가 세 명 있다고 하오. 지금 부하들에게 데려오라고 일렀으니, 곧 올 거외다."

"허, 그놈 참. 행동도 재빠르군."

잠시 후, 테무진의 부하 한 명이 몽고 여자 세 명을 데리고 왔다. 하지만 묵향은 그들 중에서 하부르를 찾을 수 없었다. 아무리 세월이 흘렀지만 그녀의 전체적인 윤곽은 변하지 않았을 것이 아닌가. 그런데도 불구하고 그녀들의 얼굴은 하부르와는 너무나도 큰 차이를 보이고 있었다. 그리고 그들 중에서 하나는 예순이 넘어 보일 정도로 팍삭 늙은 여자였다.

묵향은 씁쓸한 표정으로 고개를 가로저으며 말했다.

"젠장, 아무래도 내가 아는 그녀는 여기에 없는 것 같군."

"그렇소? 그거 유감이구려."

"나도 그렇게 생각해."

실망한 듯한 묵향의 기색을 살피며, 테무진은 분위기를 바꿔보려는 듯 활달한 어조로 말했다.

"자자, 멀리서 오셨는데, 잔치나 즐기러 갑시다. 음식을 푸짐하게 준비해 두라 일렀소."

테무진은 먼 곳에서 온 손님들을 위해 성대한 잔치를 열었다. 살찐 말과 양을 잡고, 마유주에 취한 젊은이들이 하나 둘씩 나와 몽고식 씨름인 '버흐'를 즐기며 자신의 용맹을 뽐냈다. 가죽으로 만든 꽉 끼는 반바지와 벗어젖힌 근육질의 상체가 그들을 더욱 용맹스럽게 보이게 만들고 있었다.

부족장인 테무진과 묵향이 가장 상석에 앉고, 묵향의 옆에 초류빈이 자리를 잡았다. 몽고 여자들이 각종 음식들을 가져왔다. 초류빈은 먼저 보기 좋은 모양으로 잘라놓은 하얀 덩어리를 보고 약간 망설이다가 집어 들고 조금 맛을 봤다. 전체적인 향으로 보아 뭔가 동물의 젖으로 만든 것인 모양인데 고소한 것이 꽤 맛이 괜찮았다. 그걸 몇 개인가 집어먹고 있던 초류빈의 눈에 문득 커다란 가죽 부대가 보였다. 방금 전에 맛본 음식이 꽤 마음에 들었던 초류빈은 이번에는 가죽 부대에 든 음식물에 도전해 보기로 했다.

그는 자신의 앞에 놓인 사발에 조금 따른 후 냄새를 맡았다.

'으윽! 정말 이 냄새는 도저히 적응이 안 되는군.'

구역질이 나오려는 것을 애써 참으며 그는 조금 맛을 봤다. 냄새와는 달리 맛은 아주 좋을지도 모르니까 말이다. 하지만 입속에 그것을 집어넣은 초류빈의 안색은 더욱 일그러졌다. 그는 그것을 마신 것을 후회하며 몰래 옆에다가 뱉어 버렸다. 맛은 냄새보다 더욱 고약했던 것이다.

"젠장, 이따위 걸 마시고 있다니······."

이때, 기가 막힌 생각이 초류빈의 머릿속에 떠올랐다. 그는 음흉스런 미소를 지으며 혼자 즐거워하다가 이윽고 그것을 실행에 옮졌다. 그는 짐짓 커다란 사발을 묵향에게 권하며 말했다. 물론 표정 관리를 충분히 하면서 말이다.

"아까 막이첨의 말을 듣자 하니 여기서는 이 술을 잘 마시면 아주 좋아한다고 하더군요. 교주님께서도 한잔하시죠. 동맹을 축하하는 자린데, 테무진이 좋아하지 않겠습니까?"

그 말에 묵향은 미소 지으며 대답했다.

"오오, 자네가 그런 소소한 것까지 신경 쓸 줄이야, 제법이군. 그럼 따라 봐라."

"옛."

따르라면 못 따를 줄 알았는가. 초류빈은 커다란 가죽 부대를 가져와서 사발이 넘치기 직전까지 따랐다. 느글거리는 묘한 역한 냄새를 흘리는 희뿌연 액체가 찰랑거렸다.

저걸 한 사발 들이켠다면 뱃속이 아마 뒤집힐 거다. 물론 자신은 가죽 부대 덕분에 마시는 척만 할 수 있었지만, 저렇게 사발에 담아 줬으니 어쩔 수 없이 몽땅 다 마셔야만 한다. 더군다나 지금 이 자리는 동맹을 맺은 것을 축하하기 위해 만든 자리가 아닌가. 아무리 제멋대로인 교주라 할지라도 어쩔 수 없을 것이라 생각한 초류빈은 몇십 년 동안이나 묵혀 두었던 체증이 쑤욱 내려가는 것만 같은 통쾌함을 느꼈다.

초류빈이 음흉한 시선으로 바라보는 것을 모르는지 묵향은 정중하게 테무진에게 사발을 들어 보인 후 벌컥벌컥 마시기 시작했다.

'오잉?! 저럴 수가……. 아, 아니야. 억지로 참고 있는 걸 거야. 암, 그렇고 말고.'

묵향은 숨도 쉬지 않고 그걸 다 들이킨 다음, 엄지손가락을 치켜들며 활짝 미소 짓고는 말했다. 하지만 그의 표정과 말은 조금 엇갈려 있었다.

"젠장, 그래도 옛날처럼 역겹지는 않군."

묵향의 호쾌한 모습에 테무진이 엄청나게 좋아했음은 물론이다. 그리고 그다음 순간 초류빈은 눈앞이 아득해짐을 느꼈다. 왜냐하면 묵향이 환히 웃으며 빈 사발을 자신에게 건넸던 것이다.

"자, 자네도 한 사발 하지. 이거 냄새는 좀 그렇지만 일단 적응만 하면 그런대로 참을 만할 거야. 나도 옛날에 어쩔 수 없이 엄청 먹었었지."

그때가 생각나는지 묵향이 미소를 지었다. 하부르 때문에 과거 그가 얼마나 많은 마유주를 마셔야만 했던가. 그 맛이 고소하다고 최면까지 걸며 마셨었다. 역한 냄새기는 했지만, 그때의 추억을 마시는 것 같아 감회가 새로웠다.

하지만 그런 추억 따위가 있을 리 없는 초류빈에게 마유주는 마른하늘에 날벼락과 같았다. 묵향이 넘치게 따라 준 마유주를 억지로 한 사발 마신 초류빈은 찡그러지는 얼굴 표정을 억지로 바로 펴며 미소 지었다. 그리고는 테무진을 향해 엄지손가락을 치켜들었다.

"제, 젠장."

입을 열면 마유주가 쏟아져 나올까 봐, 한 마디 한 마디 하는 것조차 조심스럽다. 하지만 초류빈의 속사정을 알 리 없는 테무진은 활짝 미소 지었다. 뭐라고 그가 말했지만 초류빈에게는 들리지 않았다. 뱃속에서 울컥 치밀어 올라 금방이라도 토할 것 같아 급하게 자리를 벗어나야 했기 때문이다.

초류빈은 이를 악물며 재빨리 장내에서 벗어난 후, 경공술을 전개하여 멀리멀리 이동했다. 그리고 그 순간!

"쿠어어억!"

묵향이 테무진과 반쯤 설익은 고기를 맛나게 씹어 먹고 있는 동안, 초류빈은 뱃속에 들어 있는 모든 것을 다 땅바닥에 토해 내고 있었다. 한참을 토했건만 아직도 그 빌어먹을 마유주의 역한 냄새는 가시지 않았다. 위장이 뒤집어졌는지 씁쓸한 신맛까지 느껴졌지만 계속해서 헛구역질만 나왔다. 얼마나 괴로웠는지 초류빈의 눈가에 살짝 눈물마저 맺혀 있었다.

"빌어먹을 그 새끼는 인간도 아니야! 이걸 참고 마시다니…, 우욱!"

열심히 구역질을 하면서 초류빈은 생각했다. 역시 그 인간과 가까이 있어 봐야 좋은 일이라고는 절대 없다는 것을 말이다.

그로부터 며칠 뒤, 묵향은 이팔삼 대장을 호출했다. 묵향은 부리나케 달려온 이팔삼 대장에게 명령했다.

"내일 출발할 것이다. 준비해 두도록 해라."

이곳에 온 지 며칠이 흘렀다. 이 정도면 충분히 상대방에게 실례되지 않을 정도로 머물렀다고 판단한 묵향의 명령이었다. 그 명령에 이팔삼의 얼굴에 희미한 미소가 어렸다.

"옛, 교주님."

이제 이 지긋지긋한 몽고족들의 땅에서 벗어날 수 있는 것이다. 그렇기에 이팔삼 대장의 대답은 평소보다 더욱 기운찬 것이었다.

그 말을 옆에서 들은 초류빈의 안색도 환하게 밝아졌다. 그 역시

이 황량한 땅이 마음에 들지 않았던 것이다. 하기야, 소기의 목적을 다 완수한 지금 이곳에 남아 있을 이유가 없는 것이다.

이때, 밖에서 막이첨이 들어와 보고했다.

"교주님께 아룁니다."

"무엇이냐?"

"테무진이 오늘 저녁 식사를 함께 하자며 교주님을 청하고 있습니다."

"그래? 어디로 가면 되지?"

"자신의 숙소에서 함께 하자고 했습니다."

막이첨의 보고에 묵향의 안색이 살짝 일그러졌다.

"그래? 젠장, 또다시 마유주를 마셔야 하나? 생각만 해도 속이 느글거리는 것 같군. 하지만 어쩔 수 없지. 그놈에게 나중에 찾아가겠다고 전해라."

"옛."

자신의 숙소에 불러들여서 식사를 함께 하자고 하는 것을 보면 묵향을 그만큼 신뢰하는 모양이었다. 하기야 그만큼 막대한 물자를 실어다가 줬는데, 그 정도 신뢰는 보여야 하지 않겠는가.

그날 저녁 묵향은 막이첨과 함께 테무진의 숙소로 갔다. 커다란 몽고식 파오 안으로 들어가자 테무진이 반기며 맞이했다. 테무진은 자신의 식구들을 묵향에게 소개했다. 테무진의 어머니 그리고 두 명의 부인이었다. 그중 한 명은 테무진의 첫 번째 아들을 임신하고 있었다.

묵향이 인사를 하는데, 아무래도 테무진의 어머니라는 인물의 행동이 수상쩍다. 묵향을 보고는 흠칫하는 것 같더니 자세히 관찰하는 것이었다. 주름이 깊게 파인 그녀의 얼굴로 봐서 나이가 쉰은 넘어 보였다. 그녀는 묵향과 시선이 마주치자 그제서야 자신이 손님을 앞에 두고 무례한 행동을 하고 있었음을 깨달았는지 갑자기 허둥지둥 서둘러 며느리에게 마유주를 가져오라고 일렀다. 도저히 적응할 수 없는 맛이기는 했지만, 묵향은 마유주를 벌컥벌컥 들이켰다.

마유주 한 사발을 묵향이 단숨에 들이키자, 테무진은 환히 미소 지으며 자리를 권했다. 손님들이 자리를 잡고 앉은 후, 그의 부인들이 음식을 가져오기 시작했다.

몽고의 음식은 크게 두 가지로 나뉜다. 흰 음식과 붉은 음식이다. 물론 흰 음식이라는 것은 유제품을 말하는 것이고, 붉은 음식은 육고기를 말하는 것이다. 가축들이 젖을 생산할 때는 유제품이 음식의 주를 이룬다. 가을부터 봄까지, 즉 유제품이 생산되지 않을 때는 육류를 섭취하게 된다. 가을에 살찐 가축들을 잡아 고깃덩이를 잘 말려 가루로 만들어 보관했다가 요리해 먹는 것이다. 그것이 그들의 주된 겨울 음식이 된다. 하지만 오늘처럼 중요한 손님을 초대한 경우에는 살찐 가축을 잡아 요리해서 내놓는다. 물론 요리라고 해 봐야 대충 삶는 정도다.

테무진은 손님들이 음식을 베어 먹을 작은 칼을 지니고 있는지 힐끗 바라봤다. 손님들이 그런 칼을 가지고 있지 않은 것을 알고 그는 칼을 가지고 와서 손님들에게 권했다. 칼을 가지고 있어야만 식사를 할 수 있는 몽고. 마음만 먹으면 상대를 찔러죽일 수 있는 상황이다. 그렇기에 몽고에서 함께 식사를 하자는 것은 서로에 대한 대단한 신뢰의 표시였다.

설익은 고기를 썩썩 베어 먹으며 테무진은 묵향과 많은 대화를 나눴다. 사실, 이 초원 구석에 박혀 있는 그로서는 나중에 자신의 적이 될 대 금제국에 대해 들어 본 적도 거의 없었던 것이다. 막연하게 엄청나게 강하고 거대한 제국이라는 소문만 들은 것이다. 그렇기에 그는 하나라도 많은 정보를 얻기 위해 열심이었다.

마유주를 조금씩 들이켜며 대화를 나누다 보니, 어느덧 밤이 깊도록 얘기를 하고야 말았다. 물론 중간에서 그들의 대화는 막이첨이 계속 통역을 했다.

술자리가 파한 후, 묵향이 자리에서 일어서서 파오를 나섰을 때, 그를 부르는 조심스러운 목소리가 있었다.

"저, 중원에서 오신 손님."

막이첨이 뒤로 돌아선 순간, 묵향도 함께 돌아섰다. 막이첨이 통역을 하고 있었지만, 사실 묵향도 안 해서 그렇지 어느 정도 몽고어를 구사할 수 있었다. 누가 자신을 부르는 것인지 궁금했던 묵향이었기에 막이첨이 통역하지도 않았는데 뒤로 돌아선 것이다.

그곳에는 테무진의 어머니라고 소개받았던 여인이 서 있었다. 그녀는 난처한 듯 머뭇거리며 조심스럽게 말을 건넸다.

"손님께 조용히 드릴 말씀이 있어서 기다렸다오."

묵향은 자신과 막이첨을 번갈아서 손짓했다. 둘 중 누구와 얘기하고 싶냐는 뜻이었다. 그녀는 묵향을 가리키며 말했다.

"손님 말이오."

묵향은 막이첨에게 돌아가라고 지시한 후, 그녀에게 약간 어눌하기는 해도 몽고어로 질문을 던졌다.

"무슨 일인데 그러십니까?"

사실 그녀보다 훨씬 더 많은 세월을 살아온 묵향이다. 하지만, 겉으로 봤을 때 자신은 새파란 청년이고, 저 여인은 인생의 황혼기를 맞이한 여인이 아닌가. 그것도 동맹을 맺은 인물의 어머니다. 괜한 오해를 불러일으킬 이유도 없었으므로 묵향은 공손하게 물었던 것이다.

"혹시, 손님의 아버지께서는 대 송제국의 장군이 아니시오?"

내 아버지가 장군이라고? 이건 또 무슨 소리인가? 내 아버지라면 여러 수십 년도 전에 죽었을 것이 확실한데.

"그건 무슨 말씀이십니까?"

묵향의 대답을 그녀는 그의 아버지가 장군이 아니라는 뜻으로 받아들였다.

"미안하군요. 바쁜 사람을 불러 세워서……. 하지만 그 사람과 너무나도 닮아서."

닮았다고?

그 말에 묵향은 혹시나 싶어 뒤돌아서는 그녀를 향해 다급히 소리쳤다.

"하부르?"

그 말에 그녀는 멈칫하더니 뒤로 돌아섰다. 그런 그녀의 두 눈에는 조금씩 물기가 배어 나오고 있었다.

"여, 역시 그분의 핏줄이셨군요."

황당스럽기 그지없는 그녀의 말이었지만 묵향은 격정에 찬 눈빛으로 다시 조심스럽게 물었다.

"혹시 하부르라는 이름이 아니시오?"

그러자 그녀는 가만히 고개를 끄덕이며 묵향을 빤히 보더니 이윽고 입을 열었다.

"제 처녀적 이름을 알고 계시다니 정말 그분의 핏줄이 맞는가 보군요."

그분의 핏줄이라는 말이 뭘 의미하는지 잘 이해할 수는 없었지만 묵향은 눈앞의 여인이 자신이 찾던 하부르라는 것을 확신했다. 그래서 그런지 그녀를 바라보는 묵향의 눈빛은 어느새 아련하게 바뀌어 있었다. 묵향은 떨리는 목소리로 말했다.

"너를 여기서 보게 될 줄이야……."

묵향의 말에 하부르는 당혹스러운 표정을 지었다. 갑작스런 하대도 그렇지만, 자신을 알아보는 듯했기에 정신이 없었던 것이다.

"그렇다면 네 아들이 테무진이었구나. 용의 눈을 가진 그 아이에게 너를 부탁하긴 했지만, 설마 그녀석이 너와 결혼했을 줄이야……."

그녀는 뭘 생각했는지 갑자기 의심이 가득한 눈초리로 묵향을 살펴보며 낮은 목소리로 물었다. 혹시 큰 소리로 말하면 상대가 사라져 버리기나 하는 듯.

"서, 설마……. 진짜로 당신이십니까?"

"맞아. 나야, 묵향…, 아니 국광."

그녀는 도저히 믿어지지 않는다는 듯 중얼거렸다.

"그, 그럴 리가…, 그동안 얼마나 많은 계절이 바뀌었는데, 하나도 늙지 않다니……."

묵향은 빙그레 미소 지으며 말했다.

"중원에는 늙지 않도록 해 주는 무술도 있지. 배우기가 쉽지는 않지만, 나는 그걸 익혔거든. 물론 다른 사람보다 조금 더 오래 살기는 하겠지만, 내가 불로불사의 신체를 지닌 괴물이라는 말은 아니야."

"저, 정말인가요?"

"내가 왜 네게 거짓말을 하겠니?"

묵향은 부드러운 눈빛으로 그녀를 바라보며 과거의 일들을 하나씩 들려줬다. 그녀와 자신이 아니라면 알 수가 없는 여러 가지 일들을 말이다. 그것을 듣고서야 그녀는 그가 묵향이라는 것을 인정할 수 있었다. 그녀는 묵향에게 다가와 떨리는 손으로 그의 얼굴을 살며시 만지며 말했다.

"그랬군요. 저는 그런 것도 모르고 당신을 워낙 닮았기에 당신이 남기신 핏줄인 줄 알았답니다."

하부르가 그렇게 생각할 만도 했다. 헤어진 지 벌써 몇십 년이 흘렀거늘 사람이 어떻게 하나도 변하지 않을 수가 있단 말인가.

"정말 당신의 얼굴을 보고 있으면, 그동안 있었던 일이 꿈처럼 느껴져요. 그렇지만……."

그러면서 그녀는 쭈글쭈글한 자신의 손을 봤다. 그것을 보면 이게 꿈이 아님을 알 수 있었다. 그런 하부르를 바라보며 묵향이 씁쓸한 미소를 지으며 말했다.

"그동안 단 한 번도 연락하지 못해서 미안하구나. 나한테도 많은 일이 있었거든. 예수게이가 죽고, 네가 그토록 고생하고 있는 줄 진작 알았다면 무슨 일이 있더라도 달려왔을 텐데…, 정말 미안하구나."

하부르는 살며시 미소 지으며 말했다.

"아니에요, 괜찮아요. 예수게이는 없지만, 대신 그와 나의 핏줄들이 남아 있으니까요."

주저 없이 말하는 그녀의 말 속에는 후회 없이 자신의 삶을 살았다는 당당함이 묻어 있었다. 그런 그녀를 보며 묵향은 대견하다는 듯 흐뭇한 미소를 지었다. 그러다 곧 무슨 생각이 들었는지 묵향은 의아하다는 듯 물었다.

"그런데 왜 테무진은 하부르라는 이름의 여자를 찾을 때 너를 소개시켜 주지 않았을까? 그랬으면 벌써 만났을 텐데."

"저, 이름을 바꿨어요. 예수게이와 결혼하며 호에룬이라고……."

그 말에 묵향은 씁쓸한 미소를 지으며 중얼거렸다.

"이런 젠장, 그렇게 된 거였군."

하부르는 묵향과 오랜 시간 옛 이야기를 나눴다. 예수게이와의 결혼, 아이들을 낳은 것 그리고 남편의 죽음. 그 후 엄청난 고생을 하다가 첫 아들인 테무진이 이토록 성장하기까지의 과정. 그녀의 추억담은 한편의 잡극(雜劇 : 송 대의 연극)을 보는 듯 너무나도 극적이었다. 그녀가 나이에 비해서 이토록 겉늙은 것도 다 그때의 고생 탓이리라.

묵향은 애정이 담뿍 묻어 있는 부드러운 손길로 그녀를 안아 주며 중얼거렸다.

"이제 더 이상 너를 고생시키지 않을 거야. 두고 보거라. 네 아들은 몽고 제일의 강자로 거듭나게 될 거야. 내 말을 믿어도 좋다."

그 말은 하부르에게 들려준다기보다 자기 자신에게 다짐하는 말이었다.

다음 날 아침, 이팔삼 대장은 묵향을 찾아와 출발 준비가 다 되었음을 보고했다.

"준비는 이미 끝마쳤습니다, 교주님. 언제 출발하실 것인지 하명해 주십시오."

이제 이 지긋지긋한 몽고 땅을 벗어난다는 생각에서인지 이팔삼 대장의 목소리는 아주 밝고 힘찼다.

"오늘은 출발하지 않을 것이다. 다시 짐을 풀라고 지시하도록."

묵향의 명령에 이팔삼 대장은 의아한 표정으로 반문했다.

"예? 그건 무슨 말씀이신지……."

"계획을 변경하겠다."

이팔삼은 고개를 숙이며 외쳤다.

"옛, 하명하십시오."

"본좌는 조금 더 이곳에 머물 것이야. 알겠나?"

"존명!"

이팔삼 대장은 갑자기 교주가 왜 생각을 바꿨는지 이해할 수가 없었다. 물론 그가 이해할 수 있을 리가 없었다. 그 진실을 알고 있는 사람은 묵향 외에는 하부르, 아니 호에룬뿐이었으니 말이다. 이팔삼은 교주의 갑작스런 지시에 의문을 가졌지만 애써 그것을 머리에서 지워 버렸다. 자신에게는 의무가 있었던 것이다. 교주의 지시를 무슨 일이 있더라도 완수해 내야만 하는…….

바로 그날부터 묵향의 테무진에 대한 교육이 시작되었다. 그에게 자신이 알고 있는 각종 전략과 전술들을 가르치기 시작했던 것이다. 과거 옥영진 대장군 휘하에서 엄청난 교육을 받은 적이 있는 묵향의 지식은 그야말로 방대한 것이었다. 묵향은 테무진에게 말로만 가르친 것이 아니라 주변 부족과의 전투에 참가하여 어떻게 병력을 운용하는 것이 최적의 효과를 발휘하는 것인지 눈으로 보여 주기까지 했다.

영특한 두뇌를 지닌 테무진이 그것을 모를 리 없었다. 상대는 자신을 필요에 따라 일회용으로 쓰고 버리려고 하는 것이 아니라, 몽고의 패자로 키우기 위해 이런 노력을 기울인다는 것을 말이다. 야만의 대지에서 태어나 모든 것을 몸으로 부딪쳐 가며 배워 나갔을 뿐, 체계적인 지식을 정립하지 못한 그였다. 그때그때 닥친 일에 대한 임기응변에는 능했지만, 전체적인 전략을 수립하여 꾸준히 밀어붙이는 것은 아무래도 취약한 테무진이었다.

그랬기에 묵향의 가르침은 그에게 있어서 가뭄의 단비와도 같았고, 모래에 물이 스며들 듯 묵향이 가르쳐 주는 것을 흡수할 수 있었던 것이다.

자신의 모자라는 부분을 아낌없이 채워 주는 상대에 대해 테무진은 한편으로는 고마우면서도 또 한편으로는 왜 자신에게 이런 호의를 베푸는 것인지 이해할 수가 없었다. 만약 자신의 세력이 엄청나게 크다고 하면 상대의 행동을 이해할 수도 있었다. 하지만 현실은 그렇지 않았다. 테무진이 거느린 정도의 작은 부족이라면 몽고 벌판에 널리고 널렸기 때문이다.

"한 가지 물어볼 것이 있소이다."

테무진과 친밀해진 묵향은 아예 막이첨을 빼고 둘이서 대화를 나누고 있었다.

테무진의 물음에 묵향은 마치 아들에게 말하는 아버지의 그것처럼 인자한 어조로 대답했다. 테무진을 하부르의 아들로 인정한 후부터 테무진에 대한 묵향의 태도는 완전히 달라져 있었다.

"뭐든지 말해 보게. 내가 아는 한도 안에서는 대답해 줄 테니."

"왜 나에게 이렇게 잘해 주는 것인지 이해할 수가 없소. 사실 그대가 거느리고 온 부하들을 봤을 때, 당신에게 내가 필요한 존재인지조차 의심스럽소. 직접 하면 될 텐데 왜 이렇게 번거로운 방법을 동원하는 거요?"

"그건 자네가 호에룬과 예수게이의 아들이기 때문이지."

그 말에 테무진은 의문에 가득 찬 시선을 보냈다. 그렇다면 이자는 나의 아버지를 알고 있다는 말인가? 오히려 자기보다도 어려 보이는데도 어떻게 그럴 수가 있다는 말인가? 자기는 아버지의 얼굴조차 기억이 잘 나지 않는데 말이다.

"예수게이는 정말 뛰어난 용사였어. 내가 하부르, 아니 호에룬의 미래를 맡겼을 정도로 말일세. 그리고 그 둘의 사이에서 태어난 것이 자네야. 그런 자네에게 내가 이 정도 해 주는 것이 무엇이 아깝겠는가."

너무나도 간단한 설명이었다.

'어머님을 맡겼다고? 그럼 저자의 말이 사실인지 어머니께 물어보면 되겠군.'

어머니에게 물어보는 것이 가장 확실하겠다고 생각하는 테무진이었다. 사실 어머니가 이방인을 위해 아들인 자기에게 거짓말을 할 리는 없을 테니 말이다.

그날 저녁, 테무진은 틈을 보다가 어머니 호에룬에게 자신이 묻고자 하는 것을 밝혔다.

"이번에 온 대국인 말입니다. 그에 대해서 어머님께 조언을 청하고 싶습니다."

평소에도 테무진이 '지혜로운 분'으로 칭하며 대소사에 있어서 조언을 청해 왔던 호에룬이었다.

"무엇을 물어보고 싶은 것이냐?"

"예, 그가 어머니를 알고 있다고 했습니다. 그리고 아버지도 알고 있는 듯하더군요. 이건 중요한 일입니다. 그가 왜 그토록 제게 많은 것을 베푸는 것인지 그 이유를 알아야 대처를 할 것이 아니겠습니까?"

"아아, 그것 말이냐."

아무렇지도 않은 듯 응대했지만 호에룬은 속으로 저으기 당황했다.

사실, 그 근원부터 얘기하자면 찬황흑풍단이 몽고를 침략한 것부터가 시작이었다. 그리고 그들이 원한 것은 테무진의 할아버지 철진천의 목이었다. 그렇게 따진다면 묵향은 자기 아들의 할아버지를 죽인 원수가 되는 것이다.

하지만 그런 것을 아들에게 밝혀, 쓸데없는 복수심을 불러일으킬 필요는 없다고 호에룬은 생각했다. 그만큼 그가 알고 있는 묵향이라는 사내는 훌륭한 인물이었다. 그리고 자신이 한때 사랑했었던 사람이었다.

"그분은 네 아버지의 안다이시기 때문이지."

설명은 짧았지만, 그 한마디로 테무진은 모든 것을 이해할 수 있었다.

몽고에는 '안다'라는 풍습이 있다. 목숨을 맡길 만한 친구를 칭하는 명칭이다. 안다가 되기 위해서는 하늘에 제사 지내고, 특별한 의식까지 치러야만 했다. 그리고 어떤 이를 안다로 삼으면 그가 위급할 때 목숨을 걸고 도와줘야 할 의무가 있었다.

물론 말이 그렇다는 거다. 사실, 예수게이의 안다였던 옹칸의 경우 그 안다가 죽음을 당한 것에는 애석해했는지 모르지만, 안다의 아들인 테무진에게 해 준 것은 단 하나도 없었다. 안다건 뭐건 어찌 되었건 사람이 하는 일이다. 자신의 이익과 부족의 이익을 먼저 생각할 수밖에 없는 것이다.

그런데 묵향이라는 자는 어떤가. 저 멀리 송제국에서 온 아버지의 안다임에도 불구하고 아낌없이 자신에게 베풀지 않는가. 세상의 인심이라는 것이 달면 삼키고 쓰면 뱉어 버리는 것임에도 말이다. 예로부터 전해 오는 말이 있다. 가장 힘들 때 곁에 있어주는 친구가 진정한 친구라는 말이다. 바로 이자는 아버지의 진정한 안다일 것이다.

그가 아버지의 안다라면 자신에게 이렇듯 모든 것을 베푸는 것을 한마디로 설명할 수 있다. 하지만 테무진으로서는 절대로 이해가 안 되는 부분이 있었다.

"하지만 그의 나이는 아주 젊지 않습니까? 그런데, 그가 어떻게 아버지의 안다라는 말씀이십니까?"

그 말에 호에룬은 미소 지으며 말했다.

"그분의 겉모습에 속으면 안 된단다. 그분이 하시는 말씀, 그분의 행동을 보면 짐작하기 힘든 깊은 연륜이 느껴지지 않느냐? 그것이 그분이 지닌 매력 중에 하나니까 말이다."

묵향을 생각하며 테무진은 고개를 끄덕였다. 과연 그렇다. 이 지독한 몽고에서 살아남은 그와 비슷한 연령임에도 불구하고, 묵향의 언행에는 알 수 없는 노숙함이 배어 있었던 것이다.

"그렇군요. 그런데 그게 무슨 상관이 있다는 말씀이십니까?"

"그분의 언행은 바로 그분의 연륜을 나타내는 거란다. 그분의 나이는 생각보다 아주 많지. 내가 처녀일 때 그분과 처음 만났었는데, 그때도 그분은 지금과 똑같은 모습이었어."

그 말에 테무진은 놀라지 않을 수 없었다. 그렇다면 그 인간은 불로불사의 괴물이라는 말이 아닌가?

아들의 눈이 휘둥그레지자 호에룬은 살포시 미소 지으며 말을 이었다.

"그렇게 놀랄 필요는 없단다. 대 송제국에는 사람을 젊게 만드는, 그러니까 늙는 것을 억제하는 이상한 무술이 있는 모양이야. 그분은 그것을 익혔다고 하시더구나. 물론 다른 사람보다 조금 더 오래 살 뿐, 영원히 사는 것은 아니라고 하셨다."

"그, 그것이 정말이십니까?"

아들의 말에 호에룬은 미소 띤 어조로 대답했다.

"내가 왜 네게 거짓말을 하겠느냐. 나도 그분을 여기서 처음 봤을 때, 놀랄 수밖에 없었지. 아버지와 나를 처음 만나게 해 줬던 그분과 꼭 빼닮은 모습에, 그분의 핏줄인 줄만 알았던 거였지. 그래서 망설이다 말을 걸었는데, 옛날 그분과 나만이 알고 있는 추억들을 말씀하시는 것이 아니겠니. 그래서 그분의 핏줄이 아니라 진짜로 그분인 것을 알았단다."

흑풍대의 분전과 오해

 흑풍대는 최대한 빨리 이동하여 양양성 인근에 도착했다. 하지만 그렇다고 곧장 금군과 전쟁을 벌일 수는 없었다. 금군의 수는 무려 30만에 달한다. 아무리 무공이 뛰어난 자들로 구성된 흑풍대라고 하더라도 그들을 상대로 정면 대결을 벌일 수는 없는 노릇이었다.
 그렇기에 관지는 금군으로부터 멀찌감치 떨어진 곳에 막사를 치고 금군의 동태를 감시하기 시작했다. 따로 정찰대 30개 조를 뽑아서 금군의 동태를 감시하고 있었지만, 그 외에 무영문이나 비마대에서도 계속적인 정보가 흘러 들어왔기에 적의 동태를 파악하는 데 있어서 정보의 부족은 전혀 느낄 수가 없었다.
 거기에다가 관지는 과거 대송의 무장 출신이었기에 여러 세력과 연합한 합동 작전을 매우 자연스럽게 받아들일 수 있다는 이점까지 지니고 있었다. 그는 이곳에 도착하자마자 주변의 어림군들에게 전령을 보냈다. 자신이 무림의 강대한 문파들 중의 하나인 천마신교에서 보낸 지원군임을 밝히고, 상호 합동 작전을 제안했던 것이다. 그렇기에 그는 적의 정보 외에 아군의 정보도 충분히 입수함으로써 작전을 보다 효율적으로 세울 수 있는 기틀을 마련했다.

흑풍대가 이곳에 도착한 지 1개월 정도가 흘렀을 때, 드디어 금군이 움직이기 시작했다.

"무영문에서 금군 20만이 남쪽으로 이동하기 시작했다는 정보를 보내 왔고, 정찰대 또한 그렇게 보고해 왔습니다."

관지는 지도를 세심히 살펴봤다. 이대로 이동해 봐야 아래쪽은 대별산맥(大別山脈)이 가로막고 있다. 그곳을 넘는다면 광활한 곡창 지대가 펼쳐진다. 그리고 곡창 지대의 중심에는 호북성(湖北省)의 성도(省都) 무한(武漢)이 있었다. 무한은 한수와 장강이 만나는 지점에 있는 교통의 중심지였다.

"놈들이 무한을 노리는 모양이군. 하기야, 무한만 점거할 수 있다면 장강을 도하(渡河)하기도 한결 쉽겠지."

무한은 교통의 중심지인 만큼 운송 사업이 발달해 있을 수밖에 없었다. 배들을 징발하여 장강을 건너기도 쉬울 것이다. 설혹 무한에 있는 배를 모조리 불태운다 하더라도, 그곳에 살고 있는 조선공들을 끌어 모은다면 배를 건조하는 것도 그리 어려운 일이 아닐 것이다.

그 말에 마화는 고개를 주억거리며 동의했다.

"틀림없습니다. 무한만 점령할 수 있다면 남양(南陽) 방면으로 뚫린 관도를 통해 보급을 받을 수 있습니다. 굳이 무리해서 양양성을 점령하지 않아도 되죠."

"그렇다면 선택은 두 가지군. 무한을 방어하느냐, 아니면 이제 10만으로 줄어든 양양성을 포위하고 있는 놈들을 치느냐……."

"먼저, 양양성을 포위하고 있는 놈들을 치는 것이 좋지 않을까요?"

마화의 말에 관지는 고개를 가로저으며 말했다.

"양양성은 얼마든지 더 버틸 수 있겠지만, 무한은 다르다. 양양성을 포위한 적군을 격파할 수는 있겠지만, 그때쯤이면 아마도 무한을 잃게 될 거야. 그리고 언제 장인걸이 거느린 대군이 남하해 올지 알 수 없다. 그런 상황에서 무한을 잃는다는 것은 너무나도 뼈아픈 손실이 되겠지."

이제 결정은 난 것이나 다름없었기에 마화는 밖으로 나갈 채비를 하며 말했다.

"수하들에게 출동 준비를 하라 이르겠습니다."

"무한 쪽에 있는 어림군에게도 기별을 넣어라. 금의 대군이 무한 쪽으로 남하하고 있다고 말이다. 그리고 무영문에도 통고하여 그에 대비하도록! 여기를 최후의 저지선으로 잡으면 될 거야."

마화는 관지가 지도에서 가리킨 지점을 뚫어지게 바라봤다. 그곳은 무한에서 북쪽으로 150리 정도 떨어진 곳에 위치한 넓은 평원이었다. 서쪽으로는 탁 트인 평원이었고, 동쪽으로는 야트막하기는 하지만 산들이 펼쳐져 있었다.

일반 병사들에 비해 기동력이 훨씬 뛰어나다고 할 수 있는 흑풍대나 무림인들이 주축이 되어 방어전을 하는 데 있어서 결코 나쁜 지형이 아니었다. 무한은 양양성처럼 요새화된 도시가 아니다. 그런 만큼 무한에서 시가전을 펼치는 것보다 이곳에서 전투를 벌이는 편이 훨씬 유리할 것이 틀림없었다.

"그렇다면 최대한 빨리 그쪽으로 이동해서 그들과 합류해야겠군요."

그 말에 관지는 빙긋 미소 지으며 대꾸했다.

"벌써부터 그쪽으로 갈 필요는 없지."

"예? 그건 무슨 말씀이십니까?"

"거기 모여들 병력의 수야 뻔한 것 아니겠나? 고작해야 5만도 안 되겠지. 그 수로 20만의 병력과 정면 대결을 하자는 말인가?"

"그렇다면 어떻게……."

"우리들이 지닌 장점을 최대한 발휘하여 적들을 친다. 마침 적들은 대별산맥으로 향하고 있다. 매복하기 딱 좋은 곳이지. 만약 그게 실패한다면 어쩔 수 없이 정면 대결을 해야겠지만, 그러면 피해가 막심할 거야. 안 그런가?"

그 말에 마화의 표정에는 얼핏 상관에 대한 존경의 빛이 떠올랐다. 관지에 대한 수하들의 신뢰는 바로 이것에서 비롯되는 것이었다. 최대한 수하들에게 피해가 없도록 계획을 수립하는 것. 바로 이 점 때문에 수하들은 전장에서 그를 위해 목숨을 바치게 되는 것이었다.

마화는 고개를 숙이며 말했다.

"수하들에게 그렇게 지시해 두겠습니다."

양양성에서 이탈한 금군 20만은 하루 종일 강행군하여 80리를 이동했다. 그리고 다음 날도 80리 길을 행군했다. 목표인 무한까지의 거리는 약 5백 리. 무한을 방어하고 있는 송군이 방어 준비를 갖출 시간을 주지 않기 위해 그들은 최대한 빠른 속도로 이동할 필요성이 있었다. 거기에다가 송군은 지금 파멸 직전이었다. 겨우 양양성을 방어할 수 있을 뿐이 아닌가. 적의 기습을 받을 염려가 없으니 마음껏 강행군하고 있는 것이다.

이틀 동안 무려 160리 길을 걸어왔기에 병사들은 피곤할 수밖에 없었다. 그렇기에 외곽에 보초병들을 세워 놓고 모두들 피곤에 지쳐 달콤한 꿈나라로 들어갔다.

두두두두두……

땅바닥에서 미세한 진동이 느껴질 정도다. 엄청난 규모의 기마부대가 접근한다는 것을 눈치 챈 보초병들이 요란한 소리로 경종을 울려 댔다. 그 소리에 막사에서 곤하게 잠들어 있던 병사들이 군장도 제대로 갖추지 못한 채 허겁지겁 달려 나왔다.

이때, 흑색 갑주를 두른 수천의 기마병들이 너도나도 손에 횃불을 하나씩 들고 들이닥쳤다. 하지만 자다가 놀라서 깬 금군 병사들에게 그 수는 수천이 아니라 수만으로 보였을 게 틀림없다. 기마병들은 빠른 속도로 주위를 달려 다니며 우왕좌왕하는 금군 병사들을 마구 학살하기 시작했다. 그들이 가진 창검이 번뜩일 때마다 허둥대던 금군 병사는 시체로 바뀌고 있었다.

금군의 몇몇 장수들이 말을 타고 상대와 대적하기 위해 달려 나갔지만, 오히려 시체의 수만 늘릴 뿐이었다.

"크아악!"

달려 나오던 금군 장수를 간단하게 창으로 찔러 죽여 버린 후, 마화는 소리쳤다.

"적이 혼란한 틈에 군량을 불살라라!"

적의 후위 부대에는 20만의 인마가 먹을 막대한 양의 군량이 있었다. 수천에 달하는 소가 끄는 수레에는 군량이 가득 적재되어 있었다. 흑풍대의 1차적 목표는 바로 이 군량이었다. 배가 고픈 상황에서 어찌 군대가 싸울 수 있겠는가.

군량을 실은 수레들이 불타오르기 시작했다. 물론 그것을 막기 위해 금군들이 발악을 했지만, 워낙 혼란스런 와중이라 집단적인 반격으로 연결되지 않고 있었다. 그런 소수의 반격쯤이야 흑풍대의 상대가 될 수 없었다.

"최대한 많은 피해를 입혀야 한다. 서둘러라!"

마화는 소리치며 말에 박차를 가해 적들을 향해 달려들었다. 그녀의 뒤를 10여 기의 수하들이 뒤따라 달려갔다.

그날 밤, 금군은 지옥이 뭔지 경험해야만 했다. 수만이나 되는 적의 기마대가 새벽녘이 될 때까지 진 안을 휘젓고 다녔던 것이다.

투구를 멋진 깃털로 장식하고 있는 장수는 피로에 찌든 안색으로 막사 밖을 바라봤다. 그곳에는 금군 병사들이 여기저기에 쓰러진 시체들을 옮긴다고 부산하게 움직이고 있었다.

"피해는 어떤가?"

그 질문에 그의 앞에 고개를 숙이고 서 있던 무장들 중의 한 명이 대답했다.

"대단히 막심하옵니다, 원수. 특히 치중대(輜重隊)에서 수송하고 있던 군량을 모두 잃은 것이 가장 큰 피해이옵니다."

원수는 놀랍다는 듯 중얼거렸다.

"아직까지도 송에 그만한 정예 병력이 남아 있을 줄이야……. 놈들의 위치는 파악했느냐?"

"척후병들을 보냈지만 아직까지 연락이 없습니다."

"다시 한 번 더 보내라. 적의 규모를 알아야 할 것이 아니겠느냐?"

"옛."

지시를 받은 무장이 밖으로 달려 나갔다. 그것을 바라보며 원수는 중얼거렸다.

"군량만 불태우고 뒤로 빠진 것을 보면 적의 수는 생각 밖으로 적을지도 모른다. 어떻게 하는 것이 좋을까?"

그 말에 무장들 중 한 명이 대답했다.

"회군하는 것이 좋을 듯하옵니다, 원수. 지금 남은 군량으로는 얼마 버틸 수가 없사옵니다. 설혹 무한을 점령할 수는 있겠사오나, 식량도 없이 그곳에 어찌 주둔하려고 하시옵니까?"

그 말에 옆에 서 있던 무장이 신경질을 버럭 내며 외쳤다.

"자네는 지금 무슨 소리를 하는 겐가? 원수, 지금 계절은 바야흐로 가을이 아니옵니까? 주위에서 거둬들일 수 있는 양도 꽤 될 것이옵니다. 병사 개개인이 지니고 있는 군량도 적은 양은 아니옵니다. 최소한 10일은 버틸 수 있사옵니다. 그동안 무한을 점령하면 문제될 것이 없사옵니다."

그러자 그 의견에 동조한다는 듯 그 옆에 있던 무장 하나가 호기로운 목소리로 말했다.

"상대의 수가 적다면 계속 진격하는 것이 좋지 않겠사옵니까? 원수. 놈들이 야습을 가해 왔다고 하지만, 대비를 잘 갖춘다면 또

다시 당할 일은 없을 것이옵니다."

잠시 장내에는 무거운 침묵이 흘렀다. 군량을 잃은 것은 그만큼 뼈아픈 실책이었던 것이다. 그때 한 무장이 원수의 눈치를 힐끗 보더니 조심스러운 목소리로 입을 열었다.

"원수께서 야습 한 번에 기가 꺾여서 후퇴했다는 것을 황제 폐하께서 아신다면 크게 노하실 것이옵니다."

그 말에 옆에 있던 무장이 질책했다.

"자네는 무슨 말을 그렇게 하는 겐가! 영민하신 황제 폐하께옵서는 원수께서 후퇴하신 것을 이해하실 걸세."

마침내 원수는 마음을 정한 듯 벌떡 일어서며 명령했다. 부하의 말에는 일리가 있었다. 물론 황제가 이해해 줄 가능성도 있었다. 하지만 분노하여 자신의 목을 벨 확률 또한 있는 것이다. 거기까지 생각이 미친 원수는 나중에 후퇴를 하는 한이 있더라도 그 시간을 좀 더 뒤로 미루기로 결심했다. 만약 후퇴를 하더라도 누구나가 다 인정할 수 있을 법한 때에 후퇴하면 모양새도 좋을 것이 아닌가. 그때까지 참고 기다리는 것이 좋을 듯했다.

"막사 주위에 방책을 치고 기습에 대비해라. 오늘 하루는 여기서 푹 쉰 다음 내일부터 다시 진군한다."

원수의 지시에 무장들은 일제히 고개를 조아리며 대답했다.

"옛."

다음 날, 금군은 다시금 진격을 시작했다. 하지만 그들이 얼마 이동하지도 않았을 때 3천 기 정도의 기마대가 앞을 가로막았다. 전신을 흑색 갑주로 감싼 기마병들이었다. 바로 간밤에 자신들의 진영을 들쑤셔 놨던 그놈들⋯⋯. 그들을 보자마자 금군 장수들 중 한 명이 분노를 참지 못하고 말에 박차를 가해 달려 나갔다. 그는 창을 휘두르며 상대방을 향해 맹렬하게 돌진했다.

그것을 본 상대편 기마무사들 중의 한 명이 안장에 매어 둔 활을 벗겨 들었다. 그 무사가 살을 메겨 발사하기까지 걸린 시간은 그야말로 눈 깜짝할 사이였다. 그것만 봐도 그가 얼마나 궁술에 조예가 있는지 눈치 챌 수 있었다.

피우우우웅——!

대기를 찢을 듯한 무시무시한 파공성이 끝났을 때, 퍼억하는 소리와 함께 달려 나가던 금군 장수가 말에서 굴러 떨어졌다. 즉사였다. 그의 시체에는 화살 한 대가 깊숙이 박혀 있었다. 그것을 본 금군 진영이 술렁거렸다. 사실 이런 식으로 달려 나가면 맞싸워 주는 것이 예의가 아니던가. 그렇지 않고 곧장 화살을 날리다니 너무나도 비열한 행위였다.

하지만 금군의 반응이 어떻든 흑색 갑주를 입은 무사들은 상관하지 않았다. 그들은 동료가 금군 무사를 사살한 것이 마치 신호라도 된다는 듯 저마다 말 등에 매여 있던 활을 꺼내 들었다.

서로 간의 거리는 1백 장(약 3백 미터)이 넘었다. 활의 최대 사거리를 한참 벗어나는 그런 거리였다. 아마도 활을 준비한 채로 돌진하면서 쏘려는 것이 아닐까 하고 예측한 금군 장수들은 창병들과 방패수들을 앞에 세우며 적의 돌입에 대비하고 있었다. 이때 갑자기 기마병들이 화살을 쏴 대기 시작했다. 활시위를 가득 당겨 발사한 화살은 하늘을 꿰뚫을 듯 크게 포물선을 그리며 날아오고 있었다.

금에 비해 뛰어난 장인들을 보유한 송의 활은 사거리가 훨씬 길다. 하지만 길다고 해봐야 유효사거리 1백 보, 지금처럼 최대사거리로 쏜다면 250보를 넘기기 힘들다. 그렇지만 금의 장수들은 모르고 있었다. 상대방이 사용하는 것이 송의 활이 아니라 저 이름 높은 고려의 활이라는 사실을 말이다.

동이(東夷)라고도 불릴 만큼 활에 능한 고려인들은 매우 정교하면서도 강력한 활을 만들어 냈다. 정교하게 제작된 만큼 습기에 매우 약한 것이 흠이었지만, 그 엄청난 사거리를 생각한다면 그 정도 약점은 약점도 아니었다. 고려의 활은 송의 활에 비해 무려 1.5배가 넘는 사거리를 자랑하고 있었던 것이다. 거기에다가 그 활을 사용하는 자들은 무공이 뛰어난 흑풍대의 고수들이었다. 똑같은 활을 사용한다고 해도 훨씬 더 멀리 쏠 수 있는 능력을 지니고 있었고, 그들에게 고려의 활까지 주었다는 것은 물고기가 물을 만난 것과 다름없는 효과를 발휘했다.

저 앞 땅바닥에 꽂힐 거라고 예상했던 화살들이 무방비 상태로 서 있던 금군 진영에 우박처럼 쏟아졌다.

"으아악!"

갖가지 비명이 난무하는 가운데 정신을 차린 인물들은 등에 지고 있던 방패를 꺼내어 막았지만, 대부분의 병사들은 화살을 피해 뒤로 도망친다고 정신이 없었다.

"모두들 당황하지 마라. 방패수들은 앞으로! 위에서 떨어지는 화살을 막아라!"

몇몇 장수들이 뛰어다니며 혼란을 수습하려고 했지만, 혼란은 쉽게 가라앉지 않았다. 오히려 자신의 앞을 가로막는 장수에게 창

검을 겨누는 자들마저 있을 정도였다.

전위가 혼란의 극에 달해 있을 때, 후위에서 대기 중이던 기마 부대가 움직이기 시작했다. 아마도 전위 부대를 지휘하던 장수가 앞에서 활을 쏴 대는 적들을 쫓아내기 위해 기마병을 투입한 모양이다.

기마병들이 달려 나오자 화살의 목표는 곧장 보병에서 기마병 쪽으로 돌려졌다. 말과 사람이 화살에 맞아 뒹구는 가운데, 금의 기마병들은 미친 듯 말을 몰아 서로간의 거리를 좁혀 갔다.

"하앗! 이랴!"

달리는 말에 더욱 박차를 가하며 금의 기마병들은 칼을 뽑아 들었다. 이제 곧이어 놈들과 싸우게 되는 것이다. 하지만 흑색 갑주의 기마대는 금군 기마병들이 접근해 오자 재빨리 말고삐를 돌려 달아나기 시작했다.

"놈들을 추격해라."

"다시는 화살을 못 쏘도록 끝장을 내버려랏!"

곧이어 흑색 갑주의 기마대와 금군 기마병들 사이에 쫓고 쫓기는 추격전이 벌어졌다. 금군 기마병의 수는 1만 2천. 겨우 3천 기밖에 되지 않는 흑색 갑주의 기마대가 꽁지가 빠지게 달아나는 것이 하나도 이상할 것이 없었다. 그 모습을 지켜보던 병사들은 환호성을 지르며 아군 기마병들을 응원했다. 방금 전까지 자신들에게 무자비한 화살을 퍼붓던 상대가 저렇듯 죽자 살자 도망치는 모습을 보니 속이 후련했던 것이다.

"전군 전투 준비!"

마화의 명령에 따라 숲 속에 매복하고 있던 흑풍대원들은 병장기를 꺼내 들었다. 취향에 따라 장검이나 장도를 쓰는 사람도 있었지만, 대부분은 말 등에 비끄러 매뒀던 긴 자루가 붙은 참마도(斬馬刀)나 장창을 꺼내 들었다.

점차 거리가 가까워지기 시작했다. 잠시 후, 매복하고 있던 그들 앞쪽으로 관지가 지휘하는 부대가 쏜살같이 지나갔다. 그리고 분노에 찬 함성을 질러 대는 금군 기마병들이 그 뒤를 바짝 붙어 쫓아갔다.

그와 동시에 마화가 창을 번쩍 들며 외쳤다.

"돌격!"

마화의 뒤에 서 있던 6천 기의 인마가 그 명령에 따라 매복하고 있던 장소에서 벗어나 대지를 박차고 돌진하기 시작했다.

산길을 따라 앞뒤에서 포위당한 금군 기마병들은 어디로도 도망칠 데가 없었다. 용맹스럽게 저항했지만, 이미 그들의 운명은 정해져 있었다. 앞뒤에서 그들을 포위한 자들이 누군가. 바로 마교가 자랑하는 흑풍대다. 흑풍대를 구성하고 있는 무사들의 무공은 과거 변방의 이민족들을 공포에 몰아넣었던 찬황흑풍단보다 더 했으면 더 했지 덜 하지는 않다. 그런 자들을 상대로 포위당했으니 그 결과는 뻔한 것이었다.

"피해는?"

부대장인 마화의 짤막한 물음에 각 대의 대장들이 피해 상황을 보고했다. 치열한 난전이 벌어진 상황이었기에 아무리 흑풍대라 해도 피해가 없을 수는 없었다. 물론 부상자들의 대부분은 격전의 와중에 쓰러지는 말과 함께 넘어져 구르다가 상처를 입은 자들이었다.

마화가 천인대장들의 보고를 받고 있는 동안 관지는 주인을 잃고 돌아다니고 있는 말들을 붙잡기 위해 이리저리 뛰어다니고 있는 수하들을 바라보고 있었다.

"1백여 명 정도입니다만 크게 다친 자는 없습니다."

"자, 철수한다."

그날 저녁 또다시 흑색 갑주를 걸친 3천 기의 기마대가 자신들의 앞에 모습을 드러내자 금군 진영은 동요하기 시작했다. 저들을 격파하기 위해 투입되었던 1만 2천 기의 기마병들이 전멸당했다는 것을 그들도 소문을 통해 알고 있는 것이다.

상대가 모습을 드러내자마자 상관의 명령을 기다리지 않고 등에 지고 있던 방패를 꺼내어 앞을 가리는 자들도 있었고, 방패를 지니고 있지 않은 자들은 두려움에 질린 눈으로 주위를 살피며 주춤주춤 뒤로 물러서고 있었다. 그것을 보고 금군의 장수들은 큰 소리로 병사들을 독려하며 진형을 짜는 데 여념이 없었다.

흑색 갑주의 기마대는 천천히 거리를 좁혀오더니 1백 장 정도 거리에서 딱 멈춰 섰다. 그리고 그때, 그들 중 한 명이 활을 꺼내 들었다. 활을 꺼내 드는 것과 살을 메기는 것은 거의 한순간에 일어난 일이었다. 그리고 그와 동시에 병사들의 간담을 서늘하게 만드는 공포스러운 파공성이 울려 퍼지기 시작했다.

피우우우웅──!

퍼억!

군사들을 독려하고 있던 금군 장수 하나가 비명을 지르며 말에서 떨어졌다. 안 봐도 그가 죽었는지 살았는지는 알 수 있었다. 병사들은 더욱 공포에 떨기 시작했다. 이 정도 떨어진 거리에서 갑주를 걸친 무장을 해치운 것이다. 갑옷을 꿰뚫을 정도라면 나무에 가죽을 덧씌운 방패 따위는 있으나 마나가 아닌가. 그것에 생각이 미치자 방패를 들고 있던 병사들은 하나 둘씩 뒤로 달아나기 시작했다.

수많은 병사들이 겁에 질려 우왕좌왕하기 시작했지만 장수들은 그들을 통제할 수가 없었다. 상대의 최우선적인 목표는 병사들이 아닌 바로 자신들이기 때문이다. 몇몇 장수가 말을 몰아 슬금슬금 뒤로 달아나기 시작했다. 물론 입으로는 병사들을 독려하는 척하면서 말이다.

화살은 쉬지 않고 계속 날아오고 있었다. 그리고 화살이 대기를 가르는 공포스러운 소리가 끝났을 때, 어김없이 한 명의 시체가 남는 것이다.

이때, 아직까지 가만히 있던 다른 흑색 갑주의 기마대가 앞으로 조금 더 전진해 나오며 화살을 쏴 대기 시작했다. 이미 상대의 방패수들은 화살을 막을 형편이 아니었기에 그들이 쏜 화살의 좋은 먹잇감이 되어 있었다. 하지만 금군은 몰랐을 것이다. 아무리 뛰어난 고려 활을 지니고 있다고 해도, 이 먼 거리에서 갑주를 꿰뚫을 정도로 강력한 화살을 날릴 수 있는 사람은 3천의 기마병들 중에서 관지 단 한 명뿐이라는 것을 말이다.

엄청난 수를 지닌 금군이 앞으로 밀어붙일 생각은 하지 않고, 뒤로 물러서기 시작하자 그것은 걷잡을 수가 없었다. 일단 병사들의 머릿속이 공포라는 감정으로 꽉 차 버리면 그 어떤 말도 통하지 않는다. 그리고 그 공포는 옆에 있는 병사들에게 전염되는 것이다.

6만이 넘는 금군의 전군(前軍)이 겨우 3천 기의 기마병에 밀려 뒤로 도망치는 사태가 벌어졌다. 그리고 그 공포감은 뒤로뒤로 전염되며 중군(中軍)까지도 뒤로 도망치기 시작했다. 3천 기의 기마대는 그들의 뒤를 여유롭게 쫓아가며 화살을 퍼붓고 있었다. 금군 장수들은 적과 싸우는 것이 아니라, 자신이 거느리는 병사들에 밀려 우왕좌왕하다가 화살에 맞아 죽었다.

상대가 기마병이 아니라면 돌진해서 해치울 가능성이라도 있었다. 하지만 그들은 기마병이 아닌가. 이쪽 보병들이 돌격해 들어간다면 슬쩍 뒤로 내뺀 다음 다시 활을 쏠 게 뻔했다.

'도저히 저들을 상대할 수 없다.'

이런 생각이 병사들의 뇌리에 자리 잡고 있는 한, 극에 달한 병사들의 혼란을 수습할 방법이 없는 것이다.

"무엇들 하는 것이냐? 놈들은 겨우 3천이 아니냐!"

갑주에 호화로운 장식을 달고 있는 금군 원수는 입에 거품을 물며 주위에 서 있는 장수들에게 호령했지만, 그들이라고 딱히 방법이 없었다. 이 상황에서 병사들을 통제할 방법이 없는 것이다.

"일단 어느 정도 후퇴하셔야 할 듯하옵니다, 원수."

"만약 이 상태로 적과 싸운다면 도무지 어떻게 손을 써 볼 방법이 없사옵니다."

부하 장수들의 무기력한 말에 화가 치밀어 오르는지 원수는 노성을 터뜨렸다.

"이, 멍청한 놈들! 당장 쇠뇌를……."

여기까지 말한 원수는 황급히 말을 끊었다. 쇠뇌 부대를 모두 양양성에 두고 온 것이 떠올랐기 때문이다. 무한은 성곽으로 둘러싸인 요새 도시가 아니다. 무한을 공략하는 데 쇠뇌가 있으면 더욱 좋겠지만, 없어도 상관없었다. 20만씩이나 되는 병력을 동원하는데 쇠뇌쯤 없으면 무슨 상관이 있겠는가 싶어 놔두고 온 것이다. 하지만 그것이 천추의 한이 될 줄이야…….

"기, 기마병들을 내보내라!"

금군 원수는 지금까지 뛰어난 업적을 쌓아온 역전의 맹장이었다. 그렇기에 자신이 지금 할 수 있는 최선의 선택을 한 것이다. 무슨 일이 있어도 전군 붕괴로 연결되면 안 된다. 붕괴는 곧, 패망으로 직결된다. 20만이 3천 기에 박살 나는 말도 안 되는 사태가 일어나는 것은 어떻게든 막아야 했다.

"옛!"

이미 전군(前軍)을 지원하던 기마병 1만 2천을 잃은 상태다. 그렇기에 기마병은 중군에서 보유하고 있는 1만 5천이 전부였다. 병사들의 혼란을 막는 데 주력하고 있던 기마병들은 원수의 명령에 따라 앞으로 나서기 시작했다. 원래 기마병의 역할이라는 것이 최전선에서 적진을 돌파하는 것과 후퇴하는 과정에서 가장 뒤에 남아 후방을 엄호하는 것이었으니 말이다.

금군 기마병들이 돌진해 오자, 흑색 갑주의 기마대는 슬쩍 뒤로 후퇴했다. 저들의 매복에 걸려 아군 기마병 1만 2천이 박살이 났음을 뻔히 알고 있는 금군 기마병들이 그들을 뒤따라 깊숙이 쫓아올 리 없다. 서로 간의 거리가 적당하게 벌어지면 곧장 흑색 갑주의 기마대는 화살을 날렸다. 한 번에 수백 대가 넘는 화살이 날아오는

흑풍대의 분전과 오해

것이다. 금군 기마병들의 피해가 없을 수가 없었다. 사람이 죽고 말이 피를 뿜으며 나뒹굴었다.

그렇다고 저들을 향해 돌진해 들어갈 수도 없었다. 어디에 또 다른 패거리를 숨겨 놓고 있는지 짐작조차 할 수 없으니 말이다. 그들은 지금 자신들을 공격하기 위해 동원된 적군의 규모가 어느 정도인지조차 파악하지 못하고 있었다.

한동안 밀고 당기기를 하다 보니 금군 기마병들의 피해는 가랑비에 옷 젖듯 점차 늘어나기 시작했다. 결국 기마병들을 지휘하던 금군 장수는 부하들에게 퇴각 명령을 내리지 않을 수 없었다. 이런 식으로 적들에게 계속 휘둘리다 보면 더욱 피해만 늘어날 것이 분명했기 때문이다.

하지만 금군 기마병이 시간을 끌고 있는 동안 보병대는 한시름 돌릴 여유를 얻을 수 있었다. 다시금 전열을 회복하고, 방책을 세워 흑색 갑주의 기마대의 난입에 대비할 수 있었다. 금군은 기마병들의 막대한 피해를 등에 업고 전군 붕괴로 이어지는 패퇴를 막을 수 있었다. 대 요제국을 멸망시키고, 또 대 송제국의 주력 부대를 멸한 것도 다 이런 금군 장수들의 뛰어난 실력이 밑받침되었기에 가능한 일이었던 것이다.

그날 밤, 금군은 적의 난입에 대비해 철저하게 준비했다. 보초의 수를 평상시의 열 배로 늘이고, 주위에서 나무를 잘라다가 막사 주위에 수많은 방책들을 만들었다. 그러고도 안심이 안 되어, 모든 병사들에게 갑옷을 입은 채 잠을 자라는 명령을 내려놨다.

다음 날 아침이 되자 금군의 사기는 그야말로 엉망하고도 진창이었다. 모두들 갑옷을 입고 잠을 잤기에 온몸이 찌뿌둥했다. 거기에다가 언제 적이 쳐들어올지 모른다는 긴장감에 깊게 잠을 잘 수도 없었다. 그래서 수면 부족으로 머릿속도 멍한 상태였다. 병사들은 삼삼오오 모여 적들의 공포스러움에 대해 쑤군거리고 있었고, 각종 유언비어가 난무하고 있었다. 이런 상태에서 어떻게 적과 싸울 수가 있다는 말인가.

"퇴각해야만 하옵니다, 원수."

아직까지도 원수는 주저주저하며 결정을 미루고 있었다. 20만이나 되는 병력을 가지고 무한을 공격하기 위해 출동했다가, 3만이 넘는 병력만 잃고 후퇴한다면 잘못하면 자신의 목이 날아갈 우려가 있는 것이다. 거기에다가 적과 싸움다운 싸움이라도 해 봤으면 모르겠지만, 거의 대부분의 병사들은 적과 접전을 벌이지도 못한 상황이 아닌가.

휘하에 있는 많은 장수들이 후퇴를 건의하고 있을 때, 정찰 나갔던 병사들의 일부가 돌아왔다. 그들의 보고를 받은 장수는 분노에 가득한 얼굴로 원수에게 보고했다.

"적군의 규모를 파악해 냈사옵니다, 원수!"

그 말에 원수는 다급히 질문을 던졌다. 일단 적의 규모를 알아야 후퇴할 것인지, 아니면 진격할 것인지 결정을 내릴 수 있으니 말이다. 만약 적의 규모가 이쪽과 대등한 것이라면, 그런 강대한 적을 상대로 후퇴했다고 해도 자신에게 큰 책임이 돌아올 가능성은 없지 않겠는가.

"그래, 어느 정도 규모라고 하더냐?"

관지의 명령으로 적의 척후병들을 눈에 띄는 대로 없애 버렸음에도 불구하고 그들 중 일부가 흑풍대의 동태를 파악하는 데 성공한 모양이다.

"겨우 1만 정도의 기마병들이라고 하옵니다."

그 말에 원수는 어이가 없다는 듯 되물었다.

"기마병만 1만이란 말이냐? 혹시 보병대의 위치를 파악하지 못한 것이 아니고?"

"주위를 샅샅이 뒤지라고 명령했사옵니다. 이 인근에 송군 보병은 단 한 명도 없다고 하옵니다."

그 말에 원수는 분기탱천해서 으르렁거렸다.

"아니 그렇다면 겨우 기마병 1만 기에게 지금껏 조롱을 당하고 있었단 말이냐? 이런 씹어 먹을 녀석들! 내 그놈들의 간뎅이가 얼마나 큰지 필히 배를 갈라 볼 것이야."

*　　*　　*

무림맹에 모인 장로들의 안색은 어둡기만 했다. 무영문에서 방금 전해져 온 한 통의 전서 때문이었다.

"크으윽! 공수개 장로. 이것이 사실이오이까?"

공수개 장로는 침울한 표정으로 대답했다.

"노부가 알아 본 바로는 유감스럽게도 사실이오."

"허어, 참. 마교 놈들이 초전부터 적잖은 전과를 거두고 있다는데, 본맹에서 끌어 모은 무사들은 도대체 뭘 하고 있었단 말이오?"

그들의 안색이 어두운 이유는 바로 이것이었다.

무림맹은 황실과 민초를 위한다는 명목 하에 금제국에 대해 전면전을 선포하고, 무림동도들을 향해 오랑캐와의 전쟁에 참가해 달라는 격문을 돌렸었다. 그 때문에 수많은 무림인들이 분연히 일어서서 전쟁터로 달려갔다. 그들은 지금 세 방향에서 송군과 협력하고 있었다.

가장 먼저 양양성으로 달려간 무리들은 패력검제의 지휘 하에 양양성에서 분전 중이었다. 그리고 수전에 능숙한 인물들은 회하에 주둔 중인 수군과 합류하여 금군이 도하 작전을 감행하지 못하도록 막고 있었다. 그리고 남은 인물들은 모두 수라도제를 중심으로 무한에 집결 중이었다.

물론, 전쟁을 가장 먼저 시작한 것도 정파 쪽이었고, 양양성에서 상당한 전과를 올린 것도 사실이다. 하지만 양양성에서 수십만의 금군과 상대로 분전하고 있다고 해도, 양양성에서의 전투주체는 악비 대장군이 이끄는 송군이었다. 다급히 그쪽으로 달려간 소수의 무림인들이 협조하고 있을 뿐인 것이다.

그런 상황에서 마교 놈들이 단독으로 작전을 감행하여 20만의 금군과 격전을 전개하고 있는 것이다. 물론 20만을 상대로 1만으로 덤빈 그놈들이 씨몰살을 당했다면 또 얘기가 다르겠지만, 적잖은 전과를 올리고 있다고 하니 배가 아플 수밖에 없는 것이다.

공수개 장로는 자신이 아는 대로 대답했다.

"그놈들이 괘씸하게도 수라도제 대협에게는 무한 인근에서 방어전을 전개하자고 해 놓고, 자기들끼리만 앞에 나서서 싸운 모양입니다."

그 말에 여기저기서 격앙에 찬 목소리들이 터져 나왔다.

"이런, 망할 놈들을 봤나. 맹주님, 이건 놈들이 무한 방어전의 전공을 자기들이 독차지하기 위해 잔대가리를 굴리고 있는 것이 분명합니다."

"맞습니다. 뒤늦게 수라도제 대협이 이끄는 세력이 합류한다고 하더라도, 세인들은 처음부터 승리를 거두며 자신들의 힘을 과시한 마교를 기억하게 되지 않겠습니까? 마교가 다 이겨 놓은 싸움에 무림맹은 그저 들러리를 섰다고 뒤에서 쑤군거릴 게 분명합니다."

"수라도제 대협에게 최대한 빨리 이동하여 마교도들과 연합세력을 구축하라고 하시는 것은 어떻겠습니까? 이쪽의 수가 월등하게 많은 만큼 승리를 거뒀을 때, 본맹의 위상이 올라가지 않겠습니까?"

무당파 출신인 청호진인(淸湖眞人)의 말이었다. 무림맹에서 그가 차지하는 위치로 봤을 때, 그의 의견이 맹주파의 전체적인 의견이라고 봐도 과언이 아닐 것이다.

그 말에 옥진호 장로가 정면으로 대치되는 발언을 했다. 마교는 자신의 아버지를 죽인 불구대천의 원수였다. 물론, 옥청학 전대맹주의 죽음은 공식적으로 행방불명으로 처리되어 있었다. 하지만 옥화무제가 봉공직을 차지하며 맹주의 신물 빙백수룡검을 내놨을 때, 전대맹주가 마교의 내전에 휘말려 죽음을 당했음을 짐작할 수 있었다.

그렇기에 그는 무슨 일이 있어도 마교와의 합작은 찬성할 수 없었다. 하지만 자신의 개인 감정을 겉으로 드러내서는 안 되는 일이다. 그렇기에 그는 그럴듯한 변명거리를 생각해서 말했다.

"청호 장로님의 의견도 일리가 있소이다. 하지만 만에 하나 금군을 앞에 두고 해묵은 감정싸움이라도 벌이게 된다면 일이 난감해지지 않겠소이까? 어쩌면 마교 쪽에서도 그것을 걱정하여 단독 행동을 결심했는지도 모를 일이지요."

 사실 지금까지 철천지원수로 지내온 마교와 연합 전선을 펼친다는 것은 대단히 힘든 일일 것이다. 그 말이 일리가 있다고 생각했는지 청호진인도 고개를 주억거리며 말했다.

 "수라도제 어르신에게 아랫사람들을 잘 통제해 달라고 부탁드린다면 되지 않겠소이까?"

 그러자 옥진호 장로는 고개를 가로저으며 단호하게 말했다.

 "어제까지만 해도 원수처럼 싸우다가, 오늘 갑자기 친해질 수는 없는 일이 아니겠소이까? 물과 불처럼 절대로 융합될 리가 없소이다."

 그건 옥진호 장로의 개인적인 감정이 꽤 많은 부분을 차지하고 있는 발언이었다. 그리고 사실 이 자리에 앉아 있는 거의 모든 장로들의 생각도 비슷할 것이다.

 "그도 그렇기는 하오만……. 어찌 되었건 마교 놈들이 더 이상 전공을 독점하도록 할 수는 없는 일이 아니겠소? 연합 전선을 펼치지 못하더라도 수라도제 대협에게 전서를 띄워 금군과 싸우도록 해야만 한다고 생각하오."

 "꼭 그럴 필요가 있겠소이까? 무한 방어는 마교 놈들보고 하라고 하고, 수라도제 대협에게는 양양성으로 향하라고 하는 것이 어떻겠소? 지금 양양성은 무한 쪽으로 20만이 빠져 나가 10만의 금군밖에 없지 않소. 거기다가 양양성 내에 주둔하고 있는 송군과 패력검제 대협의 도움까지 기대할 수 있소이다. 20만의 금군과 싸우는 것보다는 그쪽이 훨씬 실익이 클 것이라고 본인은 생각하오."

흑풍대의 분전과 오해 153

상당수의 장로들이 옥진호 장로의 의견에 동의를 표시했다. 사실 마교와 연합하느니 단독으로 싸워 대승을 거두는 쪽이 확실히 이익일 것이다. 그것도 금군을 격파한다는 것 외에 양양성을 구했다는 덤까지 챙길 수 있으니 일거양득이 아닌가.

그러자 청호진인이 다급하게 말했다. 잘못하면 옥진호 장로의 의견대로 일이 처리될 위험성이 있다고 판단한 것이다.

"옥진호 장로의 의견도 상당히 일리가 있소. 그러나 그 의견은 본맹이 왜 금군과 싸우고 있는지 그 근본적인 이유를 망각하고 있는 것 같소. 물론 양양성을 포위한 금군을 친다면 승리할 수 있을 것이오. 하지만, 그러다 무한이 함락당한다면 어떤 일이 벌어지겠소?"

옥진호 장로도 지지 않고 대꾸했다.

"그들이 예상외로 잘 버틸 수도 있지 않소이까? 그놈들은 지금 자기들만의 힘으로 싸우고 있소. 그만큼 자신이 있다는 말이 아니겠소? 또, 설혹 일이 잘못되어 무한이 함락된다고 하더라도, 수라도제 대협보고 양양성을 구한 후 밑으로 남하하여 그들을 치라고 할 수도 있지 않소이까?"

"허어, 참. 바로 코앞에 적이 있는데, 그토록 멀리 돌아서 양양성을 포위한 무리를 치고, 또다시 돌아올 이유가 없지 않소이까?"

그 둘이 자신이 세운 작전의 정당성에 대해 설토하고 있을 때, 맹주가 손을 들었다. 그것을 보고 그 둘은 설전을 그만 두지 않을 수 없었다. 더 이상 장로들의 의견은 필요 없다는 맹주의 의사였으니까 말이다.

"두 분 장로님들의 의견이 다 타당한 것 같소. 그렇기에 노부가 어느 한쪽을 선택하는 것보다는 이 결정을 수라도제에게 맡기는 것이 좋다고 보오. 그가 직접 상황을 판단하고, 어느 쪽이 더 옳은지 결정하라고 하시오."

무한 외곽에는 지금 수많은 막사들이 들어서 있었다. 겉으로 봤을 때는 송군에서 사용하는 군용 막사처럼 생겼지만, 그 안에 들어있는 사람들은 모두들 각 문파에서 파견한 무림인들이었다. 그들은 모두들 송군과 함께 무한 방어를 위해 주둔하고 있는 형국이었기에 송군에서 무림인들의 편의를 위해 보유하고 있던 막사를 지원해 준 것이다.

무영문의 지시대로 그들은 이곳에서 금군이 남하해 오기를 기다리고 있었다. 남하해 오는 금군의 병력은 무려 20만. 숫자만 들어도 기가 죽을 정도였다. 아무리 이곳에 3만에 달하는 무림의 고수들이 모여 있다고 하지만, 20만의 금군을 상대하는 것에 엄두가 안 나는 것 또한 사실이었다.

송군에서도 무한 방어를 위해 병력을 보내 주겠다는 통보가 오긴 했지만, 그들은 아직까지도 도착하지 않고 있었다. 막사라든지 식량 따위의 물자만 조금 지원되었을 뿐이었다. 그리고 이곳에서 통합 작전을 벌일 것이라고 통보받은 마교도들 또한 아직까지 도착하지 않고 있었다.

"허어, 이 일이 어찌 된 일일꼬? 설마 20만의 금군을 우리들의 힘만으로 막아야만 한다는 것인가?"

아무리 수라도제가 화경에 이르는 고수라고 하지만 그 엄청난 숫자 앞에서 막연한 두려움을 느끼지 않을 수 없었다. 물론 이곳에

흑풍대의 분전과 오해 155

모인 무림인의 수도 엄청난 것이었다. 각 문파에서 차출된 고수 3만이 집결해 있는 것이다. 하지만 문제는 그들 중에서 그 누구도 중무장한 병사들을 상대로 집단전을 벌여 본 사람이 없다는 데 있었다. 아무리 병졸들의 무술 실력이 떨어진다고 해도 그들은 나름대로 수많은 세대를 거쳐 오며 발전시킨 효과적인 살상법을 가지고 있었다. 활, 각종 쇠뇌, 투석기 등이 바로 그것이다.

수라도제는 하늘을 바라보며 중얼거렸다.

"이쪽은 경험이 전무하다. 하지만 개개인의 무술 실력은 금군보다 뛰어나다. 그렇다면 정면 대결보다는 기습을 가하는 편이 피해를 줄일 수 있겠지. 낮보다는 밤. 적들이 도착하는 바로 그날 밤을 노릴 수밖에 없는가?"

이때, 무사 한 명이 뛰어난 경신술로 달려와 포권하며 외쳤다.

"무림맹에서 연락이 왔습니다."

"그래? 어디 보자."

무사는 품속에서 서신을 꺼내어 수라도제에게 건넸다. 서신을 읽고 있던 수라도제는 자신의 눈을 의심하지 않을 수 없었다. 노부가 지금 제대로 읽고 있는 것인가? 아니면 무림맹의 늙은이들이 미친 것이거나 잘못 알고 있는 것이 아닐까?

무림맹의 통보로는 현재 일단의 마교 세력이 남하해 오는 금군과 격전을 벌이고 있는 중이라고 했다. 무림맹의 입장에서 봤을 때, 마교 놈들이 겁 없이 날뛰다가 몽땅 다 뒈져 버렸으면 기분이 상쾌했겠지만 문제는 그들이 승리를 거두고 있다는 데 있었다.

20만의 금군을 상대로 겨우 1만 남짓한 마교도들이 승리를 거두고 있는 것이다. 그동안 무림맹이 끌어 모은 정파의 세력은 무한 인근에 집결해서 손가락만 빨고 있었는데 말이다.

무림맹 수뇌부로서는 울화통이 터지는 일이 아닐 수 없었다. 마교는 적극적으로 참전하고 있는 데 비해서, 무림맹은 눈치나 보면서 몸을 사리고 있다고 세인들이 판단할 수도 있는 상황이 아닌가. 그렇기에 그들은 수라도제에게 둘 중의 하나를 선택해서 가장 옳다고 여기는 것을 시행하라고 요구하고 있었다.

최대한 빨리 북상하여 마교도들과 합류하여 연합 전선을 구축하여 남하하는 금군을 막든지, 아니면 남하하는 금군은 마교도들에게 맡기고 양양성으로 직행하여 양양성을 포위하고 있는 금군과 싸우라는 것이다.

수라도제는 무사에게 지시했다.

"모든 문파의 수장들을 소집하거라."

"옛."

무사가 달려가는 것을 보며 수라도제는 감탄스럽다는 듯 중얼거렸다.

"허어, 참. 겨우 1만으로 20만을 상대할 배짱을 지닌 인물이 마교에는 있었다는 말인가? 참으로 마교가 지닌 저력은 무섭구나."

장내에 쳐진 막사들 중 가장 큰 막사 안에서는 지금 한창 작전 회의가 진행되고 있었다. 마교와 통합 작전을 벌일 것인지, 아니면 단독 작전을 감행하여 양양성으로 향할 것인지, 서로가 일장일단이 있다 보니 쉽사리 결론을 내릴 수 없는 일이었다.

그렇기에 한참을 고심하던 수라도제는 이윽고 마음을 정리한 듯 입을 열었다.

"서로가 일장일단이 있는 작전이외다. 효율적인 면으로만 따진다면 통합 작전을 벌이는 것이 최선의 길이오. 하지만 지금까지 원수처럼 지내 왔던 마교도들과 통합 작전을 벌인다면 제대로 될 리가 없다는 불안도 있소. 그렇다면 오히려 단독으로 양양성으로 직행하는 쪽이 훨씬 좋을 듯도 하오."

그러자 각 문파를 대표하는 인물들이 저마다 한마디씩 해 댔기에 장내는 금방 소란스러워졌다. 그렇기에 수라도제는 손을 들어 그들을 조용하게 만든 후 입을 열었다.

"아무래도 이 일은 마교를 이끄는 자와 만나 본 연후에 결정해도 늦지 않다고 생각하오. 통합 작전을 벌일 만한 재목이라면 통합 작전을 벌이고, 만약 그럴 만한 재목이 아니라고 판단되면 단독 행동을 하는 것으로 합시다."

그 말에 종리세가의 가주 종리영우와 제갈세가의 가주 제갈기가 찬성하자, 대부분의 사람들도 그 의견에 따르기로 결정했다.

모두들 수라도제의 의견을 따르기로 의견 일치를 봤다. 무공이나 세력, 또 연륜으로 봤을 때 수라도제를 앞서가는 인물이 단 한 명도 없었기에 대부분의 경우 그의 의견대로 실행되는 경우가 많았던 것이다. 거기에다가 종리세가와 제갈세가가 그의 편을 드는데, 그 누가 그의 의견에 반대를 할 수 있겠는가.

수라도제가 서문세가의 노신들을 불러 짐을 꾸리라고 지시하고 있는데, 경비무사 한 명이 달려 들어와 보고했다.

"천지문에서 파견한 문도들이 도착했습니다."

그 말에 수라도제는 의아하다는 듯 되물었다.

"천지문에서?"

"옛."

그 말에 수라도제와 함께 있던 서문세가의 노신들의 인상이 묘하게 일그러졌다. 천지문이라면 강호에서도 유명한 박쥐들의 문파가 아닌가. 유일하게 마교와 협정을 맺은 문파. 그런 그들이었기에 낙양이 금에 함락되어 피난을 떠난 처지가 되었지만 그 누구 하나 그들을 동정하는 자가 없을 정도였다. 그런데, 그들이 지원군을 보내 온 것이다.

"이런 몰염치한 것들을 봤나. 태상가주님, 그놈들을 내쳐야만 합니다."

서문세가 노신들의 의견이 이와 같을진대, 다른 문파들의 반응도 크게 다르지 않을 것이다. 하지만 수라도제는 잠시 고심하지 않을 수 없었다. 그들을 돌려보내야 하나? 아니면 함께 싸워야 하나. 하지만 지금 싸워야 할 상대는 마교가 아니었다. 그런 만큼 그들을 의심할 이유는 없지 않겠는가. 그리고 지금은 단 한 명의 무인이라도 더 필요한 상황이었다. 그렇다면 결론은 정해진 것이 아닐까.

수라도제는 침착한 어조로 서문세가의 노신들을 향해 말했다.

"노부가 자네들의 마음을 모르는 바는 아니지만, 지금 우리들은 마교와 싸우는 것이 아니지 않소? 지금 금이라는 오랑캐를 앞에 두고 서로 간에 해묵은 감정으로 대립해서는 아무것도 안 되지 않겠소? 모두들 표정 관리를 좀 해 주셨으면 좋겠소."

태상가주의 말에 노신들은 일단 분노를 억눌렀다. 하지만 아직 그 감정의 앙금이 남아 있음을 느꼈기에 수라도제는 덧붙여 말했다.

"그놈들도 다 쓸 데가 있지 않겠소? 미끼로 써먹을 수도 있을 것이고, 또 소모품으로 쓸 수도 있지 않겠소. 그러니 쓸데없는 분란을 일으키지 않기를 바라오."

그 말에 노신들의 안색은 확연히 밝아졌다. 과연 그렇게 써먹을 수도 있겠다는 생각에서다. 사실, 상황에 따라 어떤 문파, 혹은 어떤 고수들을 사지(死地)로 몰아넣어야 할 때도 있다. 서로가 다 아는 처지에서 사지로 가기를 권하기도 참 안타까운 일이 아닌가. 그때 그들을 이용한다면 일석이조일 것임에 틀림없었다.

"과연 태상가주님의 말씀이 옳으십니다."

수라도제는 경비무사에게 말했다.

"그래, 그들은 지금 어디에 있는가?"

"예, 제가 그곳으로 뫼시겠습니다."

"허어, 천지문도들이 이곳에는 무슨 일일꼬?"

"그러게 말이외다. 낙양의 쓰레기들을 이곳에서 보게 될 줄은 몰랐소이다."

경비 무사에게 안내를 받아 한곳에 자리를 잡고 대기하고 있는 천지문도들을 향해 여기저기서 비방하는 소리들이 바람을 타고 들려왔다. 그래도 그들은 묵묵하게 대기했다. 자신들과 합류하라는 허락이 떨어질 것인지, 아니면 돌아가라는 명령이 떨어질 것인지, 조금 있으면 밝혀질 것이다. 그때까지 그들은 무표정한 얼굴로 기다리고 있는 것이다.

짙은 푸른색의 날렵한 경장 차림의 그들은 하나같이 4척은 됨직한 두툼한 거도(巨刀)를 등에 지고 있었다. 도의 손잡이에 天地(천지)라는 글자가 음각으로 새겨져 있어 자신들이 천지문 소속임을 드러내고 있었다.

이때, 황색 경장 차림을 한 중년 사내 하나가 앞으로 쓱 나서며 천지문도들을 향해 말을 걸었다.

"본인은 하북팽가(河北彭家)의 팽조(彭早)라는 사람이외다."

팽조가 자기소개를 하자 천지문도들 중에서 한 명이 나와 정중하게 포권하며 말했다. 그녀는 간편한 경장으로 맵시 있게 차려입은 중년 여인이었는데, 무공으로 단련된 늘씬한 체형이 보는 이들의 눈을 즐겁게 해 주었다. 거기에다가 미모 또한 상당한 수준이 아닌가. 물론 젊은 것들과 같은 풋풋한 맛은 없었지만, 중년의 여인이 지니고 있는 완숙함이 그 부분을 보충하고도 남음이 있었다. 가녀린 체형에 이지적으로 반짝이는 눈동자. 지혜로운 여성이라는 생각은 들어도 전혀 강함과는 거리가 멀었다.

"소녀는 천지문도들을 이끌고 있는 소연(蘇衍)이라고 합니다. 철혈권(鐵血拳) 대협을 만나 뵙게 되어 영광입니다."

슬쩍 시비를 걸기 위해 말을 건 것이었는데, 계집이 튀어나와 자기가 천지문도들의 수장이라고 소개를 하니 철혈권 팽조로서는 입맛이 씁쓸할 수밖에 없었다. 계집을 상대로 시비를 걸어 봐야 득보다는 실이 더 많은 것이다. 물론 강호에서 호젓하게 둘이 만난 상황이라면 어떻게 해 놔도 상관없겠지만, 이곳은 사람들의 이목이 많은 장소다. 조금만 심하게 괴롭혀도 잘못하면 변태 소리를 들을 우려가 있는 것이다.

"이곳은 그대들 같은 인면수심의 무리들이 끼어들 여지가 없는 곳이다. 그러니 그만 물러가 주는 것이 어떻겠는가?"

그 말에 소연은 다소곳한 태도로 대답했다.

"그것이 무림맹의 결정입니까?"

"무림맹에 물어볼 필요가 무엇이 있겠는가. 자네 같은 쓰레기들과 함께 있다는 사실만으로도 악취 때문에 코를 못 들겠으니 꺼져 달라는 말일세. 본인의 말을 알아듣겠는가?"

쓰레기라는 말까지 하며 천지문을 격하시켰지만 소연의 표정은 담담하기 그지없었다.

"무림맹에서 돌린 격문에는 천지문은 필요 없다는 구절이 없었 습니다. 그리고 소녀는 출발하기 전에 이곳에 모인 문파들을 가장 연배가 높으신 수라도제 대협께서 이끄신다고 들었습니다. 철혈검 대협께서 하신 말씀이 수라도제 대협의 의견을 반영하고 계시는 것인가요?"

그녀의 말은 부드러웠지만 하북팽가처럼 작은 문파의 문도 따위가 자신들의 거취를 결정할 권한은 없다는 것을 밝히고 있었다. 그 말을 들은 팽조는 화가 치밀어 오를 수밖에 없었다. 사실, 그녀의 말은 어느 정도 타당성을 가지고 있었다. 하지만 요와 금에 이르는 오랑캐들이 연경을 점령한 덕분에 고향을 잃어버리고 타향살이를 하고 있는 하북팽가의 고수가 듣기에는 머리 뚜껑이 열리는 소리가 아닐 수 없었다. 팽조의 귀에 그녀의 말은 하북팽가를 아주 업신여기는 것으로 들렸던 것이다.

팽조는 슬쩍 고개를 돌려 저쪽에 자리 잡고 있는 한 노인을 바라봤다. 노인의 표정은 싸늘하기 그지없었다. 그 노인이 바로 팽조의 사부였다. 무림명숙인 사부는 자신이 직접 시비 걸기가 뭣했기에 그 제자에게 그들을 망신 주고 오라 시킨 것이다. 하지만 자신의 뜻대로 잘 되지 않았다. 이러다가는 잘못하면 사부님께 누를 끼칠 수도 있는 노릇이었다.

그렇기에 팽조는 조금 억지를 부려 보기로 했다.

"계집이기에 조용히 말로 하려 했거늘, 도무지 말이 통하지 않는구나. 너는 내가 누군 줄 알고 그토록 오만방자한 것이냐?"

"하북팽가의 여덟 분 장로들 중의 한 분이신 혼원패권(混元覇拳) 팽선(彭詵) 대협의 제자 분이시라고 들었습니다."

"멍청한 것! 나를 잘 알고 있으면서 그따위 말대답을 해 대다니!"

그와 동시에 팽조의 손이 쾌속하게 움직였다. 그리고 팽조의 움직임에 맞춰 소연도 함께 움직였다. 그녀는 가볍게 손을 들어 그의 손을 잡은 것이다.

"어쭈? 천지문의 잡것이 감히 반항을 해?"

처음에는 무례한 계집의 뺨을 한 대 치는 것으로 징계를 가하고 끝낼 속셈으로 움직인 것이었지만, 이렇게 되고 보니 슬며시 화가 치미는 것이다. 그렇기에 그는 손에 내력을 뿜어 넣기 시작했다. 하지만 이게 어찌 된 일이란 말인가? 3성에서부터 시작한 공력을 5성으로 끌어올렸는데도 불구하고 계집의 표정에는 미동도 없었다.

'이런 망할 년을 봤나! 매끈한 얼굴을 봐서 다른 사람들에게 표 나지 않도록 5성의 공력만 사용해 줬거늘, 아직도 물러서지 않다니.'

드디어 팽조의 머리 뚜껑이 활짝 열려 버렸다. 팽조는 상대에게 가하는 공력을 점차 가중시키기 시작했다. 내력이 8성에 이르자 팽조의 장포가 서서히 부풀어 오르기 시작했다. 그때쯤 팽조는 뭔가 잘못되었음을 느꼈다. 하지만 이미 엎어진 물이었다. 내력 대결을 펼치는 도중에 그만 둘 수는 없는 노릇이었다. 그렇기에 그는 점점 더 내공의 수위를 높이고 있었다.

잠시 후 모든 공력을 다 뿜어내기 시작한 팽조의 안색은 점차 시뻘겋게 달아올랐고, 이마에는 핏줄이 곤두서기 시작했다. 땀이 비 오듯 흘러내렸지만, 상대의 표정에는 그 어떤 미동도 없었다. 그제서야 팽조는 사람을 잘못 건드렸다는 것을 깨달았지만 후회하기에는 너무나도 늦은 상황이었다.

"셋 하면 공력을 거두고 뒤로 물러나세요. 그렇지 않으면 크게 다칠 수도 있습니다, 철혈권 대협."

낭랑한 그녀의 목소리는 팽조에게는 구원이었다. 이 상황에서 자신의 공력이 딸린다고 갑자기 멈출 수도 없었다. 순식간에 상대의 기가 자신의 몸으로 타고 들어와 오장육부를 바스러뜨릴 것이 분명하기 때문이다. 그렇다고 이쪽에서 그녀가 한 제안을 먼저 할 수도 없었다. 그건 바로 항복을 뜻하기 때문이다.

"하나, 둘, 셋!"

팽조는 손을 떼자마자 황급히 뒤로 물러서며 거칠게 숨을 헐떡거렸다. 누가 봐도 자신의 패배가 분명했다. 저 가냘픈 계집의 내공이 저토록 막강할 줄은 예상도 못했다. 하지만 그렇다고 꼬리를 말고 뒤로 물러설 수도 없었다. 사문과 사부의 명예가 달려 있기 때문이다.

"젠장! 다시 한 번 해 보자."

팽조가 나서려는 순간 뒤에서 그의 어깨를 잡는 사람이 있었다. 팽조가 뒤돌아보니 자신을 잡고 있는 것은 그의 사부였다. 사부는 엄한 눈으로 팽조를 흘겨본 후 중얼거렸다.

"미숙한 녀석!"

팽조는 고개를 푹 숙이며 중얼거렸다.

"죄송합니다, 사부님."

"뒤로 물러서서 운기조식이나 하거라."

팽선은 앞으로 쓱 나서며 날카로운 어조로 소연을 질책했다.

"감히 하북팽가를 업신여기다니."

"소녀가 무엇을 했다는 말씀이십니까? 혼원패권 대협. 수라도제 대협께서도 같은 의견을 지니고 계시냐고 물은 것이 그토록 큰 실례였다는 말씀이십니까?"

"그렇다. 물러나라고 했으면 물러날 것이지, 그것에 토를 단 것이 죄이니라. 얄팍한 한 수를 익혔다고 기고만장해서 감히 본가에 대들다니, 그 죄를 알렷다?"

"바른 소리를 한 것이 죄가 된다는 말은 혼원패권 대협께 처음 듣습니다."

"아이야, 네 입을 원망하거라."

그 순간, 팽선의 외호가 왜 혼원패권인지 주위에서 구경하는 사람들은 실감할 수 있었다. 순식간에 그의 손에서 펼쳐진 극성의 혼원벽력장(混元霹靂掌)은 너무나도 패도적인 기운을 물씬 뿜어내고 있었다. 그 권풍의 기세가 너무나도 강했기에 주위에서 구경하던 자들도 황급히 방어 자세를 갖춰 살을 찢는 권풍의 위력을 막기에 급급할 따름이었던 것이다.

'이거 어쩌면 전력을 다해야 할지도 모르겠는데?'

팽선은 긴장감 때문에 마른침을 삼킬 수밖에 없었다. 상대가 제법 한가락 하는 실력을 지니고 있었기에 빨리 끝내기 위해 체면불

흑풍대의 분전과 오해

구하고 기습에 가까운 공격을 가했었다. 하지만 자신의 공격은 성공하지 못했다. 그녀의 손에 들린 거대한 도 때문이었다. 그녀의 도가 완만하게 움직이는 순간, 불꽃과 함께 뇌성이 터지며 팽선의 공세를 짓눌러 버렸던 것이다. 그렇다. 막은 것도 아니고 팽선의 힘보다 더욱 막강한 힘으로 짓눌러 버린 것이다.

그 순간 계집이라고 약간 얕잡아 보던 팽선은 바짝 긴장할 수밖에 없었다. 도저히 계집이 보여 줄 수 있는 힘과 파괴력이 아니었다. 무거운 무기만을 잡고 수십 년 동안 고련한 사내들만이 보여 줄 수 있는 반응. 중도(重刀)의 강점을 최대한 활용한 대처였던 것이다.

'계집이면 계집답게 연검이나 휘두를 것이지, 젠장!'

수라도제가 천지문도들이 대기하고 있는 곳으로 왔을 때는 팽선과 소연의 대결이 한창 진행되고 있었다. 권풍과 도기가 흩날리고, 그 둘을 사이에 두고 광풍이 일고 있었다.

수라도제는 그곳에서 두 눈을 반짝이며 관전에 열중하고 있는 무당파의 장로를 발견하고 급히 그쪽으로 다가갔다. 처음 파견된 무당파의 고수들은 지금 양양성에서 싸우고 있지만, 그다음 대규모로 파견된 고수들은 금군 때문에 양양성으로 들어가지 못하고 이곳에 와 있었다.

"이게 도대체 어떻게 된 일인가?"

수라도제는 다급히 질문을 던졌지만, 장로는 흥미롭다는 듯 장내에서 눈을 떼지 못한 채 대답했다.

"혼원패권이 천지문의 아이를 상대로 드잡이질을 벌이고 있는 중이지요. 물론 시비는 혼원패권이 먼저 걸었지만……. 노부가 보기에는 아무래도 상대를 잘못 택한 것 같소이다."

그 의견에는 수라도제도 동감이었다. 무시무시한 권법의 소유자인 팽선을 상대로 웬 중년 여인이 분전하고 있었다. 겉으로 봤을 때는 팽선이 우위를 점하고 있는 듯 보였지만, 중년 여인이 일부러 조금씩 양보해 주고 있음을 눈치 채지 못할 수라도제가 아니었다.

"허헛, 참. 일이 고약하게 되어 버렸소이다. 함께 싸워야 할 동도들이 싸움질을 벌이다니, 그것도 일문의 장로라는 자가 앞장서서 말이오."

그 말에 무당파의 장로는 어깨를 으쓱하며 대답했다.

"그러게 말이외다. 하지만 조금 있으면 끝날 듯도 하오. 슬슬 혼원패권이 밀어붙이고 있지 않소? 천하의 혼원패권을 상대로 2백여 초식을 버렸다면 저 아이의 실력도 보통은 넘는 게지요."

남들에게 멸시받는 천지문도를 상대로, 그것도 이름도 없는 여자를 상대로 2백여 초식이나 싸워야 했다면 그의 명성에 흠이 갈 것은 뻔한 사실이었다. 하지만 무당파의 장로는 지금 그녀가 일부러 상대의 체면을 봐서 전력을 다하지 않고 있다는 것까지는 눈치 채지 못하고 있었다. 그만큼 수라도제가 파악한 그녀의 실력은 대단한 것이었다.

'허참, 실력만큼이나 마음 씀씀이도 곱구먼.'

하지만 감탄만 하고 그대로 있을 수는 없는 노릇이다. 이대로 가만히 있는다면 승자와 패자가 갈리게 된다. 물론 승자는 팽선이겠지만, 후에 저 아이가 봐줘서 승리했음을 그가 알게 된다면 어떻게 될까? 또 그가 그것을 눈치 채지 못한 채 넘어간다고 하더라도 결코 뒷맛은 깨끗하지 못할 것이다.

수라도제의 몸이 스르르 사라지는가 싶더니 어느새 그의 몸은 한참 대결 중인 두 고수 사이에 서 있었다. 과연 화경에 다다른 고수라는 위명에 걸맞은 뛰어난 신법이었다. 워낙 갑작스럽게 수라도제가 등장한 것이었기에, 대결에 몰두해 있던 팽선과 소연은 미처 쏘아 낸 공격을 회수할 여유조차 확보할 수 없었다. 이를 악물고 소연이 쏘아 낸 공력을 회수하려는 순간 그녀의 귀에 부드러운 전음성이 들려왔다.

〈무리해서 공력을 회수하려고 하지 마라. 몸만 상할 뿐이다.〉

그 순간 소연은 목소리의 주인공, 즉 눈앞에 모습을 드러낸 사람을 믿기로 했다. 얼핏 봤을 때 그리 고강한 것처럼 보이지 않았지만, 이곳에 모습을 드러낼 때 그가 사용한 신법만으로도 그는 최강자의 대열에 서 있을 것임에 틀림없다고 느꼈던 것이다.

양쪽에서 짓쳐들어오는 공격을 수라도제는 간단하게 막아 냈다. 물론 그것은 그 광경을 옆에서 구경한 사람들의 생각이었고, 수라도제 자신은 이를 꽉 깨물어야만 했다. 격전을 벌이는 둘은 모두 다 엄청난 고수들이었다. 그런 만큼 수라도제가 아무리 화경에 든 고수라고 하지만 쉽게 막아 낼 성질의 공격은 아니었다.

수라도제는 자신이 할 수 있는 최선의 능력을 발휘할 수밖에 없었다. 너무나도 빠른 것은 눈의 착시 현상 때문에 오히려 느린 것으로 보일 수도 있는 법이다. 그렇기에 주위에 서 있는 자들의 거의 대부분은 수라도제가 발휘한 최고의 한 수를 견식하는 영광을 놓쳐 버리고 말았다.

퍽!

둔탁한 소리가 울려 퍼진 후, 장내는 정리되었다. 자신이 가한 혼신의 공격을 수라도제가 간단히 막아 내버리자 팽선은 씁쓸한 듯 입맛을 다시며 한숨을 내쉬었다. 그의 이마에는 땀방울이 송글송글 맺혀 있었다. 자신의 체면이 달린 문제였기에 계집아이를 빨리 제압하기 위해 상당히 무리를 했던 탓이다.

"수라도제 대협께서 여기는 어쩐 일이시오?"

"허허, 이 사람. 한 팔 더하겠다고 온 동지를 상대로 드잡이질을 하다니, 정신이 있는 겐가? 아무래도 저 아이가 다칠 것 같아서 노부가 나설 수밖에 없었다네."

팽선은 수라도제가 한 뒷말이 너무나도 고마웠다. 자신의 체면을 지켜 주지 않았는가.

"무슨 말씀을 그렇게 하십니까? 여아가 거도를 들고 다니기에 그냥 장난 좀 쳐 본 것뿐이오."

말을 마친 팽선은 자신의 일이 끝났다는 듯 천천히 장내를 벗어났다. 그동안 수라도제는 소연을 향해 전음을 날리고 있었다.

〈어디 다친 곳은 없느냐?〉

〈신경을 써 주셔서 너무나도 감사드립니다, 수라도제 대협.〉

〈허허헛, 노부를 알아보다니 영광이로세.〉

〈아닙니다. 수라도제 대협의 한 수를 견식할 수 있어 소녀가 더 영광이었습니다.〉

소연의 전음에 수라도제의 눈에 이채가 발했다. 자신이 사용한 한 수를 완전히는 파악하지 못했다고 하더라도, 어느 정도는 알아차렸다는 말이 아닌가. 자신이 예상한 것보다 한 차원 더 높은 고수가 분명했다. 참으로 무림은 와호잠룡(臥虎潛龍)의 세상이라고 생각해 보는 수라도제였다.

"천지문에서 왔다고 했는가?"

상대가 전음을 사용하지 않았기에 소연은 다소곳이 고개를 숙이며 대답했다.

"예."

"노부의 소개가 늦었구먼. 노부는 서문길제라고 한다네."

"예, 소녀는 천지문도를 이끌고 수라도제 대협을 도우라는 문주님의 명을 받들고 온 소연이라고 합니다. 잘 부탁드리겠습니다."

수라도제는 주위를 둘러봤다. 저쪽에 소연과 비슷한 차림새를 하고 있는 사내들이 보였다. 그 수는 5백여 명. 서문세가라는 거대 세가를 이끌고 있는 수라도제의 시각에서 봤을 때, 적다고 생각할 수도 있는 숫자였지만 그것이 천지문의 전체 문도수를 따져 본 경우라면 얘기가 완전히 달라진다.

'허어, 5백씩이나? 천지문의 규모를 생각했을 때 적지 않은 출혈을 각오한 모양이구먼. 그것도 저렇게 뛰어난 고수를 앞세우다니……'

수라도제는 아직까지도 믿어지지 않는다는 듯 소연을 아래위로 자세히 한 번 더 훑어봤다. 이건 웬만한 명문 대파의 장로급이라고 해도 전혀 손색이 없는 여고수. 거기에다가 그를 더욱 기분 좋게 한 것은 그런 여고수가 거대한 도를 등에 지고 있다는 점이었다. 도(刀)를 숭상하는 그였기에 당연한 일이었는지도 모른다. 소연은 평상시에 가벼운 도를 애용했지만, 전쟁터에 나가는 것인 만큼 전투용의 중도를 가져온 것이었다.

천지문은 작은 문파였다. 그런 문파에서 이토록 뛰어난 여고수를 키워 냈다는 것만 해도 놀라운 일이었지만, 그녀를 아낌없이 전장에 투입한 점은 더욱 놀라운 일이었다. 사실, 생사를 기약하기 어려운 상태에서 그녀가 덜컥 죽어 버린다면 그 피해는 얼마나 크겠는가. 그것만 봐도 천지문이 이번 양양성 전투에 어느 정도의 각오로 임하고 있는지 충분히 짐작할 수 있었다.

"먼 길을 오느라 수고가 많았네. 노부와 차나 한잔하지 않겠는가?"

"영광입니다, 수라도제 대협."

소연은 다소곳이 고개를 숙이며 대답한 후 수라도제를 따라갔다.

수라도제 대협과 담소를 나누며 장내를 빠져 나가는 소연의 모습을 멀찍이서 지켜보고 서 있던 천풍검 곡추는 입이 바싹 타는 듯 혀로 입술을 축였다. 방금 전에 벌어진 비무를 봤을 때, 결국에 가서는 소연이라는 천지문의 고수가 팽선에게 패했을 가능성이 컸다. 하지만 하북의 범 같은 고수인 팽선을 상대로 저 정도나 버틸 수 있다는 것이 아무나 할 수 있는 일인가? 곡추 자신도 분노에 가득 찬 팽선을 상대로 1백 초식 이상은 견딜 자신이 없었다. 그것만 봐도 그녀의 실력은 이미 증명된 것이나 다름없었다.

"허어~, 진팔에 이어서 이번에는 소연이라는 여고수의 등장인가? 정말 천지문은 가볍게 볼 문파가 아니로구나."

진팔을 억류하려고 했었던 남궁세가주의 결정은 정말 상대에 대해 아무것도 모르고 내린 치명적인 실수였다고 생각하는 곡추였다.

무림 연합과 대 금제국군의 충돌

　두려움에 떨던 금군의 모습은 하루의 충분한 휴식과 새로운 방어 도구의 장만으로 용기백배한 모습으로 바뀌었다. 그들의 눈에는 더 이상 두려움이 어려 있지 않았다. 적군의 화살을 두려워하지 않아도 될 새로운 방어 도구가 즉석에서 제작되어 지급된 것이다. 방패 두 장을 하나로 묶은 것이었는데, 적의 화살에 노출되는 병사들만 지니면 되는 것이기에 서로 교대해 가며 들고 가면 되니 방패가 2배로 무거워졌다고 하지만 문제될 것은 하나도 없었다. 그리고 그들은 장수들의 설명을 듣고 자신들과 싸우는 적의 규모를 알게 되었다. 겨우 1만 남짓한 기마병들이라니……. 17만 군세를 자랑하는 그들에게 그 수는 정말이지 가소로운 것이었다.
　제아무리 적의 기마대가 신출귀몰한다 해도 무한만 점령하면 일은 끝나는 것이다. 무한이 주 전장이 된다면 그들은 그곳을 수비할 수밖에 없을 것이다. 기마대의 기동력이 보병들에 비해 월등히 뛰어난 것이 사실이지만 그것도 충분한 활동 영역을 보유하고 있을 때의 얘기다. 어느 한 장소에 얽매이게 된다면 그들을 전멸시키는 것은 어렵지 않다고 봐야 했다.

또다시 금군을 공격하기 위해 접근하던 도중, 관지는 적병들의 일사불란한 움직임을 봤다.

"일이 조금 어렵게 되었군."

그 말에 제3천인대장 정삼(鄭三)이 의아한 듯 질문을 던졌다. 그는 오랜 세월 관지를 모시고 있었기에 상관이 이런 식으로 넋두리를 하는 것을 본 일이 없었기 때문이다.

"무슨 말씀이십니까? 대장."

관지는 금군을 손짓으로 가리키며 말했다.

"오늘쯤이면 풀 죽은 강아지 꼴을 하고 비실비실 움직여야 정상이 아닌가? 그런데, 어찌 저놈들이 저렇게도 위풍당당하게 행군하고 있느냐 말이다. 아마도 이쪽의 세력에 대해 정확한 정보를 획득한 모양이야."

그 말에 정삼은 고개를 숙이며 사죄했다.

"죄송합니다, 대장. 놈들의 척후병들을 보이는 족족 사살하라고 명령하고 꽤 많은 인원들을 풀어놓았었는데, 그들만으로는 부족했었던 모양입니다. 제 불찰입니다."

"이미 지난 일이니 괘념치 말라."

"이제 어떻게 하는 것이 좋겠습니까?"

정삼의 의문에 관지는 간단명료하게 대꾸했다.

"뭘 어떻게 하겠나? 달라지는 것은 하나도 없다. 자, 가자!"

관지의 전투 방식은 어제와 바뀐 것이 하나도 없었다. 최대한 적들로부터 떨어진 거리까지 접근해서 화살을 퍼붓는 것이었다. 일단 관지는 말을 타고 병사들을 지휘하는 금군 장수들을 찾았다. 하지만 아무도 보이지 않았다. 그들은 자신의 말을 중군(中軍)에 맡기고 걸어서 부하들과 함께 행동하고 있었던 것이다.

장수들이 보이지 않으니 목표는 선두에 선 병사가 될 수밖에 없다. 그의 화살이 파공성을 흘리며 날아가자, 처음 두 명까지 화살에 맞아 쓰러졌지만 그 뒤는 쉽지 않았다. 각자 방패를 꺼내어 앞을 가린 것이다.

"퍽!"

관지가 쏜 화살은 둔탁한 소리를 내며 방패에 꽂혔다. 두 겹을 덧대 놓은 것이었기에 뚫지 못한 것이다.

"제법이군. 조금 더 다가간다."

관지의 명령에 기마대는 서서히 거리를 좁히며 화살을 쏟아 붓기 시작했다. 1백 장이었던 서로 간의 거리가 차츰 80장, 60장으로 좁혀졌다. 물론 그렇다고 금군 궁수들의 사거리 안으로 들어가지는 않았다.

"후퇴!"

"후퇴하라!"

더 이상 적의 전위 부대를 상대로 이 방법이 효과가 없음을 깨닫고 관지는 후퇴 명령을 내렸다. 물론 아예 포기하는 것은 아니다. 적군의 규모는 무려 17만이나 된다. 수십 리에 걸쳐 금군이 행군하고 있는 것이다. 제일 앞에서 걸어가는 적들이야 대비가 되어 있을지 모르지만 중군이나 후위는 얘기가 다를지도 모른다. 그렇기에 그날 흑풍대는 적들의 이곳저곳으로 이동하며 화살을 무진장 쏴댔다. 하지만 금군은 소수의 적 기마대와 드잡이질을 벌이는 대신 무한 침공을 우선시하는 듯 최대한 방어에 힘쓰며 꾸준히 전진하고 있었다.

"이렇게 가면 힘들어지겠어."

지도를 보며 관지가 중얼거리는데, 제3천인대장 정삼이 들어오며 보고했다.

"화살 보급이 끝났습니다. 또다시 출동하실 겁니까?"

"아니, 오늘은 그만 한다. 이런 식으로 화살을 마구 소모한다면 총타에서 많은 화살을 가져왔다고 하나 곧이어 바닥이 드러날 것이 분명하다. 더 이상 화살을 헛되이 소모할 수는 없는 노릇이지."

"그렇다면 어떻게 하시겠습니까?"

관지와 마화 그리고 아홉 명의 천인대장들이 모여 차후의 작전에 대해 토의하기 시작했다. 한참 작전 토의를 하고 있을 때, 밖에서 10인대장 한 명이 들어왔다. 그는 군례를 올린 후 보고했다.

"무한 방향에서 3만여 무리가 이쪽으로 이동해 오고 있습니다. 행색으로 봤을 때 병사들은 아닌 듯하고 무림인들이 아닌가 추측됩니다."

그 보고에 관지는 씁쓸한 미소를 지으며 중얼거렸다.

"합류 지점에서 기다리다가 지쳐서 이리로 올라온 모양이군. 좋아. 기왕에 여기까지 왔으니 만나 봐야겠지."

관지는 마화를 향해 명령했다.

"나는 그들을 만나러 가겠다. 귀관은 수하들을 인솔하여 작전지역으로 이동하도록."

"존명!"

수라도제는 경비무사의 안내를 받아 막사로 들어온 사내를 찬찬히 바라봤다. 다부진 턱선과 시원하게 솟은 콧날……. 그러면서도 어떤 일이라도 헤쳐 나갈 수 있다는 강인한 정신력을 담은 강렬한 안광(眼光)을 내뿜는 두 눈. 그야말로 패기(覇氣)가 넘치는 뛰어난 무사임이 분명했다.

'허, 이런 인재가 마교에 있었을 줄이야…….'

감탄스러운 시선으로 새삼 다시 한 번 더 상대를 바라보는 수라도제였다. 상대가 머리 위에서 발끝까지 시커먼 갑주로 감싸고 있다 보니, 문득 과거 변방의 오랑캐들을 두려움에 떨게 만들었던 찬황흑풍단이 생각났다. 검은색 갑주를 입은 단체는 지금까지 그것 말고는 없었으니 말이다. 하지만 생각은 그렇게 했지만, 수라도제는 설마하니 상대가 찬황흑풍단과의 연관성이 있으리라는 생각은 하지 않았다. 원래 마교도들이 검은색을 좋아했기에, 그저 그러려니 했을 뿐이다.

흑색 갑주를 입은 무장은 눈매를 날카롭게 빛내며 입을 열었다.

"노부는 흑풍대를 맡고 있는 관지라고 하오. 여러 무림의 명숙들을 뵙게 되어 영광이라 생각하오."

자성만마대를 제외한 마교의 상급 단체들은 거의 알려져 있지 않았다. 더군다나 흑풍대의 경우 마교의 내전에만 출동했을 뿐, 정식으로 무림에 모습을 드러낸 적은 단 한 번도 없었다. 그렇기에 좌중에 앉아 있는 인물들 중에서 흑풍대라는 단체가 있다는 사실을 처음 안 사람들이 대부분이었다. 하지만 그의 소개를 통해 한 가지는 확실하게 알 수 있었다. 상대는 바로 마교의 아홉 장로들 중의 한 명이었고, 마교와 무림맹이 연합하는 한 그만큼의 대우를 해 줘야 하는 존재라는 사실을 말이다.

"만나서 반갑소이다, 관지 장로. 노부는 서문세가의 수라도제라고 하오."

자신의 소개를 한 수라도제는 좌중에 앉아 있는 각 문파들을 대표하는 인물들을 관지에게 소개했다. 그런 다음 관지에게 말했다.

"귀교 단독으로 이곳에서 금군을 상대로 고군분투하고 있었다니 참으로 놀랍소이다. 그건 그렇고, 노부들이 이곳으로 온 이유는 귀교에서 우리들과 연합하여 작전을 수행할 의지가 있는지 알아 보려는 것이었소. 지금까지의 행동으로 봤을 때, 귀교는 우리들과의 연합 작전을 망설이고 있다는 느낌을 받았기 때문이오."

그 말에 관지는 씁쓸한 미소를 지으며 대답했다.

"여러분들을 못 믿어서 그렇게 행동한 것은 아니었소이다. 저들의 수는 엄청나고, 이쪽의 수는 양쪽이 연합한다고 해도 매우 적다고 볼 수 있소. 그렇기에 이왕이면 본격적인 회전이 시작되기에 앞서 저들의 강성한 기운을 누르고, 사기를 떨어뜨릴 필요가 있었소이다. 아마 나중에 귀하들이 기다리고 있는 지점까지 진출한 금군은 오랜 싸움에 지쳐 피폐한 몰골로 나타났을 거요. 그때, 연합하여 금군을 일거에 소탕할 생각이었소."

"그렇소이까? 그런 줄도 모르고 달려온 노부들의 생각이 얕았는가 보오."

수라도제의 말에 관지는 씁쓸한 미소를 지으며 말했다.

"기왕에 여기까지 오셨으니 좀 도와주셔야겠소이다. 이곳에 지도가 있소이까?"

곧이어 커다란 지도가 간이 탁자 위에 깔렸다. 관지는 지도의 이곳저곳을 손으로 짚으며 금군을 상대할 작전을 설명하기 시작했다. 그리고 수라도제는 그런 관지를 유심히 관찰하고 있었다. 도저히 이해가 안 가는 부분이 몇 가지가 있었기 때문이다.

첫째, 관지라는 마교의 장로는 마공을 연성하지 않았다. 그렇기에 패도적인 마기가 뿜어져 나오지 않는 것이다. 아마도 마공 대신에 뭔가 다른 무공을 익힌 모양이다. 그런데, 마공을 익히지 않은 자가 마교의 장로가 될 수 있을까?

둘째, 지도를 보며 그가 설명하고 있는 작전이다. 관지 장로의 행동 하나하나를 보면 그가 이런 일에 매우 능숙하다는 느낌을 강하게 받게 만들었다. 그런 그를 보며 수라도제는 그가 마교도가 아니라 군대의 장군이 아닌가 하는 착각마저 들었다. 그렇다면 마교는 왜 저런 전략과 전술에 능통한 장수 같은 인물을 키웠을까?

셋째, 저자는 강철로 만든 갑주를 입고 있었다. 보통 무림인들이라면 웬만해서는 입지 않는 갑주를 말이다. 그 상태에서도 자연스러운 행동을 하는 것을 보면 갑주를 그가 평상시에도 자주 입었었다는 것을 알 수 있었다. 그것으로 미루어 봤을 때, 저자의 수하들도 갑주를 입고 있을 가능성이 컸다. 신검합일의 경지에 오른 강력한 고수가 저토록 두터운 중갑주를 입을 정도인데, 그 부하들은 말할 필요도 없을 테니 말이다. 그렇다면 마교는 왜 저런 단체를 키워 냈을까? 처음부터 이런 일이 벌어질 줄 예측이라도 했다는 말인가?

지금 현재의 정보들만으로는 도저히 이해할 수 없는 노릇이었다. 수라도제는 나중에 무영문 쪽에다가 통지를 해서 알아 보는 것이 좋겠다고 생각했다. 만약 마교가 무림일통을 하기 위해 흑풍대를 키운 것이라면, 무림맹 쪽에서도 그런 중갑주로 무장한 단체가 하나 필요할 테니 말이다.

어찌 되었건 수라도제는 이것 하나만은 알 수 있었다. 자신이 지금까지 너무나도 마교라는 곳을 잘 모르고 있었다는 사실을 말이다. 저런 수하들을 키워 내고, 또 그들의 충성을 받을 정도의 인물이라면 마교 교주는 상상 이상의 거목일 것이 분명했다.

'허어, 마교 교주는 도대체 무슨 생각을 하고 있다는 말인가? 저런 엄청난 세력을 가지고 있다는 것을 우리에게 보여 주는 의도는 또 뭐란 말인가?'

시간이 흐를수록 수라도제는 관지에게 점점 빠져 들었다. 처음에는 단지 마공을 익히지 않은 자가 장로라는 사실에 놀랐지만 관지 장로의 설명이 계속되는 동안 적의 허를 찌르는 그의 치밀한 전략에 혀를 내두를 수밖에 없었다.

수라도제는 어느 순간 관지 장로의 능력이라면 충분히 금군 20만을 상대로 지금까지 싸워 왔다는 것이 수긍이 되었다. 아마도 자신들이 도우러 오지 않았다면 그들만으로 20만을 끝장냈을 것이다. 만약 그렇지 못했다고 하더라도 아까 전에 관지 장로가 말했던 것처럼 약속 지점까지 밀고 내려온 금군은 만신창이가 된 상태일 게 뻔했다.

'허어, 참으로 탐이 나는 인재로고. 이런 자가 어찌 흉악한 마교 무리에 섞여 있단 말인가. 참으로 애석한 일이 아닐 수 없구나.'

수라도제는 관지를 바라보며 군침을 흘리지 않을 수 없었다. 이

런 전략과 전술에 뛰어난 인재가 자신의 밑에 있다면 서문세가
9파1방을 앞서가는 최강의 문파가 될 것이 아닌가. 참으로 안타까
운 일이었다.

 금군은 서서히 진격하여 평원 지대에 그 모습을 드러냈다. 최대
한 빨리 무한을 점령하려 했었지만, 송군이 계속 괴롭혀 대기에 어
쩔 수 없이 진격 속도가 느려진 것이다. 평원에 도착하여 드넓은
대지에 자라고 있는 곡식들을 보자, 금군 병사들의 마음도 한결 안
정되었다. 자신들이 가지고 있는 휴대 식량이 다 떨어진다고 하더
라도 최소한 굶지는 않아도 되기 때문이다.
 금군이 평원 안으로 한참 진격하고 있을 때, 또다시 예의 그 시
커먼 갑주를 입은 기마대가 모습을 드러냈다. 매일 반복되는 일상
사가 시작되다 보니, 금군 병사들도 처음과는 달리 노련하게 그에
대처하기 시작했다.
 여러번 충돌해 본 결과 적 기마대가 보유하고 있는 활의 사거리
를 파악할 수 있었고, 또 그들의 수가 매우 적다는 것을 알게 된 것
이다. 그렇다면 두려워할 이유가 없었다.
 하지만 그날 가해진 공격은 다른 날과는 조금 달랐다. 불화살을
날리기 시작했던 것이다. 폭넓게 산개해서 쏘아 대기 시작한 불화
살들은 크게 원을 그리며 여기저기에 떨어져 내렸다. 그런데, 이때
괴변이 일어났다. 아무리 계절이 가을이라 초목들이 말라간다고
하지만 저렇듯 활활 타오를 수는 없는 노릇이었다. 뭔가 손이라도
써 놓았던 듯 불화살이 떨어지자마자 순식간에 불길이 확 퍼져 오
르며 사방으로 번져 가자 금군 병사들의 눈에는 짙은 두려움이 깔

리기 시작했다.

"제법 하는군."

사방에 불길이 치솟고, 그에 따라 금군들이 이리저리 우왕좌왕 움직이는 것을 보며 수라도제는 감탄스럽다는 듯 중얼거렸다.

"지금 돌격하는 것이 어떻겠습니까? 사돈."

"허허, 사돈. 조금만 더 기다리는 것이 좋을 듯합니다."

종리영우의 말에 대답해 준 수라도제는 전장을 주의 깊게 살폈다. 적들의 주위에 놓아둔 인화 물질들이 활활 타오르며 짙은 연기를 뿜어낼 때, 바로 그때가 돌격해 들어갈 적기였다.

관지 장로의 작전에 따르면, 적은 이쪽의 군세를 기마병 1만으로 알고 있는 점을 최대한 이용하자는 것이다. 적은 아직까지 무림맹의 세력이 가세했음을 모르고 있는 것이다. 그것을 최대한 이용하는 것이 이번 작전의 성공의 열쇠였다. 그리고 관지 장로의 작전은 집단전에 대한 경험이라고는 거의 없는 무림맹 고수들에게 매우 적합한 것이었다.

무림맹에서 끌어 모은 각 문파들의 무사들은 지금까지 협동해서 격전을 벌여 본 적이 없는 인물들이다. 개개인의 무공은 엄청나게 강할지 몰라도, 상대가 조직적으로 대항해 온다면 큰 피해를 당할 수 있는 것이다. 하지만, 난전으로 이끈다면 얘기가 달라진다. 뒤죽박죽 얽힌 상태에서 작전이고 나발이고 무슨 필요가 있겠는가. 개개인의 무력이 강한 쪽이 승자가 되는 것이다.

사방에서 치솟는 불길에 당황해하는 금군 병사들의 모습을 지켜보던 수라도제는 이윽고 때가 되었다고 생각했는지 뒤를 돌아보고는 큰 소리로 외쳤다.

"돌격!"

수라도제가 앞에서 엄청난 경공술을 발휘하여 달려 나갔다. 그리고 수많은 문파에서 내로라하는 고수들이 앞 다투어 그 뒤를 좇아 달려갔다. 순식간에 벌판은 아수라장이 되었다.

사방에서 병장기 부딪치는 소리가 들려오고, 단말마의 비명 소리가 터져 나오기 시작했다. 이렇듯 뒤엉켜서 싸운다면 무술실력이 형편없이 떨어지는 금군 병졸들이 압도적으로 불리할 것은 당연한 사실이 아닌가. 그런 와중에 멀찍이 떨어져서 적을 교란하고 있던 흑풍대가 들이닥쳤다. 그 순간 전장은 더욱 혼전으로 치닫기 시작했다.

이제는 작전이고 뭐고 아무것도 없었다. 눈앞에 보이는 적들을 베고 또 베는 것만이 살길이었다. 각각의 승리가 합쳐서서 한 지역의 적을 제압하고 나면, 그들은 또 다른 곳으로 달려간다. 이런 식으로 사방에서 수많은 사람들이 혼전을 벌이고 있는 것이다.

그 와중에 눈에 띄는 인물들이 몇 있었다. 수십, 어쩌면 수백 명의 금군을 죽여 없앤 인물들이다. 서문세가의 태상가주 수라도제라든지 종리세가의 가주 종리영우, 제갈세가의 가주 제갈기 그리고 그 외에 많은 수의 무림명숙들이다.

그들은 지금까지 자신들이 쌓아놓고 있었던 이름값을 하려는 듯 가장 위험한 전장에 뛰어들어 무자비한 살육을 감행하고 있었다. 특히나 그들 중에서 가장 이름 있는 수라도제의 경우 언제나 그에게 따라붙는 '화경의 고수'라는 것을 증명이라도 하듯 금군 병사들이나 장수들을 그야말로 「학살」하고 있는 중이었다.

"크아아악!"

매케한 연기가 가득 차 있는 전장에서 비명성이 연이어 터져 나왔다. 수라도제가 던진 거대한 도가 크게 한 바퀴 돌며 수십 명에 달하는 금군 병사들의 허리를 토막 내고 지나간 후 수라도제의 손에 돌아갔다. 고색창연하던 그의 도는 어느새 금군 병사들의 붉은 피로 흠뻑 젖어 있었다. 수라도제는 피에 젖은 거도를 꼬나 쥐고 싸늘한 미소를 지으며 주위를 여유롭게 둘러봤다. 그의 명호에 왜 전쟁의 신 아수라가 들어 있는지 알게 해 주는 한 장면이었다.

금군 병사들은 도저히 믿어지지 않는다는 듯 수라도제를 멍하니 바라봤다. 어떻게 저렇게 많은 사람을 한꺼번에 죽일 수 있다는 말인가? 피에 젖은 도를 쥐고 있기는 했지만, 그들은 수라도제가 방금 전 그 엄청난 살육극의 주인이라는 사실을 도저히 믿을 수가 없었던 것이다.

그들은 거친 욕설을 퍼부으며 앞으로 달려 나갔다. 그리고 바로 그 순간 수라도제의 육중한 도가 다시 한 번 움직였다. 사방으로 번뜩하며 검강이 뿜어져 나간 후, 돌진해 들어갔던 금군 병사들의 몸은 예리한 뭔가로 잘려 나간 듯 피보라를 일으키며 산산이 분해되었다. 몸통에서 떨어져 나간 손과 발이 사방으로 굴러나갔다. 그 순간, 금군 병사들은 공포에 질린 비명을 지르며 이리저리 도망치기 시작했다. 하지만 그들이 도망쳐 봐야 어디로 가겠는가. 사방에서 격전의 소용돌이가 벌어지고 있었다.

그 격전의 주인공들 중에는 무림의 명숙들도 있었고, 남궁세가가 자랑하는 창궁18수 같은 단체로 활동하는 인물들도 있었다. 모두들 나름대로 자신들의 이름값에 맞게 금군 병사들을 주살하며 뛰어난 전공을 세우고 있는 중이었다.

하지만 그 누구도 예상치 못한—수라도제만이 예상한—이변이 이 격전지의 한구석에서 벌어지고 있었다. 강호의 쓰레기들로 치부되고 있던 천지문의 눈부실 정도의 분전이었다. 그들 5백 여 명은 인솔자 소연을 중심으로 금군을 상대로 괴력을 발휘하고 있었다.

"크으윽!"

소연의 거대한 도가 한 번 휘둘러질 때마다 서너 명의 금군 병사들이 피를 뿜었다. 창백하기 그지없는 안색을 하고서도 소연은 이를 꽉 악물었다. 그녀는 지금까지 단 한 번도 사람을 죽여 본 적이 없었다. 그렇기에 그토록 뛰어난 무위를 지니고 있으면서도 아직까지 바깥 세상에 이름이 알려져 있지 않았던 것이다.

그녀는 지금 기절하기 일보 직전이었다. 이렇게 지독한 피 냄새는 지금까지 단 한 번도 맡아 본 적이 없었다. 속이 울렁거린다. 속 시원하게 토하고 싶지만, 그녀에게는 그럴 여유조차 없었다. 지금 그녀는 천지문의 제자들이 무사히 임무를 마치고 돌아갈 수 있도록 해야만 한다는 막중한 의무를 지고 있는 것이다.

천지문도들 중에서 조금 앞서 나간 인물이 여덟 명의 금군에게 포위되는 것을 보자마자 그녀는 신형을 날렸다.

"크아아악!"

그녀의 거도가 빛무리를 일으키며 기운차게 회전하는 순간, 여덟 명의 금군 병사들은 차마 바라볼 수도 없을 정도로 끔찍한 고깃덩이로 화해 버렸다.

"우욱!"

순간 또다시 그녀의 뱃속이 울렁거렸다. 하지만 그녀는 그것을 꽉 참으며, 다시금 도를 휘둘렀다. 부드럽게 흘러내렸던 그녀의 탐스러운 머리카락은 어느샌가 붉은 선혈로 뒤덮여져 있었다.

악착같이 저항하던 금군은 더 이상 견디지 못하고 마침내 후퇴하기 시작했다. 10만에 달하는 피해를 입은 후에 내린 결정이었다. 그 후, 패퇴하는 적들을 추격하며 잔인하기 그지없는 살육전이 전개되었다.

이날, 금군은 너무나도 막심한 피해를 당했다. 17만에 달하는 병사들 중에서 살아서 도망친 자들은 겨우 5천도 안 되었다. 원수를 비롯하여 대부분의 장수들이 그 혼전의 와중에 전사했고, 마교와 정파 연합군이 노획한 물자는 너무나도 많아서 쌓아도 쌓아도 끝이 없을 지경이었다.

얼굴이 새하얗게 질린 채 멍하니 서 있는 소연의 모습이 수라도제의 눈에 띄었다. 그녀의 발치에는 그녀가 사용하던 피 묻은 도가 떨어져 있었다. 그리고 그녀의 주위로 몇몇 천지문도들이 토악질을 하고 있는 모습도 보였다.

수라도제는 침착한 표정으로 주위를 빙 둘러봤다. 이곳은 격전이 벌어졌던 곳이다. 헤아릴 수도 없을 만큼 많은 시체들이 사방에 널브러져 있었다. 그중에는 깨끗하게 죽은 시체보다 끔찍한 형상으로 죽은 시체가 더욱 많았다. 그도 그럴 수밖에 없는 것이 대부분 검이나 도 같은 무기로 인해 죽은 시체였다. 뛰어난 내가고수들이 무기를 휘둘렀으니 적당한 깊이로 베이는 정도를 넘어 아예 토막이 나 버린 것이다.

이번 전쟁에 참가한 무림맹 소속의 수많은 문파들 중에서 이런 대규모 격전을 겪은 적이 있는 문파가 있을 리 없다. 그렇다 보니 오랜 무림 생활을 거치면서 많은 살인을 경험해 본 사람들은 그래도 나은 편이었고, 그렇지 못한 사람들은 토악질을 하거나 아니면 소연처럼 새파랗게 질려 있는 것이다.

그 모습을 보며 수라도제는 자신이 왜 소연 같은 뛰어난 여고수를 몰랐음을 이해할 수 있었다. 아마도 그녀는 문파 내에서 수련은 열심히 했는지 모르지만, 강호 경험은 거의 없는 게 분명했다.

수라도제는 소연에게로 천천히 다가갔다.

"몸은 괜찮은가?"

소연은 화들짝 일어서 고개를 조아리며 말했다.

"대협께서 염려하실 필요는 없습니다. 이런 격전장은 처음인지라……."

"허허, 부끄러워할 필요 없다네. 무림 경험이 좀 있다고 자부하던 사람들도 이런 난장판에서 제정신을 유지하는 인물들은 극히 드물 테니 말일세. 그래, 천지문의 사상자는 많지 않은가?"

그 말에 소연은 다소곳이 대답했다.

"소녀가 부족하여 다섯의 부상자가 나왔습니다. 큰 상처는 아니니 대협께서 심려해 주실 필요는 없을 듯합니다."

그 말에 수라도제는 놀랄 수밖에 없었다. 거의 대부분의 문파에서 사망자가 최소한 몇 명씩은 나왔을 정도로 치열한 격전이었다. 그런데 단 한 명의 사망자도 없다니. 수라도제는 주위에 흩어져서 쉬고 있는 천지문의 제자들을 살펴봤다. 무공이 제법 뛰어난 자도 보였지만, 그렇지 않은 자들도 많았다. 그런 상황에서 단 한 명도 사망자가 없었다는 것은 그의 눈앞에 보이는 이 새파랗게 질려 있는 여인이 몸을 아끼지 않고 그만큼 열심히 뛰어다녔다는 증거였다.

'허어, 무공도 뛰어나지만 인성은 더욱 뛰어나도다. 그것 참, 정말 탐나는 인재로고⋯⋯.'

수라도제는 넌지시 질문을 던졌다.

"그래, 슬하에 자식은 있는가?"

그 말에 창백한 그녀의 얼굴에 옅은 홍조가 떠올랐다.

"아직 결혼하지 못했습니다, 대협."

그 말에 수라도제의 입이 귀밑까지 찢어지는 듯했다. 하지만 수라도제는 재빨리 자신의 표정을 바로 잡은 후, 넌지시 말했다.

"허어, 그런가? 그럼 노부가 중신을 서 주면 되겠구먼."

그 말에 소연은 당혹스러운 듯 대답했다.

"그, 그러실 필요까지는⋯⋯."

"아닐세, 내 좋은 혼처를 알아 보지. 지금까지는 무공을 연마하느라 주위를 돌보기 힘들었을 테지만, 자네처럼 뛰어난 인재가 핏줄을 남기지 않는다는 것도 무림의 크나큰 손실이 아니겠는가."

말은 그렇게 했지만 수라도제의 속셈은 따로 있었다. 자기 문파에 있는 인재들 중에서 아직 결혼하지 않은 녀석을 하나 골라 그녀와 맺어 주는 것이다. 그러면 그녀는 자연히 남편이 있는 서문세가로 들어 올 테니 그야말로 꿩 먹고 알 먹는 거나 마찬가지가 아닌가.

자신의 계획이 마음에 든 듯 흐뭇한 미소를 지으며 주위를 둘러보던 수라도제의 눈에 마교도들이 눈에 띄었다. 그들은 여기저기

돌아다니며 부상자들을 치료하고, 또 노획품들을 챙기고 있었다. 그들의 움직임에는 이런 격전장을 수없이 많이 경험해 본 듯한 노숙함이 자연스럽게 풍겨 나오고 있었다.

그런데 특이하게도 그들 모두에게서 마기라고는 느껴지지 않는 것이었다. 아마도 흑풍대라는 단체 자체가 모두 다 마공 대신 뭔가 다른 특별한 무공을 익히는 모양이었다. 수라도제는 조금 전 전투에서 흑풍대의 활약을 몇 번이나 볼 수 있었다. 성난 이리 떼처럼 몰려다니며 금군 병사들을 휘몰아쳐 가는 그 모습은 수라도제의 등골을 오싹하게 만들었다. 그만큼 그들은 체계적으로 금군 병사들을 압박하고 있었던 것이다. 자신이 이끌고 온 무림맹의 어쭙잖은 무사들보다는 훨씬 이러한 전투에 맞는 행동이었고, 무공이었다.

'확실히 뭔가 있음이 틀림없어. 마교가 저들을 키운 것을 보면 말이야. 그건 그렇고 참으로 무림은 넓구나. 큰 사건이 벌어지자 지금껏 이름 한 번 들어 본 적이 없었던 용과 범 같은 인물들이 계속 모습을 드러내는 것을 보면 말이야.'

잠시 생각하던 수라도제는 뭔가 좋은 생각이 떠올랐다는 듯 중얼거렸다.

"그래, 이 기회를 이용하여 그들을 포섭해 보는 것도 나쁘지는 않을 듯하군."

문득 수라도제는 소연이 자신의 시선을 따라 마교도들의 움직임을 바라보고 있다는 것을 깨달았다. 그는 부드러운 미소를 지으며 말했다.

"대단하지 않나? 마치 물을 만난 고기처럼 격전장을 휩쓸고 다니는 저들을 보며, 노부는 감탄하지 않을 수 없었다네. 물론, 자네를 빗대어 말하는 것이 아니니 오해는 하지 말게나."

처음 이런 아수라장에 참여하게 되어 새파랗게 질려 있는 그녀가 혹여 자신이 말한 의도를 잘못 이해했을까 봐 급히 덧붙이는 수라도제였다. 하지만 당황한 수라도제를 안심시키기라도 하듯 소연은 미소 띤 어조로 대답했다.

"오해를 하다니요, 당치도 않으신 말씀이십니다."

그 말에 한결 안심한 듯 수라도제가 말했다.

"저들과 자네를 비교하지 말게. 저들은 저 옛날부터 격전장을 헤치며 살아온 인물들이라네. 마교라는 아수라장을 말일세. 철혈을 숭상하는 그들에게 있어서 이런 아비규환의 전쟁터는 고향처럼 익숙한 곳이겠지."

소연은 수라도제의 말에 그저 고개만 끄덕일 뿐이었다.

수라도제와 담소를 나누고 있는 소연의 모습을 멀리서 훔쳐보고 있는 사내가 있었다. 바로 하북팽가의 장로들 중 한 명인 혼원패권 팽선이다. 소연과의 비무는 도중에 수라도제가 끼어들었기에 멈출 수밖에 없었다. 그렇기에 그는 언젠가 기회가 오기만 한다면 못다 끝낸 승부를 마무리 지을 속셈이었다. 그러자면 아무래도 상대의 움직임을 조금이라도 더 관찰해 두는 것이 이익이 아니겠는가.

사실 팽선이 무림 후배에게 관심을 두게 된 것은 못다 끝낸 승부도 있긴 했지만, 비무 중에 느꼈던 묘한 위화감 때문이었다. 자신이 승리하는 것 같기는 했는데, 오랜 무예로 다져진 그의 육감은 한 번씩 위험 신호를 보내 왔었다. 그것도 상대를 바짝 몰아붙이며 승기를 타고 있을 때 그 느낌이 왔던 것이다.

　물론 아무리 뛰어난 고수라도 초식을 펼침에 있어서 허점이 없을 수가 없었다. 고수라면 상대의 그런 허점을 파고드는 자이고, 하수라면 그 허점을 알아채지도 못한 채 자멸하는 자들을 말하는 것이 아니던가.

　팽선은 소연과 비무하면서 한참 공격에 열중하던 순간, 갑자기 등골이 오싹하는 느낌을 몇 번씩인가 받았었다. 공격하는 순간 자신도 모르게 만들어진 허점으로 소연의 도가 뚫고 들어오는 착각이 들었던 것이다. 하지만 소연은 방어에만 급급할 뿐, 공격은 가해 오지 않았었다. 그렇다면 자신의 육감이 틀린 것인가?

　팽선은 자신과 함께 온 하북팽가의 다른 장로에게 청해 비무를 해 봤다. 물론 다른 사람이 알 수 없도록 최대한 멀리 떨어진 곳에 가서 싸웠다. 그 장로와 자신은 거의 비슷한 수준이었기에 용호상박의 대결을 벌일 수밖에 없었다. 한순간이라도 한눈을 팔았다가는 생명이 위험할 정도다.

　치열한 비무는 어느덧 끝났고, 그 장로는 돌아가 버렸다. 하지만 팽선은 돌아갈 수가 없었다. 치열한 대결이었음에도 불구하고, 등골이 오싹하는 그런 위기감은 전혀 느껴지지 않았다. 소연과의 비무 때를 생각해 본다면 오히려 허전하기까지 했다.

　"허어, 참. 이상한 일이로다."

　한동안 생각에 생각을 거듭하던 팽선은 그 장로와는 워낙 오랜 시간 자주 비무를 해 봐서 상대의 공격하는 방식을 너무나도 뻔히 알고 있기에 그런 느낌이 들지 않은 것이라고 결론지었었다. 똑같은 공격이라도 예상을 한 것과 못한 것은 엄청난 차이가 있으니 말이다.

하지만 오늘에야 팽선은 그것이 아님을 알았다. 그것은 자신보다 뛰어난 고수를 상대했을 때 오는 느낌이었다. 한 순간 한 순간 자신의 허점이 드러날 때마다 상대가 그것을 차분히 관찰하며 '저 놈을 이 한 수에 박살 낼까 말까' 궁리하는 그 순간에 오는 위험 신호였던 것이다. 사실 그런 위험 신호를 감지한 것을 보면 소연과 그의 수준 차이는 그리 크지 않은 게 분명했다. 만약 그 차이가 크다면 그런 것을 느끼기도 전에 황천길로 가게 되는 것이니까 말이다. 하지만 그것이 종이 몇 장 정도의 간격일지라도 소연이 그보다 조금 더 실력이 높은 것이 확실했다.

"허어, 참. 아마도 수라도제는 저 계집의 간교한 속셈을 한눈에 꿰뚫어 보고, 내가 더 이상 망신을 당하지 않도록 해 주기 위해 끼어든 모양이군."

그렇게 생각하자 수라도제가 중간에 끼어든 것이 고맙기 그지없었다. 하지만 저 간악한 계집은 어떤가?

"뛰어난 실력을 지니고 있으면서 슬슬 밀리는 척하면서 노부를 방심하게 만들었다가, 나중에 한 방을 노려 노부에게 망신을 주려는 속셈이었겠지. 젠장, 그런 것도 모르고 신이 나서 저 계집의 장단에 맞춰 놀아 주고 있었다니……."

팽선이 지니고 있는 천지문도들에 대한 선입관은 대단히 안 좋은 것이었다. 그런 상황에서 소연이 고운 마음씨 때문에 그 당시 일부러 져 주고 있었다고는 도저히 생각할 수 없었다. 마지막에 팽선이 승리를 거둬 버렸다면 문제가 없었겠지만, 수라도제 때문에 대결은 중지되지 않았던가. 그렇기에 팽선이 소연의 행동을 오해했다고 해도 그를 탓할 수는 없는 노릇이었다.

 생각하면 생각할수록 열 받는 팽선이었다. 무림명숙인 자신을 무찌름으로써 그것을 발판으로 명성을 얻는 것이야 큰 문제가 될 수가 없었다. 사실 무림에서 가장 빨리 자신의 명성을 떨치려면 그 방법이 최고였으니 말이다. 그렇기에 그런 일은 늘상 벌어지는 것이었다. 하지만 그 방법에 문제가 있었다.

 '감히 나를 가지고 놀아?'

 팽선은 분노에 온몸을 부들부들 떨며 노기에 찬 음성으로 외쳤다.

 "그래, 두고 보자. 내 언젠가는 이 수모를 갚을 날이 있을 것이야."

 팽선은 주먹을 꽉 쥐며 복수를 다짐하고 있었다.

 처절한 전투가 끝난 후, 수라도제가 이끄는 무림맹 연합 세력의 고수들은 마교에서 파견한 흑풍대가 보유하고 있는 엄청난 능력을 인정해야만 했다. 사실 대부분의 정파 고수들의 경우, 중갑주를 착용한 그들의 모습에 처음에는 약간 경멸 어린 시선을 보내기도 했었다.

 하지만 전투가 끝난 지금 그런 그들을 멸시하는 자는 단 한 명도 없었다. 오히려 상상도 못할 정도로 막강한 전투력과 조직력으로 시종일관 전투를 유리하게 이끌어 나간 그들에게 약간의 두려움마저도 느끼고 있었다. 한 명 한 명을 상대한다면 이쪽이 이길 수 있을지 모르지만, 이런 평지에서 집단 대 집단으로 싸운다면 누가 그들을 상대할 수 있을 것인가? 생각만 해도 간담이 서늘한 느낌이었던 것이다.

 피 튀기는 전투를 벌이기는 했지만, 의외로 무림인들의 피해는 적었다. 그것도 다 흑풍대가 전장을 무림인들이 싸우기 가장 편한 상태로 만들어 준 덕분이었다. 전투가 끝나자마자 흑풍대는 질서정연하게 양양성을 향해 앞서 나가 버렸다. 군대처럼 철저하게 체계가 잡힌 그들은 사상자를 처리하는 것에 있어서도 수라도제 쪽에 비해 그 속도가 훨씬 빨랐다.

 수라도제는 각 문파의 수장들에게 명령하여 사망자의 유품을 수습하고는 죽은 자의 넋을 간단하게 위로했다. 부상자는 부상의 경중에 따라 가벼운 자는 휴대한 약품으로 치료하고, 무거운 자는 후송하여 의원에서 치료받게 했다. 중상을 당한 자들에게는 치료가 끝난 후 자신이 소속된 문파로 돌아가라는 명령이 내려져 있었다. 그런 다음에야 그들은 흑풍대의 뒤를 따라 이동하기 시작했다.

 거의 3만 명에 이르는 무림인들이 이동하는 것이다 보니 흑풍대에 비해 그 속도가 느릴 수밖에 없었다. 서로 간에 실력 차가 매우 심하게 나기에 경공술을 사용하여 하루 종일 달려갈 수도 없었다. 그렇기에 수라도제는 전체 무림인들을 실력에 따라 다섯 개의 무리로 나눴다. 물론 구성원 개개인들의 실력에 따른 구분이 아니라 각 문파가 보낸 정예들의 평균적인 실력을 말함이다.

 기력을 손상시키지 않는 한도 내에서 적당한 수준의 경공술을 사용하여 이동하게 된 후부터 무림맹 연합의 진격 속도는 한층 빨라졌다. 며칠 동안 강행군을 시작한 후에야 그들은 양양성을 볼 수 있었다.

쓰레기 문파 천지문의 심법

"대원수님, 이변이 일어났사옵니다."

밖에서 달려오는 검은 옷차림의 중년의 문사. 오랑캐의 복장을 하고 있었지만 한인의 생김새였다. 그리고 그가 사용하는 말 또한 유창한 한어였다. 바로 이자가 장인걸의 귀 노릇을 하고 있는 편복대(蝙蝠隊)의 대주였다.

"무슨 일인데 그러느냐?"

"남쪽 전선에서 전서가 도착했나이다."

"그래?"

장인걸은 편복대주에게서 문서를 받아 들었다. 그것은 전서에 기록된 암호를 풀어 기록해 놓은 것이었다.

"파저 원수가 패배했다? 놀라운 소식이로다. 뛰어난 용장인 그가 생존자가 수천에 불과할 정도로 대패를 당하다니. 이제 더 이상

송에는 그를 상대할 만한 군사력이 없으리라 자신하고 있었거늘……. 아직까지도 그만한 병력이 남아 있었더란 말이냐?"

편복대주는 더욱 고개를 조아리며 대답했다.

"본대가 풀어놓은 첩자의 보고를 종합해 봤을 때, 무림인들이 개입한 것이 확실하옵니다."

그 말에 장인걸은 놀랬는지 큰 소리로 외쳤다. 그럴 수밖에 없는 것이 무림인들이 적극적으로 전투에 참여한다면 엄청난 파괴력을 보인다는 것을 그 누구보다도 잘 알고 있기 때문이었다. 만약 그렇다면 전쟁의 흐름이 뒤바뀔 수도 있는 것이다.

"뭣이? 무림인이 개입했다고? 그래, 그 수는 얼마나 된다고 하더냐?"

"옛, 3만 정도라고 들었나이다. 그들이 송군 기마병 1만여와 합동하여 작전을 펼쳤다고 하옵니다."

"3만이라고?"

무림인 3만이라면 결코 적은 수가 아니었다.

"옛! 속하가 조사해 본 바로는 무림맹주가 격문을 돌려 본국과의 전쟁에 가담하라고 수많은 문파들을 부추겼다고 하옵니다."

"크으윽! 무림맹 네놈들이 감히……."

치밀어 오르는 분노를 참지 못하고 으르렁거리던 장인걸은 곧이어 뭔가 떠올랐다는 듯 편복대주에게 물었다.

"마교(摩敎)의 동태는 어떻다고 하더냐? 무림맹이 3만이나 되는 고수들을 이쪽에 동원했다는 것을 알면 마교가 가만히 있을 리가 없지 않느냐."

그 말에 편복대주는 고개를 조아리며 대답했다.

"속하가 알아 본 바에 의하면 마교는 금과 전쟁하는 동안 서로 불가침하기로 무림맹과 협약을 맺었다고 하더이다."

그 말에 장인걸은 노성을 터뜨리고야 말았다.

"이런 망할 녀석들! 손톱만 한 기회라도 있다면 마도천하를 이룩하기 위해 열과 성을 다해야 하는 것이 그놈들의 사명이거늘, 감히 불가침 협약을 맺어? 그놈들이 왜 그따위 협약을 맺는다는 말이냐? 혹시, 본좌가 이곳에 있음을 눈치 챈 것은 아니겠지?"

"그런 것은 아닌 것 같사옵니다. 대원수께옵서 이곳에 계신다는 것을 알았다면 진작 어떤 조치를 취해 왔어야 옳지 않겠사옵니까? 대원수께옵서 묵향 교주를 처치한 후, 천마신교는 지난 20여 년간 아주 조용히 지내 왔사옵니다. 대원수께옵서 자신들의 교주를 살해했다는 것을 믿을 수 없었던 것이겠지요. 하지만 그것도 한계에 도달한 것이 아니겠사옵니까? 설무지라는 뛰어난 군사가 살아 있을 때는 그의 능력이 워낙 뛰어난지라 천마신교를 통제할 수 있었을 것이옵니다. 하지만 이제 그도 죽었지 않사옵니까? 속하의 생각으로는 아마도 부교주들 간에 교주직을 차지하기 위한 본격적인 내분이 시작되지 않았나 사료되옵니다. 그렇게 되었다면 마교는 외부에 힘을 쏟을 처지가 아니지 않겠사옵니까?"

그 말이 옳다고 생각되었는지 장인걸은 고개를 주억거렸다. 이리저리 생각을 정리하던 장인걸은 이윽고 결정을 내렸는지 편복대주에게 말했다.

"양지에 장군을 불러라."

편복대주가 밖에 나가서 양지에 장군을 부르라고 통고한 후 돌아오자, 장인걸은 이리저리 계책을 떠올리다가 이윽고 말을 꺼냈다.
"이봐."
"옛, 대원수님."
"전서구를 띄워 양양성을 포위하고 있는 무안 대장군에게 최대한 빨리 후퇴하라 일러라."
"예? 꼭 그렇게까지 할 필요가 있겠사옵니까? 무안 대장군은 역전의 맹장이옵니다. 속하의 생각으로는 무안 대장군에게 증원군을 보내 그 일대에 압력을 가하면서 적들을 양양성에 묶어 두는 편이 좋지 않을까 사료되옵니다."
"아무리 무안 대장군의 실력이 뛰어나다고 해도, 상대는 무림인들이다. 이쯤에서 손을 터는 것이 좋아. 안 그러면 본좌는 파저에 이어 무안까지 잃게 될지도 모르니 말이다. 지금 즉시 시행해라."
"옛."
편복대주가 무안 대장군에게 전서를 보내기 위해 달려 나간 후, 양지에 장군이 도착했다. 그는 장인걸에게 군례를 올린 후 말했다.
"부르셨사옵니까? 대원수님."
"그래, 본좌는 지금 급히 남쪽으로 내려가야 할 것 같다. 그래서 누군가는 이곳을 정리하기 위해 남아야 하는데……. 10만을 줄 테니, 그것으로 요의 잔당들을 깨끗하게 처리할 수 있겠는가?"
장인걸이 거느린 대군은 요의 잔당들 중에서 가장 큰 세력들은 다 괴멸시켜 버린 상황이었다. 그렇기에 남은 자들만 정리하면 되는 것이다.
"속하에게 맡겨만 주신다면 견마지로를 다해 임무를 완수하겠사옵니다."

"잔당들의 세력이 날로 감소하고 있는 형편이니, 그렇게 어렵지는 않을 게다. 본좌는 내일 일찍 떠날 것이다. 귀관도 준비를 해 두는 것이 좋을 게야."

"옛."

양양성을 완벽하게 포위하고 있던 금군 10만이 갑자기 움직이기 시작했다. 그와 동시에 양양성의 수비군들도 방어 준비를 완벽하게 갖춘 채 금군의 동태를 살폈다. 적들이 공격해 들어오려고 하는 줄 알았던 것이다. 하지만 금군은 질서 정연하게 한 곳에 집합하더니 곧 이동하기 시작했다. 금군이 물러난 다음 날, 검은 갑주로 몸을 감싼 기마대가 모습을 드러냈다.

기마대는 주위를 빙 둘러본 후, 곧바로 금군이 물러간 방향으로 사라져 버렸다. 그들의 행동으로 봤을 때, 도대체 어느 쪽 소속인지 알 수 없었다. 금군인지 송군인지, 아니면 무림맹인지……. 그들이 입고 있는 갑주의 형상이 송군의 양식이었기에 어쩌면 송군이 아닐까 짐작할 뿐이었다. 하지만 그들이 송군이라면 왜 악비 대장군에게 인사도 안 하고 그냥 사라졌을까? 아무리 생각해도 알 수 없는 일이었다.

그리고 그다음 날, 수라도제가 직접 이끄는 2천 명의 무림인들이 양양성에 도착했다. 다섯 무리들 가운데 무공이 뛰어난 인물들로 구성된 집단이 가장 먼저 도착한 것이다. 그들이 지닌 경공술이 워낙 높은 만큼 최단거리로 가로질러 달려왔기에 흑풍대와의 거리 차이를 현격하게 줄일 수 있었던 것이다.

그렇게 해서 양양성을 지키고 있던 패력검제와 양양성을 구원하기 위해 달려온 수라도제가 한자리에서 만날 수 있었다. 패력검제에 비해 수라도제가 훨씬 더 연배가 높았기에 그가 모습을 드러내자 패력검제는 먼저 정중히 인사를 건넸다.

"어서 오십시오, 수라도제 대협."

"만나서 반갑네. 그래, 얼마나 수고가 많았는가."

둘은 찻잔을 사이에 놓고 지난 얘기를 나누기 시작했다. 그리고 그들이 나눈 대화의 가장 큰 부분을 차지한 것은 남하해 오던 20만에 달하던 금군의 궤멸이었다.

"피해가 크지는 않았습니까?"

"의외로 피해가 적었다네. 그것도 다 마교 애들 덕분이지."

"마교 애들이라고요? 마교도 여기에 동참했습니까?"

"허어, 참. 자네는 못들은 모양이군. 마교 교주와 무림맹주가 금을 무찌르자고 협정을 맺은 지가 얼마나 지났는데……. 하기야 이곳에 고립되어 있다 보니 어쩔 수 없는 일 아니겠는가. 그건 그렇고 마교 녀석들은 어디 갔나? 우리보다 한참 앞질러 갔으니 벌써 도착했을 텐데 말일세."

"예?"

아무리 생각해 봐도 패력검제는 여기에서 마교도들을 본 적이 없었다. 잠시 생각해 보던 패력검제는 어제 봤던 기마대를 떠올릴 수 있었다. 하기야 여기 있으면서 본 특이한 존재는 그 흑색 기마대뿐이었으니 말이다. 혹시 그들이 마교도들이 아닐까? 하지만 그들의 몸에서는 그 어떤 마기도 느껴지지 않았었다.

"저, 어제 이상한 무리를 봤는데 말입니다. 모두들 흑색 갑주로 무장을 갖춘 기마대였습니다. 혹시 그들이?"

"바로 그들이 내가 말했던 마교도들일세."
"예? 아무리 봐도 마교도 같지는 않았는데요? 원래 마교도들은 괴상한 기운을 뿜어내지 않습니까?"
패력검제의 말에 수라도제는 고개를 주억거렸다.
"자네도 그렇게 느꼈겠지만 참으로 알 수 없는 단체였어. 특히나 그 수장되는 인물인 관지라는 장로는 어찌 보면 무림인이 아니라 일국의 대장군과도 같은 느낌을 받았거든."
패력검제는 놀랍다는 듯 두 눈을 휘둥그레 떴다.
"허, 그런 자가 마교에 있었다는 말입니까?"
"노부가 한 번 만나 봤는데 관지라는 인물은 정말 마교에서 썩기에 너무나도 아까운 사내더구먼. 정말 훌륭한 무인이었다네. 자네에게도 소개시켜 줬으면 좋았을 텐데……."
아쉽다는 표정을 짓던 패력검제는 곧 정색을 하며 입을 열었다.
"후퇴하는 금군을 따라 갔으니, 조만간 기회가 있겠지요. 그건 그렇고, 저도 대협께 소개시켜 드릴 사람이 있습니다."
"누군데 그러나?"
"만통음제라고 불리는 분이시죠. 칠흑처럼 어두운 밤에 금군 진영을 뚫고 제자와 함께 들어오셨지요."
만통음제라는 말에 수라도제도 대단히 흥미가 당기는 모양이었다. 음의 대가라는 풍문은 들었지만, 사실 그도 지금까지 만통음제를 만나 본 적이 없으니 흥미를 느끼는 것은 당연했다.
"허, 그분이 이곳에 계신다는 말인가. 빨리 만나 보고 싶군."

성내의 구불구불한 골목을 따라 걸어가자 제법 규모가 큰 객점이 보였다.

"바로 이곳입니다."

패력검제는 점소이에게 부탁하여 만통음제에게 자신이 찾아왔음을 알리게 했다. 그리고 잠시 후, 웬 중년 여인이 가벼운 경장 차림으로 그들에게 다가왔다. 바로 만통음제의 제자인 설취였다. 그녀는 패력검제를 알아보고 반갑게 인사했다.

"어서 오십시오, 패력검제 대협."

설취의 안내로 패력검제와 수라도제는 내실로 들어갔다. 그리고 그곳에 신선 같은 모습으로 명상을 즐기고 있던 만통음제를 만날 수 있었다. 그들은 그곳에서 만통음제가 내놓은 맛있는 술과 음악을 즐기며 오랜 시간 담소를 나눴다. 모두들 중원을 떨게 만드는 최강의 고수들인 만큼 처음 만난 자리니 할 얘기도 많았을 것이다.

다음 날 아침이 되자 패력검제는 수라도제에게 말했다.

"또 한 명 소개할 사람이 있는데, 한번 만나 보시겠습니까?"

그 말에 수라도제는 미소 띤 어조로 물었다.

"허허, 이번에도 3황5제에 속한 인물인가?"

지금 천하의 최고수는 다시금 3황5제가 되어 있었다. 현천검제가 빠져 버렸기 때문이다. 물론 시체만이 즐비하게 쌓여 있던 화산에서 현천검제의 시체를 찾지는 못했다. 하지만 그가 어떻게 제거되었는지, 그 속사정을 알고 있던 무림맹은 현천검제가 마교도의 손에 죽임을 당했다고 공표했다. 그렇기에 6제가 5제로 바뀐 것이다.

"아닙니다. 몇 달 전에 만난 강호의 후기지수인데, 대단히 뛰어난 녀석입니다."
 말을 하는 패력검제의 얼굴에는 흐뭇한 미소가 떠올라 있었다. 뛰어난 후기지수가 커가는 모습을 지켜보는 것도 하나의 기쁨이 아니겠는가.
 "자네가 그렇게까지 말할 정도라면 한번 만나 보는 것이 좋겠지."
 그 말을 옆에서 듣고 있던 만통음제도 슬그머니 끼어들었다.
 "노부도 함께 갔으면 하오."
 안 그래도 별로 할 일도 없는데 잘된 것이다.
 "물론이죠. 선배님께서도 꽤 흥미를 느낄 만한 녀석일 겁니다."
 "바로 저 녀석입니다."
 패력검제가 손가락으로 가리킨 것은 태연자약한 표정으로 높디높은 성벽 위에 걸터앉아 떠오르는 아침 해를 바라보고 있는 청년이었다.
 그 모습을 가만히 지켜보던 만통음제가 먼저 입을 열었다.
 "제법 쓸 만한 녀석이외다. 도대체 사문이 어디요? 느껴지는 기운으로 봤을 때는 도가 계열이 아닌가 싶은데······."
 하지만 수라도제의 생각은 달랐다. 만약 그녀를 만나기 전이었다면, 그도 만통음제와 같은 말을 했을 것이다. 하지만 그는 그녀를 만난 후였고, 그녀가 풍기는 기운을 잘 알고 있었다. 거의 밖으로 느껴지지 않는 아주 잘 갈무리된 기도를 말이다.
 "천지문인가?"
 그 말에 만통음제는 아연한 표정을 지었다. 왜 여기서 천지문이 갑자기 튀어나온다는 말인가? 천지문은 강호에 소문난 쓰레기 문파였다. 물론 마교와 제휴한 것 때문에 그런 소문이 퍼져 있음을 그는 잘 알고 있었다. 교주와 호형호제하는 그에게 있어서 마교에 대한 선입관 따위는 거의 없었다. 그는 자신이 본 것만 믿는 것이다. 그가 강호행 중에 만나 봤던 몇몇 천지문도들 중에서 저런 특이한 기도를 풍기는 인물은 단 한 명도 없었다.

하지만 패력검제의 반응은 만통음제의 예상 밖이었다. 패력검제는 기겁하듯 놀랐다.

"어, 어떻게 아셨습니까?"

패력검제의 반응이 재미있었는지 수라도제는 빙긋이 미소 지으며 말했다.

"수많은 강호 경험을 쌓다보면 그 정도는 한눈에 알아볼 수 있는 법이지."

그 말에 만통음제의 눈이 실쭉 가늘어지기 시작했다.

"노부에게 빗대서 하는 표현이오?"

잘못하면 싸움 나게 생겼기에 수라도제는 다급히 말했다.

"농담이올시다, 원……."

성질도 급하다고 내심 투덜거리며 수라도제는 말을 이었다.

"저 아이와 아주 비슷한 기도를 가지고 있는 사람을 얼마 전에 만났는데, 그 아이는 천지문의 제자라고 하더군요. 아마 며칠 지나면 이곳에 도착할 것이외다."

"호오, 그래요? 그 말이 맞는지 나중에 두고 봅시다."

만통음제의 말이었고, 패력검제의 생각은 달랐다. 진팔에게 도를 가르쳤다는 삼사저에 관해서 들었기 때문이다.

"혹시, 소연이라는 아이입니까?"

그 말에 이번에는 수라도제가 경악을 금치 못하며 대꾸했다.
"어, 어떻게 알았는가?"
"물론 저 녀석이 알려 줘서 알았지요."
"그 아이는 벌써 노부가 찍었으니 넘볼 생각 하지 말게."
그 말에 패력검제는 황당하다는 듯 되물었다.
"예? 그건 무슨 말씀이십니까? 혹시 새장가라도 드실 생각이십니까?"
수라도제는 당황한 듯 대꾸했다.
"그, 그건 아니고… 노부가 혼처를 알아 봐 주겠다고 말해 놨으니 그리 알란 말일세."
슬며시 그녀를 서문세가의 사람으로 만들겠다고 선언하는 수라도제였다. 사실 그가 알아 봐 주는 혼처라고 해 봐야 서문세가의 사람일 것이 뻔하니 말이다.
"서문세가가 오늘날 왜 그리 세력이 큰지 알겠습니다. 오늘 아주 좋은 것을 배웠습니다, 그려."
패력검제의 말 속에서 뼈가 있는 듯했지만 수라도제는 빙긋 웃으며 두리뭉실하게 대꾸했다.
"허, 무슨 그런 말을……. 노부는 단지 뛰어난 인재에게 어울리는 넓은 물을 마련해 주겠다는 것뿐, 별다른 욕심은 없다네."
"조심하시는 게 좋을 겁니다. 워낙 덩어리가 커서 털도 안 뽑고 통째로 삼키시면 목구멍에 걸릴 확률이 높을 겁니다."
"그건 또 무슨 말인가?"
하지만 패력검제는 빙글빙글 웃기만 할 뿐, 대답은 해 주지 않았다. 그는 이미 아는 것이다. 진팔의 기도가 특이한 것은 태허무령

심법 때문이다. 그런데 수라도제의 말에 따른다면 그 소연이라는 아이도 그와 똑같은 심법을 익히고 있는 모양이다. 그렇다면 그 아이의 심법 또한 교주가 알려 줬다는 결론에 도달하게 된다.

그 둘의 뒤에는 교주가 있다. 수라도제가 그녀를 꿀꺽하겠다고? 그러다가 일이 잘못되어 어쩌면 교주와 칼부림을 해야 할지도 모른다. 자신이 직접 교주와 싸워 본 적이 있는 패력검제다. 그렇기에 아무리 천하의 수라도제라고 해도 교주와 싸우면 어떤 꼴을 당하게 될지 뻔히 아는 것이다.

'흐흐흣, 선배도 한번 당해 보시구려. 하늘 위에 하늘이 있다는 말이 무슨 뜻인지 그 순간 이해할 수 있을 거요.'

근엄하기 그지없는 수라도제가 볼썽사납게 널브러져 있는 모습을 상상만 해도 즐거워지는 패력검제였다.

며칠 후 소연 일행이 도착했다. 그녀를 바라본 만통음제의 고개가 절로 끄덕여졌다. 확실히 수라도제의 말대로 진팔이라는 녀석과 그 기도가 너무나도 흡사했다.

"허어, 참. 저런 고수들을 키울 수 있다니……. 천지문은 소문과 달리 그야말로 용담호혈(龍潭虎穴)이로다. 그토록 노력해서 노부는 겨우 한 놈을 건졌거늘. 천지문주는 복도 많은 인물이로고."

패력검제 또한 동의한다는 듯 고개를 끄덕이며 말했다.

"물론 그렇지요. 저 또한 제 아들 놈 하나를 겨우 절정의 반열에 올려놨을 뿐이니 말입니다. 가시죠. 수라도제 선배가 소연이라는 아이를 소개해 준다고 했으니 만나 봐야 할 것이 아니겠습니까?"

사실 수라도제나 만통음제의 경우 신검합일급에 들어선 사람들을 많이 만나 봤을 것이다. 또, 이번에 결성된 무림맹 연합에 속해 있는 인물들 중에서 그 정도 실력을 지닌 고수들의 수는 제법 많은 편이었다. 그럴 수밖에 없는 것이 각 문파가 자랑하는 정예들을 보냈으니 당연한 일이었다.

그런데도 그들이 그 둘에게 지대한 관심을 표명하는 것은 첫째, 그들이 생각지도 못한 천지문의 제자라는 점이었고, 둘째는 그들의 특이한 기도였다. 전문적인 살수처럼 웬만한 이목으로는 정확한 실력을 꼬집어 낼 수 없을 정도로 그들이 지닌 기도가 아주 은밀했다. 어떤 심법으로, 어떤 무공을 익히면 저렇게 성장할 수 있는 것인지 아주 궁금하지 않을 수 없었던 것이다.

"사저(師姐)! 여기는 어쩐 일이십니까?"

진팔의 당혹스런 물음에 소연은 살짝 아미를 찌푸리며 대꾸했다.

"원래는 임 사형께서 나오시려고 했었지만, 내가 대신 오겠다고 했다. 네가 행방불명되었으니 찾아봐야 할 것이 아니겠느냐."

진팔은 고개를 푹 수그리며 풀 죽은 어조로 말했다.

"심려를 끼쳐드려서 죄송합니다, 사저."

진팔을 가만히 바라보던 소연은 옅은 미소를 띠며 말했다.

"네게서 뿜어 나오는 기세를 보니, 그동안 무공이 몰라보게 진보하였구나. 아무튼 축하할 일이구나. 그래, 그동안 잘 지냈느냐?"

"예."

진팔은 뒤쪽을 힐끗 본 다음 소연에게 말했다.

"그나저나 사저께 소개시켜 드릴 사람이 있는데요."

"누군데 그러느냐?"

소연이 보니 저 뒤쪽에서 헛기침을 하며 자신을 기다리고 있는 사람들이 보였다. 그들 중에 한 명은 그녀가 익히 알고 있는 사람이었다. 바로 3황5제의 한 사람, 수라도제 대협이다. 그리고 남은 셋이 더 있었는데, 그들 중에서 여자는 한눈에 보기에도 그리 대단한 무공을 지니고 있지 않음을 느낄 수 있었다. 그렇다면 저 두 사내를 자신에게 소개하겠다는 말일 것이다. 둘 다 30대 정도로 보였고, 하나같이 무공을 익힌 흔적을 찾기 어려웠다. 그 말은 그들의 실력이 그녀의 상상을 초월할 정도로 뛰어나다는 말일 것이다. 저런 사람들과 사제가 어울리고 있었다니……. 그것을 보면 사제의 가출(?)이 꽤 유익했을지도 모른다고 생각해 보는 소연이었다.

패력검제는 수라도제 등과 함께 소연을 만나 간단하게 다과를 함께 하며 담소를 나눴다. 그런 다음 패력검제는 그들과 헤어져 문도들이 거처하고 있는 곳으로 돌아갔다. 길모퉁이를 돌아섰을 때, 패력검제는 문 앞에 서 있는 남녀를 발견할 수 있었다. 바로 만통음제와 그의 제자였다. 아마도 경공술을 사용하여 앞질러와 여기서 패력검제가 돌아오기를 기다리고 있었던 모양이다.

"어서 오시게나. 갑자기 찾아와서 실례가 아닌지 모르겠구먼."

객에게 주인이 자기 집 앞에서 어서오라는 말을 듣는다는 사실 자체가 조금 우스웠지만, 패력검제는 그들을 자신의 거처로 초청했다.

만통음제는 제자를 따로 떼 놓고, 패력검제와 둘만 자리를 잡았다. 차가 나온 후, 만통음제는 자기가 여기까지 온 이유를 밝혔다.

"슬쩍 눈치를 보니까 자네는 뭔가 알고 있는 모양이더군."

그 말에 패력검제는 슬쩍 시치미를 떼고 어리둥절한 표정으로 되물었다.

"무엇을 말씀이십니까?"

"저 둘에 얽힌 비밀을 말일세. 천지문의 다른 제자들이 풍기는 기도와 비교했을 때, 그 둘은 너무나도 달라. 자네는 뭔가 알면서 숨기는 듯한데……. 노부에게 알려 줄 수는 없겠나? 비밀은 꼭 지키겠네."

만통음제의 경우 정사 중간에 위치하고 있는 인물로 인식되고 있었다. 무림맹에서 하는 일에는 신경도 안 쓰는 인물이었으며, 자신의 기분이 내키는 대로 행동했다. 보통 사람들이 정파와 사파라는 큰 둘레를 그어 놓고 사람을 사귄다면, 그는 음악을 아느냐 모르느냐 하는 선을 긋는다는 차이점이 있었다. 그런 인물인 만큼 진팔이 가진 비밀을 알려 줘 봐야 큰 문제는 없을 듯했다.

"천지문이 마교와 협정을 맺은 유일한 문파라는 사실은 알고 계십니까?"

너무나도 뻔한 질문이었기에, 그런 질문을 던지는 상대의 의도를 짐작할 수 없었던 만통음제는 어리둥절한 표정으로 대꾸했다.

"그거야 강호에서 모르는 사람이 없는 사실이 아닌가."

"그걸 기준으로 생각하시면 짐작하실 수 있을 겁니다."

"서, 설마 저것이 마공이라는 말인가? 마교의 무공과 정파의 무공이 합쳐지면 저런 독특한 기도를 풍기는 것인가? 이해할 수가 없구먼. 노부는 정통적인 현문의 것이라고 봤었는데……."

그 말에 패력검제는 미소 지으며 말했다.

"마교에서 흘러나온 무공이라는 뜻이었습니다. 마교는 그 어떤 문파보다도 더 많은 정파의 무공을 보유하고 있습니다. 심지어는 각 문파에서 절전된 것까지도 가지고 있죠."

만통음제는 이제야 이해가 간다는 듯 고개를 끄덕이며 말했다.

"호오, 그래서 자네가 비밀을 지키는 것이었군."

"그건 아닙니다. 사실 그들이 협정을 맺었다는 것을 다 아는데, 무공 몇 가지 흘러 들어갔다고 해서 큰 문제가 될 것이 있겠습니까?"

"그렇다면 뭔가?"

"저들이 익힌 심법이 현문에서도 잊혀져 버린 태허무령심법이라면 어느 정도 이해하실 수 있겠습니까?"

만통음제는 도무지 이해가 안 가는지 고개를 갸웃하며 말했다.

"태허무령심법을 익힌 것이 뭐 그렇게 허물이 되겠는가. 그게 마교에서 흘러나왔다고 하더라도……."

거기까지 말한 만통음제는 갑자기 입을 다물었다. 가만히 생각해 보니 그게 아니었던 것이다. 현문이 만든 심법 중에서 가장 뛰어난 것이 바로 태허무령심법이었다. 그런데 왜 그것이 도중에 절전되었을까. 그것은 아무도 익히지 않았기 때문이었다. 워낙 뛰어난 것이었기에 인정받은 소수만이 익히다가 대가 끊어져서 사라진 것이 아니라, 가장 기본적인 심법이었기에 누구나 다 익히도록 권장되었는데도 사라져 버린 것이다. 그 이유는 지독하게 대성하기 어렵다는 점.

그렇다면 마교에서 그 심법이 적힌 비급만 슬쩍 건네준 것이 아니라 빨리 익힐 수 있도록 모종의 도움까지 줬다는 말이 된다. 마교가 골빈 집단이 아닌 이상에야 아무나 잡고 그만한 공을 들일 이유가 없다. 진팔과 소연은 어떤 이유인지 알 수 없지만 마교에서 대단히 중요하게 취급되는 인물임이 확실했다. 그만한 투자를 할 만큼.

"허어, 참. 일이 아주 심하게 꼬여 있구먼. 그래서 자네가 삼키다가 목에 걸릴 거라고 말했던 것이로군."

패력검제는 호탕하게 웃음을 터뜨렸다.

"하하핫! 그냥 웃자고 한 말이었는데, 그걸 아직까지도 기억하고 계셨습니까?"

"당연하지 않겠는가. 그 말이 그 상황에서 나올 이유가 없었으니, 노부가 궁금증을 가지게 된 것이지."

여기까지 말한 만통음제는 느닷없이 어기전성을 날렸다.

《교주가 저들의 뒤에 있는 것인가?》

그러자 패력검제는 깜짝 놀란 듯 두 눈을 휘둥그렇게 떴다.

《허어, 과연 대단하십니다. 어찌하여 선배님의 명호에 '만통(萬通)'이라는 글자가 들어간 것인지 이제서야 알겠습니다.》

만통음제는 피식 미소 지은 후 입을 열었다.

"그래, 저 둘 중에 그가 총애하는 아이는 누구인가? 아마도 자네는 이미 짐작하고 있을 거라고 생각되는데……."

"저라고 그 둘을 다 대해 본 것은 아니지 않습니까. 진팔이라는 녀석이 그의 욕을 엄청 하면서 이를 갈고 있는 것을 보면, 아무래도 진팔은 아니라고 짐작할 뿐이지요."

"그렇다면 소연이라는 아이겠군. 그가 왜 그 아이를 그토록 총애하는 것이지? 이해할 수가 없구먼."

패력검제는 잠시 생각해 보더니 곧 바로 입을 열었다.
"저도 마찬가지입니다, 선배님. 어쩌면 한순간의 변덕이 아닐까요? 진팔이의 경우를 보니까 거의 충동적으로 가르쳐 준 모양이던데 말입니다. 진팔이 녀석의 말에 따르면 심법을 배운 게 아니라 지독한 고문만 당했다고 하더군요. 어쩌면 혈도에 강한 자극을 준 것을 가지고 고문이라며 엄살을 떠는지도 모르죠."
잠시 말이 없던 만통음제는 문득 어기전성을 던졌다.
《자네, 진골축근마공(珍骨縮筋魔功)이라고 들어 봤나?》
패력검제는 어리둥절한 표정으로 대꾸했다.
"아뇨, 들어 보기도 처음입니다만."
《노부가 알고 있는 친구들 중에 사파의 인물들도 몇 있지. 그들에게서 마교에서 전해져 내려오는 전설적인 수법들 중에서 몇 가지를 들은 기억이 있네. 그중에 진골축근마공이라는 아주 재미있는 마공이 있었지.》
"그, 그렇습니까?"
《말이 마공이지, 그건 마교가 개발한 최고의 속성법이라고 할 수 있다네. 그걸 받으면 임의로 환골탈태를 한 것과 비슷한 모양으로 뼈와 근육이 재배치된다고 하네. 똑같은 시간 동안 운기를 해도 그 효과는 몇 배가 될 걸세.》
패력검제는 만통음제의 말에 깜짝 놀라고 말았다. 상상도 할 수 없는 무공이었기 때문이다. 만약 만통음제의 말대로 그런 마공이 진짜 존재하고 또, 환골탈태를 한 것과 같은 효과를 볼 수만 있다면 신검합일의 경지까지는 순식간에 올라갈 수가 있다는 말이기 때문이다.

"그런 엄청난 무공이 있다는 말씀이십니까?"

《효과가 큰 대신 단점도 몇 가지 있다고 들었네. 일단 시전자의 능력이 최소한 극마를 넘어서야 한다는 점이고, 또 한 가지는 시전받을 때 지독한 고통을 당한다는 점이야. 이때, 고통을 참지 못하고 단 한 번이라도 비명을 지르면 모든 게 허사가 되지. 그리고 두 번 다시 그것을 받을 수 없다고 들었다네. 아주 재미있는 무공이었기에 노부는 아직도 기억하고 있지.》

이제서야 패력검제는 왜 만통음제가 어기전성으로 이 사실을 말해야만 한 것인지 이해할 수 있었다. 만통음제의 말은 진골축근마공을 그가 직접 시전했음을 알려 주는 것이었으니 말이다.

《허어, 참. 바로 그것이었군요. 진팔이 받았다는 것이.》

《그래, 엄청난 기연을 받은 것이지. 모든 마교도들이 꿈에도 그리는 대법을 받은 거야.》

패력검제는 허탈한 듯 웃음을 터뜨린 다음 말했다.

"저는 또, 어떤 혈을 자극하면 내력을 쌓는 속도가 올라가나 하고 연구하고 있었더니, 그게 말짱 헛고생이었군요."

만통음제는 빙그레 웃으며 입을 열었다.

"사람 사는 것이 다 그런 시행착오의 연속이 아니던가. 똑같은 잘못을 연속해서 반복하지만 않는다면 현자로 불리는 세상이지. 자네가 짐작하고 있는 것보다 그는 정사를 불문하고 아주 다방면의 무공에 조예가 깊다네. 그를 따라간다는 것은 너무나도 어려운 일일 게야."

수라도제 일행과 헤어진 진팔 일행이 자신들의 숙소를 향해 걸음을 옮기는데, 그 앞을 가로막는 자가 있었다. 그는 바로 남궁세가에서 파견한 무사들을 거느리고 양양성에 도착한 천풍검 곡추였다. 곡추를 본 진팔의 눈이 귀신이라도 본 듯 경악으로 물들었다.

"허억! 아, 아니 당신이 여기에 어떻게……."

순간, 곡추는 그때 자신이 너무 심하게 한 것은 아닌가 하는 생각이 잠시 들었다. 진팔이 이렇게 경기가 들 정도로 놀란다면, 아무래도 사과하는 것이 힘들지 않겠는가. 하지만 그건 곡추 혼자만의 생각이었고, 진팔이 이렇게 경악하고 있는 이유는 따로 있었다.

"귀, 귀신이다."

그 말에 곡추의 인상이 팍 일그러졌다. 그러자 소연은 점잖은 어조로 진팔을 질책했다.

"천풍검 대협께 무슨 그렇게 망령되게 말을 하는 것이냐. 지금 당장 사과 드리거라."

"그, 그게…, 저자는 그때 분명히 죽었단 말입니다. 그런데 어찌……."

그 말에 짚이는 것이 있었는지 곡추는 씁쓸한 미소를 지었다. 하지만 그 이유를 알 수 없었던 소연은 의아한 듯 질문을 던졌다.

"그게 무슨 말이냐? 천풍검 대협께서는 바로 저 앞에 건강하게 서 계시지 않느냐."

그 말에 곡추가 거들었다. 하지만 그의 어조에는 씁쓸함이 묻어 있었다.

"그때 나도 죽는 줄 알았소. 하지만 나중에 알고 보니 그는 그렇게 심한 독수를 가해 온 것이 아니었소. 사혈에서 1촌 위를 가격했을 뿐이니까."

그 말에 진팔은 아직도 약간 얼빠진 듯한 표정으로 중얼거렸다.

"그, 그렇습니까? 하, 하기야…, 지금 생각해 보니 워낙 정신이 없어서 대협께서 돌아가셨는지 확인까지는 못해 본 거 같습니다. 사실 모두 다 죽었을 거로 생각했으니까요. 그의 손에 걸려서 살아남은 사람은 전무하다고 들었거든요."

"나도 그런 소문은 들었다네. 그런데 자네도 건강해 보이는 것 같아 다행일세. 그때 너무 못할 짓을 한 게 아닌가 하고 줄곧 안타까워하고 있었는데 말이야. 자네의 이런 모습을 보니 한결 마음이 놓이는군."

"아, 아닙니다. 천풍검 대협께서야 무슨 잘못이 있었겠습니까? 다 위에서 시키니까 하신 일이시겠죠."

진팔이 이런 말을 할 수 있었던 것은, 천풍검 곡추가 강호에는 상당히 명망 있는 고수로 알려져 있었기 때문이다.

두 사람이 주고받는 대화를 잠시 듣고 있던 소연이 진팔에게 전음을 날렸다.

〈무슨 일이 있었던 모양이구나?〉

〈그건 나중에 말씀드리겠습니다, 사저.〉

〈그런데 대화 중에 나오는 '그'라는 사람은 누구를 말하는 거냐? '그'가 누군지 모르니까 도통 무슨 얘기를 나누고 있는 것인지 알아들을 수가 없구나.〉

〈마교 교주 말입니다.〉

마교 교주라는 말에 소연의 눈이 휘둥그레져 있는 사이, 천풍검 곡추가 진팔에게 말했다.

"그때 그곳에 자네도 있었으니까 하는 말인데, 그곳에서 죽은 사람은 단 둘밖에 없었다네. 둘 다 그의 신위를 보고 겁에 질려 달아나던 녀석들이었지. 대 남궁세가에 어찌 그런 소인배들이 끼어들어 있었는지 이해할 수 없는 일이지만, 어찌 되었던 그 덕분에 쓸모없는 놈들이 추려져 버린 셈이 되었지. 그렇기에 그가 내 부하 둘을 죽이기는 했지만, 그를 원망하지는 않는다네."

곡추가 이 말을 털어놓는 것은 진팔이 나중에 창궁18수를 보면 두 사람이 바뀌었다는 사실을 알아챌 것이 뻔하기에 미리 말해 두는 것이었다. 그렇다고 곡추의 성격상 없는 일을 만들어서 말할 사람도 아니었기에 솔직하게 있는 그대로를 말해 준 것이다.

"그, 그런 일이 있었습니까?"

"내가 하고 싶은 말은 다 한 것 같군. 남들이 뭐라고 해도 나는 그가 훌륭한 무인이라고 생각하네. 이번 일을 겪고 난 후 나는 천지문주께서 소문과는 달리 정말 대단한 분이실지도 모른다고 생각하고 있다네. 소문에 개의치 않고 그의 사람됨을 제대로 판단하여 맹약을 체결했다는 것만 봐도 대단한 분이시지 않은가."

아버지에 대한 칭찬에 진팔은 포권하며 답례했다.

"엄친을 그렇게까지 칭찬해 주시다니, 몸 둘 바를 모르겠습니다, 천풍검 대협."

"나는 느낀 대로를 얘기했을 뿐일세. 그럼 나는 이만 가 보겠네."

몇 발자국 걸어가던 곡추가 갑자기 뒤로 돌아서며 말했다.

"참! 그때, 자네하고 함께 가던 일행들에게도 내 사과를 전해 주게나. 이미 사람을 상하게 해 놓고 이런 사과를 한다는 것 자체가 우스운 일이기는 하지만 말일세. 정 마음에 안 든다면 남궁세가로 찾아오라고 전하게. 피 값에 대한 책임은 내가 직접 지겠네."

당당한 걸음으로 멀어져 가는 천풍검 곡추의 뒷모습을 보며, 진팔은 무언지 모를 뿌듯한 기분에 사로잡혔다. 과연 무인이라면 저래야 하지 않겠는가. 이때, 옆에서 소연의 부드러운 음성이 들려왔다.

"어찌 된 일인지는 잘 모르겠지만, 네게 이것 한 가지는 말해주고 싶구나. 너도 저런 무인이 되거라. 자신이 한 일에 대한 책임을 지는 무인이 말이야."

"명심하겠습니다, 사저."

"그래 어떻게 된 일이냐? 자초지종을 말해 보거라."

진팔은 사저와 나란히 걸어가며 자신이 무림에서 겪은 일을 잔잔한 어조로 얘기하기 시작했다. 그 안에는 마교 교주에게 목숨을 구원받은 일부터 시작해서, 패력검제를 만난 후 벌어진 일까지 아주 자세한 것이다. 한참 말하던 진팔은 갑자기 떠올랐다는 듯 소연에게 말했다.

"사저, 패력검제 어르신의 집에서 아주 재미있는 이야기책을 봤는데, 한번 들어 보시겠습니까?"

뜬금없는 제안이기는 했지만, 소연은 살포시 미소 지으며 사제에게 대답했다.

"그래, 말해 보거라."

"처음에는 조금 지루하실지 모르지만 뒷부분은 정신없이 빠져들게 만드는 책이더군요. 그러니까 일단 다 들어 본 후에 사저께서 평을 해 주셨으면 합니다. 이야기는 갑과 을이라는 노인들이 만나 서로 이야기를 나누는 것으로 시작됩니다."

패력검제의 저택에 기거하며 수십 번도 넘게 읽은 비급이다. 그렇다보니 진팔은 그 비급의 내용을 막힘없이 술술 외우고 있었다. 비급의 내용을 들려 주면서 진팔은 소연의 표정을 자세히 살폈다. 과연 이것을 들으면서 그녀가 어떤 반응을 보여 줄지 너무나도 궁금했기 때문이다.

초반의 이런저런 잡다한 얘기들이 이어질 때, 소연은 지루한지 살짝 하품까지 했다. 물론 자신을 위해 얘기를 들려 주고 있는 진팔에게 들키지 않도록 몰래 한 것이었지만, 유심히 그녀를 관찰하고 있는 진팔이 그것을 모를 리 없었다. 지루한 듯하던 소연의 표정은 이야기가 후반으로 진행되자 언제 그랬냐는 듯 바뀌고 말았다. 소연은 얼마나 놀랐는지 눈이 동그래져가지고 진팔의 얘기가 끝나자마자 다급히 말했다.

"그 책을 어떻게 보게 된 것이냐?"

소연이 왜 그런 말을 하는지 잘 알면서도 진팔은 능청스럽게 대꾸했다.

"예? 그건 왜 그러십니까? 그냥 그분의 서재에 꽂혀 있기에 재미 삼아 본 것이었는데 말입니다."

소연은 주위를 살피며 진팔에게 경고했다.

"그 누구에게도 그런 책을 봤다는 말은 하지도 말거라. 특히 그 이야기가 패력검제 어르신의 귀에 들어갔다가는 네 목숨을 장담할 수 없는 일이 생길 수밖에 없다. 네 이야기를 들어 보니 그건 제령문이 소중히 간직해 오던 무공비급임이 틀림없는데, 그것을 네가 우연한 기회에 훔쳐봤음이 틀림없다."

"에이, 설마 그럴 리가요."

진팔이 자신의 말을 못 알아듣는 듯하자 소연은 답답하다는 듯 말했다.

"네가 그 비급에 오가는 대화가 얼마나 높은 수준의 무예에 대해 논하는 것인지 지금 몰라서 나한테 이러는 것이냐? 그 정도라면 무림지보라고 불려도 과언이 아닐 정도야. 내 생각으로는 그 둘은 모두 화경급의 고수들. 그들의 논검이 무림지보가 아니라면 그 어떤 책이 무림지보라는 말을 들을 수 있다는 말이냐."

진팔은 그제서야 껄껄 웃으며 넉살좋게 말했다.

"과연 사저의 안목은 높으시군요. 하지만 안심하십시오. 패력검제 어르신께서 직접 저에게 보여 주신 비급이었으니까요."

소연은 믿지 못하겠다는 듯 되물었다.

"직접 보여 주셨다고? 그 말이 사실이냐?"

"제가 왜 사저께 거짓말을 하겠습니까? 정 의심이 가신다면 패력검제 어르신께 직접 물어보십시오."

진팔의 장담에 소연은 가볍게 안도의 한숨을 내쉬었다.

"그렇다면 안심이로구나. 나는 또 네가 경솔한 행동을 했나 싶었다. 그건 그렇고 그토록 엄청난 비급을 그분께서는 왜 너에게 보여 주셨다는 말이냐? 혹시 짚이는 것이 있느냐?"

사실 그런 무가지보를 아무런 이유 없이 보여 줬을 리가 없지 않은가. 뭔가 원하는 것이 있으니까 보여 줬을 것이다.

"그건 저도 잘 모르겠습니다, 사저. 딱히 원하신 것도 없었고, 그냥 이 책 한번 읽어 보게나 하면서 던져 주신 것이었으니까요."

소연은 더욱 알 수 없다는 듯 중얼거렸다.

"그래? 그렇다면 더욱 이상하구나. 과연 그분께서는 무슨 생각을 하고 네게 그 책을 보여 주신 것일까?"

아무리 생각해도 소연으로서는 그 이유를 알 수 없었다. 왜냐하면 진팔의 말 속에는 패력검제와 마교 교주 간에 얽힌 이야기는 빠진 상태였기에 그녀로서는 그 부분을 짐작조차 할 수 없었기 때문이다.

그날 소연은 진팔에게서 교주와 뇌전검황의 논검을 들을 수 있었다. 그것이 그녀 스스로 자신이 지금 화경의 벽에 도달한 것이 아닐까 생각하고 있던 소연에게 어떤 영향을 미칠지는 아무도 알 수 없었다.

수라도제가 이끄는 세력이 모두 다 도착한 다음, 수라도제는 악비 대장군의 처소를 찾아갔다. 앞으로의 행보에 대해서 이 일대를 총괄하는 관군의 수장과 의논을 해 보기 위해서였다.

"이쪽에서는 좀 더 전진하는 것이 어떨까 하는데, 대장군의 의향은 어떠시오?"

수라도제의 제안에 악비 대장군은 난색을 표명했다.

"지금 전진하는 것은 시기상조가 아니겠소? 현재 이곳에 있는 어림군이라고 해 봐야 3만이 채 안 되오. 그리고 이 일대의 어림군을 모두 다 끌어 모은다고 해도 7만을 넘기 어렵소이다. 그런 상황에서 적진을 향해 진격하는 것은 자살 행위나 다름없다고 본관은 생각하오. 차후에 조금 더 준비가 갖춰진 후에……."

수라도제는 악비 대장군의 말을 끊으며 자신의 주장을 피력했다.

"좀 더 시간이 경과된 후라면 늦소이다. 적의 대군을 물리친 지금, 한시라도 지체하지 말고 전군을 이끌고 북상하는 것이 좋소.

그런 다음 우리 쪽에서 싸우기에 알맞은 위치를 선택하여 적을 기다리는 것이 유리하오. 여기서 시간만 보내고 있다면 적들은 새로운 병력을 재차 투입해 올 것이 분명하오. 그렇게 생각하지 않소?"

물론 악비의 생각도 같았다. 하지만 현재 관군의 전력은 너무나도 형편없지 않은가.

"이쪽에 충분한 병력이 있다면 귀하의 말씀이 지당하다고 할 수 있소. 하지만 현재 입수된 정보에 따르면 금군의 총 군세는 1백만에 이른다고 하오. 그중 50만만 남하해 온다고 해도 지금의 병력으로는 어떻게 해 볼 수가 없을 것이오. 차라리 천혜의 요새인 이곳에서 적을 기다리는 편이 옳다고 본관은 생각하오."

수라도제의 표정이 살짝 일그러졌다.

"젠장, 말이 안 통하는군."

"어쩔 수 없소이다. 현실이 그런 만큼……."

이제 더 이상 타협의 여지가 없다고 생각되자 수라도제는 노성을 터뜨렸다.

"좋소. 대장군의 의사가 그렇다면 이쪽 단독으로라도 움직이겠소."

미련 없이 발길을 돌리는 수라도제를 향해 악비 대장군이 다급히 말했다. 만약 이런 식으로 개별 행동을 하다가 각개 격파당한다면 대 송제국은 그야말로 끝장이라고 생각했던 것이다.

"정 귀하의 생각이 그러시다면 조금만…, 아니 내년 봄까지만 기다려 주시겠소? 조금 있으면 곧 겨울이오. 금군도 전열을 정비했다가 봄이 되어야 움직이기 시작할 것이오. 그때쯤 되면 이쪽에서도 어느 정도 준비를 갖출 수 있을 거요."

수라도제는 돌아서서 말했다.

"좋소. 그때쯤이면 이쪽에도 좀 더 많은 인원이 모일 테니, 그렇게 하도록 합시다."

마교에서 흑풍대를 지원해 준다고 해도, 양쪽을 합해 봐야 겨우 4만이 채 안 되는 수다. 그들이 아무리 무공이 뛰어나다고 하지만, 금군 수십만을 상대로 싸우기는 껄끄러운 구석이 있었다. 특히나 마교와 연합해야 하는 만큼 그 위험 부담은 가중되는 셈이었다. 서로 간에 손발이 안 맞는 것도 예상해야 할 것이다. 그리고 믿지 못할 마교도들인 만큼 상황이 아주 안 좋아지면 자기들만 슬그머니 전장을 이탈해 버릴 위험성마저 있었다. 그렇기에 수라도제는 어쩔 수 없이 악비 대장군의 제안을 받아들인 것이다.

수라도제는 밖으로 나오자마자 무영문에 다음 군사 행동은 봄이 되어야 가능할 것 같다고 전했다. 아울러서 흑풍대에게 그 사실을 전해 달라고 부탁했다. 악비 대장군은 바로 그날부터 대대적으로 병사들을 모집하기 시작했고, 그들의 훈련을 강도 높게 시행했다. 이번 겨울을 얼마나 알차게 보내느냐에 따라 제국의 미래가 결정될 테니 말이다.

대(代)를 이어 가는 우정

처음 묵향이 아버지의 안다라는 사실을 어머니에게 들었을 때, 테무진이 느낀 감정은 고마움이었다. 다른 안다들은 모두들 등을 돌리는데, 묵향만은 자신에게 아낌없는 도움을 베푸는 것이다. 그것이 너무나도 고마웠다. 하지만 그건 그가 개인적으로 느낀 감정이었을 뿐, 부족의 족장인 입장에서는 얘기가 다르다. 언제든지 부족의 이익을 위해서라면 그에게 등을 돌릴 수 있는 상태였다. 원래가 몽고라는 대지에서 살아남으려면 그럴 수밖에 없었으니 말이다. 그렇다 보니 테무진은 고마움을 느끼면서도 한편으로는 세상 물정 모르고 도움을 주는 묵향을 멍청한 놈이라고 생각하고 있었던 것이다.

하지만 그게 하루 이틀 시간이 흐르면서 조금씩 변하고 있었다. 테무진은 묵향과 함께 생활하며 그에 대한 존경심이 조금씩 싹트고 있는 것을 막을 수가 없었다. 묵향이 지니고 있는 지식도 지식이었지만, 여러 가지 일이 벌어졌을 때 그때그때에 맞는 정확한 판단과 그것을 그대로 밀어붙이는 추진력은 너무나도 놀라운 것이었다.

필요하다고 판단되면 그 어떤 몽고족보다도 더욱 잔인한 행동도 서슴지 않았다. 그러면서도 부하들을 끊임없이 점검하고 배려하여 최상의 상태로 전투에 임하도록 만들었다. 또, 부하들 각자가 지닌 장점들을 재빨리 파악하여 그들을 적재적소에 투입하여 활용함으로써 부하들이 지닌 능력을 최대한 발휘할 수 있도록 만들었다.

그렇다 보니 묵향이 이곳에 머물면서 거의 사흘이 멀다 하고 전쟁이 벌어졌지만, 단 한 번도 패배한 적이 없었고, 부족의 전사(戰士) 수는 그가 오기 전보다 세 배나 늘어나 있었다.

어느 날 묵향은 테무진에게 말했다.

"이번 공격 목표는 바르탄 부족으로 하지. 인근에 있는 부족들 중에서 가장 규모가 크니까 그들을 공략하는 것 하나만으로도 많은 것을 배울 수 있을 게야. 나는 이번에 구경만 할 테니 자네가 알아서 처리해 봐."

일종의 시험이었다. 묵향은 자신이 가르쳐 준 지식들을 테무진이 제대로 활용하는지 알아 보려는 것이다. 그리고 테무진 또한 그것을 잘 알고 있었다. 존경해 마지않는 아버지의 안다에게 못난 모습을 보일 수는 없지 않겠는가. 자신을 믿고 그토록 많은 것을 베풀었는데 말이다.

테무진은 곧장 밖으로 나가 젤메를 불렀다.

"자네가 20명을 이끌고 가서 바르탄 부족을 정찰해라."
"옛."

다음 날 정찰을 마친 젤메가 돌아왔다. 젤메의 보고를 찬찬히 들은 테무진은 핵심적인 부하 몇을 불러들여 작전을 수립했고, 그것을 묵향에게 들려줬다. 그런 다음 그는 부하들을 거느리고 바르탄 부족을 치기 위해 떠났다.

테무진이 바르탄 부족을 공격한 것은 대낮이었다. 왜 밤에 기습을 가하지 않았느냐 하면, 낮에는 젊은이들의 대부분이 양과 말을 방목하기 위해 사방으로 흩어졌다가, 밤에 모두 모이기 때문이다. 오히려 밤이 되었을 때가 바르탄 부족을 치기가 더욱 어렵다.

테무진의 부대는 이동하는 도중에 2개로 나뉘었다. 전사의 수로 봤을 때, 적의 수가 훨씬 많기에 이런 식으로 행동하면 각개 격파당할 우려도 있었지만, 테무진은 그런 것은 신경도 쓰지 않았다. 바르탄 부족을 상대로 승리를 거둘 자신감이 넘치고 있었던 것이다.

바르탄 부족의 본진을 공격하는 것은 젤메에게 맡기고, 테무진은 부하들을 이끌고 외곽으로 빠졌다. 그리고 바르탄 부족으로 통하는 넓은 길을 골라 커다란 말뚝을 두 개 박았다. 물론 말뚝 근처에 구덩이를 파고, 그 위를 풀로 잘 덮어 표시가 나지 않도록 했다. 그런 다음 말뚝의 양쪽에 병사 하나씩을 배치했다.

덫이 완성된 후 테무진은 기다렸다. 아마 조금 있으면 젤메가 적들에게 쫓겨서 이쪽으로 달려올 테니까 말이다.

몽고족의 경우 집에 양식을 대량으로 쌓아 두는 것도 아니고, 금은보화를 쌓아 두는 것도 아니다. 그들이 가장 중요시하는 것은 말과 양이다. 그것이 바로 그들의 식량이었고, 힘든 겨울을 보낼 수 있게 해 주는 힘의 원천이었다. 그렇기에 부족의 전사들은 모두 말과 양을 보호하기 위해 무장을 갖춘 채 방목지에서 지낸다.

마을에 남아 있는 것은 모두 여자나 어린애, 혹은 노인들뿐인 것이다. 그곳을 젤메가 이끄는 기마대가 덮친 것이다. 젤메는 그곳에서 오랜 시간 지체할 여유가 없었다. 파오 몇 채를 불태우고, 남아 있는 전사나 늙은이들을 죽였다. 어차피 늙은이들은 필요 없으니 지금 없애 버리는 것이다. 그런 다음 주위를 둘러봤다.

잠시 후 사방에 흩어져서 말과 양을 방목하던 바르탄 부족의 전사들이 용맹스러운 기세로 달려오는 모습이 보였다. 그들을 보자마자 젤메는 부하들을 이끌고 도망치기 시작했다. 젤메가 이끄는 기마대가 도망치는 것을 본, 바르탄 부족의 기마대도 맹렬히 추격해 오기 시작했다. 자신들의 본거지를 불태우고, 또 동족들을 학살한 놈들이니 추격을 포기할 리가 없었다.

"왔다."

테무진의 명령으로 말뚝 근처에 숨어 있던 몽고 전사들은 젤메의 부대가 통과한 후, 곧바로 말뚝 사이에 걸쳐져 있던 줄을 잡아당겼다. 그런 다음 재빨리 밧줄을 말뚝에다가 단단히 묶었다.

젤메의 기마대가 건조한 들판을 전속력으로 통과한 후였기에 희뿌연 먼지가 온통 사방을 뒤덮고 있었다. 그런 상황에서 밑에 처져 있는 밧줄이 보일 리가 만무하다. 앞쪽에서 달려가던 수십 필의 말들이 밧줄에 걸려 나뒹굴고 난 다음에야 후미는 가까스로 말을 멈출 수 있었다.

"공격!"

바로 그때, 그 근처 야트막한 언덕을 엄폐물 삼아 뒤쪽에 숨어 있던 기마대가 돌진하기 시작했다. 그들은 모두 활에 화살을 먹여 시위를 가득 당겼다. 몽고 활은 활을 만들 좋은 나무도 절대적으로 부족한 데다가, 그것을 잘 만드는 장인이 따로 존재하는 것도 아니니 그 성능만으로 따진다면 정말 형편없는 무기라고 할 수 있었다. 아무리 힘껏 쏴 봐야 그 사거리는 50보도 채 안 된다.

하지만 이 장난감 같은 활을 가지고 마상 사격을 한다면 얘기가 완전히 달라진다. 활의 크기가 작기에 휴대하기 편하고, 연사 속도가 아주 빨랐다. 흔들리는 말 위에서 아무리 훌륭한 활을 가지고 쏜다고 해 봐야 제대로 맞출 가능성은 없었다. 그렇기에 사거리는 짧더라도 좀 더 빨리, 더욱 많이 쏠 수 있는 활이 그들에게는 더욱 유용했던 것이다.

밧줄에 막혀 우왕좌왕하고 있는 바르탄 부족의 전사들에게 화살비가 쏟아지기 시작했다. 갑자기 오른편에서 대규모의 적들이 나타나 화살을 쏘며 돌진해 오는 것이 보였다. 그리고 방금 전에 부리나케 도망치던 녀석들도 말머리를 돌려 자신들을 덮쳐 오고 있었다. 그야말로 적이 쳐 놓은 덫에 걸린 것이다.

이 정도까지 진행된 상태라면 그 뒤는 안 봐도 뻔하다. 기마대가 지니는 최고 강점은 타인보다 높은 곳에서 싸울 수 있다는 이점과 그 속도에 있다. 우왕좌왕하고 있는 그들에 비해 두 방향에서 돌진해 들어간 테무진의 부하들이 몇 배는 강할 수밖에 없었다. 거기에다가 바르탄 부족의 전사들은 자신들이 함정에 빠졌다고 생각하고 이미 전의를 상실하고 있었다. 결과는 뻔할 수밖에 없었다.

수많은 바르탄의 부족민들이 밧줄에 묶인 상태로 꿇어 앉아 있다. 테무진은 바르탄 부족의 주력 부대를 격멸함과 동시에 사방에 병사들을 보내 그들이 보유하고 있던 재산, 즉 말과 양을 약탈했다. 그리고 본진에 남아 있던 그들의 처자식의 운명 또한 그와 다를 바 없었다.

약탈물들을 한곳에다가 잘 정리해 놓은 후, 테무진은 그것을 모든 부족민들에게 골고루 나눠 줬다. 보통 상대편 부족을 정벌했을 때, 약탈물은 거의 족장이나 그의 측근들이 독식하는 경우가 많았다. 몽고 세계에서도 빈익빈 부익부의 현상이 뿌리 깊게 내려져 있었다. 그렇기에 몽고 사회는 핏줄이 매우 중시되고 있었다. 상대가 누구의 아들인지에 따라 대접이 달라지는 것이다.

하지만 테무진은 전통적으로 내려오던 이익 분배 방식을 과감하게 깨 버렸다. 그도 과거에는 다른 부족들처럼 약탈물을 나눴었지만, 묵향을 만난 후에 그 방식을 바꿨다. 마교의 경우 능력 위주의 사회가 아닌가. 그렇기에 묵향이 이익 분배 방식을 그렇게 바꾸는 것이 좋을 거라고 조언했던 것이다.

그렇게 바꾸고 나서 보니, 평상시에는 몸을 사리던 하층민들이 자신의 명령이라면 물불을 가리지 않고 열심히 싸우기 시작했다. 자신들이 죽거나 다치더라도 승리를 거둔다면 열심히 싸운 만큼의 보상이 뒤따른다는 것을 이해한 뒤부터 그들은 테무진 부족의 강인한 전사로 거듭났던 것이다.

약탈물의 분배가 다 끝난 후, 테무진은 묵향에게 다가가 그의 조언을 청했다. 어머니인 호에룬에게 묵향이 아버지의 안다라는 사실을 들은 이후, 묵향을 향하는 테무진의 대접은 완전히 달라져 있었다. 마치 아버지를 대하는 듯했던 것이다.

"마음에 드셨습니까?"

묵향은 호탕하게 웃으며 대답했다.

"자네는 타고난 전사일세. 내가 더 이상 알려 줄 것이 없을 정도야."

존경하는 스승의 칭찬에 테무진의 얼굴이 기쁨으로 빛났다.

"과찬이십니다."

"특히나 노획물의 분배 방식이 아주 마음에 들었다네. 싸우는 것도 중요하지만, 그 뒤처리는 더욱 더 중요하다는 것을 언제나 명심하도록 하게."

묵향의 조언에 테무진은 더욱 머리를 조아리며 대답했다.

"예, 자나 깨나 명심하도록 하겠습니다."

"자네의 부족민도 좀 있으면 엄청나게 늘어나게 될 게야. 지금은 수가 많지 않기에 상관없을지 모르지만, 그때는 지금의 체계로는 효율적인 통제가 어려울 거야. 내 말이 무슨 말인지 알겠나?"

물론 테무진도 묵향의 말을 이해했다. 하지만 테무진이 느끼기로는 지금 현재 체제만 유지해도, 이 상태에서 부족의 수가 10배가 더 늘어난다고 해도 부족은 효율적으로 움직일 것이 확실했다. 그렇기에 지금껏 그런 방향으로는 단 한 번도 생각해 본 적이 없었기에 스승의 조언을 청할 수밖에 없었다.

"그럼 어떻게 하면 되겠습니까? 혹시 생각해 두신 것이 있다면 가르쳐 주십시오."

묵향은 마교의 예를 들어 설명을 하기 시작했다.

"본교는 효율적인 명령 체계를 위해 부하들을 여러 등급으로 나눠 둔다네. 본교에는 6개의 무력 단체가 있고, 그것들은 여섯 명의 대주들이 맡고 있지. 그리고 각 무력 단체는 그 규모에 따라 10개에서 20개의 대로 나눠 대장이 지휘하지. 나는 어떤 명령을 내려야 할 상황이 오면 대주에게 명령하면 돼. 그러면 대주들은 휘하에 있는 대장들에게 명령하고, 대장들은 그 밑에 있는 부하들에게 명령하는 식이지. 이렇게 하면 내 명령은 저 말단에 있는 무사들에게도 신속하게 전달되지. 자네도 이와 같이 자네가 이끄는 전사들이 효율적으로 자네의 명령을 수행할 수 있도록 체계화시키는 과정이 필요할 걸세."

잠시 묵향의 말을 곱씹어 보던 테무진은 곧 이해가 된다는 듯 고개를 끄덕였다.

"흐음, 그러니까 부족의 전사들을 여럿으로 나눠 각각의 장을 두고, 그 장들에게만 제가 명령을 내린다는 말씀이십니까?"

"그렇지. 그렇게 되면 자네는 그자들만 통제하는 것으로 전체 부족을 일사불란하게 움직일 수 있을 거야."

그 말에 테무진은 놀랍다는 듯 중얼거렸다.

"그렇군요. 그런 좋은 방법이 있을 줄이야……."

그날 밤 테무진은 부족 내에서 높은 위치를 차지하고 있는 자들을 모두 불러 모아 부족을 체계적으로 분리하는 것에 대해 토론했다. 그렇게 해서 만들어진 것이 보고크와 밍칸이다.

한어로 번역한다면 보고크는 30호장, 밍칸은 3백 호장이다. 30호장이나 3백 호장은 각자에게 배당된 부족들을 이끌고 여기저기에 흩어져서 신선한 풀을 찾아 방목을 한다. 그러다가 유사시에 테무진이 소집 명령을 내리면 병력을 차출하여 이끌고 달려오는 식인 것이다. 더군다나 이렇게 되면 언제나 얼굴을 맞대고 협동해서 유목을 하던 처지인 만큼 화합도 잘될 것이 분명했다.

묵향이 테무진의 거처에 자리 잡은 지도 어언 두 달이 다 되어 가고 있었다. 이제 풍요롭던 가을이 끝났음을 알리듯 새벽에는 서리까지 내리기 시작했다. 묵향은 어제의 전투를 보고 이제 자신이 더 이상 이곳에 남아 있을 필요가 없다고 판단했다. 자신이 없더라도 테무진이 잘해 줄 거라는 확신이 들었던 것이다.
"찾으셨습니까? 교주님."
자신의 앞에 부복하고 있는 이팔삼 대장에게 묵향은 나직한 목소리로 말했다.
"그래, 내 자네에게 한 가지 임무를 내리고자 불렀네."
임무라고 해 봐야 이제 중원으로 돌아가겠다는 통보일 것이다. 그렇기에 이팔삼 대장은 기운차게 대답했다.
"옛, 하명하십시오."
"본좌는 내일 중원으로 떠나고자 한다."
교주의 명령에 이팔삼 대장은 희열에 넘쳤다. 이제 드디어 본교로 돌아가게 되는 것이다. 그렇기에 그는 고개를 숙이며 우렁차게 외쳤다.
"옛, 수하들에게 준비하도록 이르겠습니다."
"아니, 자네는 수하들과 남아 테무진을 돕도록 해라."
그 명령은 도무지 이해할 수 없었는지 이팔삼의 얼굴에 의문이 가득 찼다. 자신이 제대로 들은 게 맞는가?

"예?"

"자네는 수하들을 거느리고 이곳에 남아 테무진을 도우란 말일세."

아무리 교주의 명령이 자신의 마음에 안 든다고 해도 그는 완수해야만 했다. 그게 본교의 율법이었으니 말이다.

"존명!"

묵향은 자신의 앞에 부복하고 있는 이팔삼에게 이곳에서 해야 할 일들을 자세하게 설명했다. 테무진의 세력 규합, 타타르의 멸망, 그다음 목표는 금을 괴롭히는 것이었다. 변방이 소란스러워지면 금은 싫어도 정예군을 몽고와의 접경에 배치하지 않을 수 없게 된다. 금과 몽고가 접하고 있는 땅은 너무나도 광대했다. 그 모두를 지키려면 막대한 병력이 필요할 수밖에 없을 것이다.

금의 세력이 한곳에 전력을 집중하지 못하게 만드는 것. 바로 그것이 이팔삼에게 주어진 임무였다.

"먼 이국땅에서 생활하려면 고생이 심할 것이다. 하지만 자네가 앞으로 하는 모든 일이 본교에 크게 도움이 되는 일임을 언제나 명심하고 사명감을 가지고 일하라."

자신에게 교주가 이렇게까지 말해 오자 이팔삼은 감격스러운 어조로 외쳤다.

"옛, 교주님, 충성을 다하겠습니다."

"자네가 임무를 충실히 수행해 내리라고 믿기에 이곳에 남으라고 하는 것이야. 본좌의 말을 이해하겠는가?"

"심려하지 마시옵소서."

다음 날 아침 날이 밝자 묵향은 파오를 나와서 주변을 찬찬히 둘러봤다. 다음에 언제 다시 오게 될지 알 수 없었지만 오랫동안 기억에 남을 것이다. 하부르와 그녀의 아들이 살고 있는 곳이니까 말이다.

묵향이 걸어 나오자 그곳에는 초류빈과 그의 독립 호위대인 초연대가 대기하고 있었다. 이 지긋지긋한 곳에서 떠난다는 생각 때문인지 초류빈의 안색은 어느 때보다도 희색이 만연했다.

"자, 오르시지요."

묵향이 말에 오르자 테무진의 명령에 따라 커다란 사발이 하나 운반되어 왔다. 그리고 그 사발에는 마유주가 잔뜩 들어 있었다. 그걸 바라보는 묵향의 눈썹이 미미하게 떨리기 시작했다. 추억 삼아 마시는 것에도 정도가 있다. 웬만한 솥단지만큼 큰 사발에 든 마유주를 마신다는 것은 거의 고문이나 다름없는 행위였던 것이다.

테무진은 미소 지으며 말했다.

"자, 단숨에 쭉 들이켜십시오."

이걸 마셔야 하나, 아니면 물리쳐야 하나. 묵향이 난감해하고 있을 때, 교주와 부교주 일행을 마중하기 위해 나와 있던 마교도들 중에서 앞으로 나서는 인물이 있었다. 그는 바로 막이첨이었다. 몽고의 풍습을 잘 알고 있는 그는 난감해하고 있는 교주를 향해 조언을 건네려고 하는 것이다.

사실 하급 무사 주제에 하늘같은 교주님께 참견하는 것은 거의 불경죄에 가까운 일일 것이다. 하지만 지금까지 묵향과 지내 오며 묵향의 소탈한 성격을 막이첨은 이미 알고 있었다. 그는 어떤 상황에서도 부하의 말에 귀를 기울이는 좋은 상관이었던 것이다.
"교주님, 빨리 그걸 다 드셔야만 합니다."
묵향은 딱딱한 어조로 답해왔다.
"왜?"
"이것도 다 테무진 족장이 교주님께서 제발 며칠만이라도 더 머물러 달라고 붙잡고 싶어 하는 심정의 표현이 아니겠습니까?"
그 말에 묵향은 기가 막힌다는 듯 대꾸했다.
"말도 안 되는 소리를 하고 있군. 그냥 며칠만 더 계시다가 가라고 말하면 될 것을, 저렇게 엄청난 마유주를 마시라고 하는 게 말이 된다고 생각하나?"
"몽고에는 귀한 손님이 길을 떠날 때, 손님이 말에 탄 후 대접에 마유주를 가득 담아 건네는 풍습이 있습니다."
그 말에 묵향은 콧방귀를 뀌며 대꾸했다.
"별 말도 안 되는 풍습이 다 있군."
막이첨은 자신의 마음을 제발 알아 달라는 듯 간절한 표정으로 말했다.
"사실 이건, 귀한 손님을 하루라도 더 붙잡고 싶은 순박한 마음의 표출이라고 보시면 됩니다. 이걸 다 마신 다음 술에 취해 말에서 떨어지거나, 다 마시지 못하면 여기에 계속 남아 있어야 한다는 규칙이 붙어 있으니까 말입니다. 간절한 소망을 지닌 채 건네는 그의 술을 마다하시면 안 됩니다, 교주님. 만약 그렇게 되면 교주님께서 지금까지 이 땅에서 공들여 이룩하신 모든 것이 물거품이 될 수도 있습니다."
과연 순박한 마음의 표시기는 했다. 하지만 아무리 그래도 이건 너무 속 보이는 행위가 아닌가? 두 사람이 낑낑거리며 들고 있을 정도로 큰 마유주 사발이라니. 저걸 다 마시고도 정신이 제대로 박혀 있다면 그건 사람이 아닐 것이다. 하지만 한편으로는 저런 엄청난 마유주 사발을 들이밀 정도로 자신을 붙잡고 싶어 하는 테무진의 마음이 엿보이는 것 같아 가슴 한편이 따뜻해지는 묵향이었다.

그렇기에 묵향은 호기롭게 몽고어로 외쳤다.

"풍습이 그렇다면 한 방울도 남기지 않고 마셔 줘야겠지."

그 커다란 사발에 가득 담긴 마유주를 쉬지 않고 벌컥벌컥 들이켜는 모습을 바라보며 서 있는 테무진의 눈이 점점 더 커지기 시작했다. 설마 저것을 다 마실 수 있다는 말인가? 부족에서 가장 용맹한 전사이며 우람한 덩치의 소유자인 젤메라 할지라도 저 큰 사발에 든 마유주를 반만 마셔도 인사불성이 될 텐데……. 그런데, 어찌 저렇게 체구도 작은 사람이 저것을 다 마실 수 있다는 말인가? 도저히 경악감을 감추기 어려웠다.

"끄억! 한 사발만 더 먹인다면 사람 잡겠군. 자, 이제 됐는가?"

일단 사발이 깨끗하게 비자 테무진은 풍습에 따라 잘 가시라는 인사를 보내야만 했다. 하지만 그의 얼굴은 아직까지 절망감에 차 있지는 않았다. 아직 한 가지 남아 있는 것이다. 과연 저걸 다 마시고 말을 탈 수 있을까? 한 번에 마셨으니 취기는 조금 더 있다가 올라올 것이다. 말 타고 가다가 취해서 떨어지면 하루를 더 볼 수 있는 것이다.

하지만 묵향은 테무진의 그런 기대를 무참하게 무너뜨렸다. 기운차게 말을 몰아 순식간에 그의 시야에서 사라져 버렸던 것이다. 그것을 보며 테무진의 눈에는 촉촉하게 물기가 어리기 시작했다.

자신의 마음도 몰라주고 어떻게 저렇게 기운차게 떠나버린단 말인가? 정말이지 야속하기 그지없었다.

'안녕히 가십시오, 아버지의 안다여. 다음에 만났을 때는 몽고를 발아래 둔 대족장으로서 당신을 성대히 맞이할 것을 맹세합니다.'

상념에 잠겨 있던 테무진은 혼잣말처럼 중얼거렸다.

"도저히 술 취한 사람이라는 생각이 안 드는군. 젠장, 다음에는 곱절은 더 큰 사발을 준비해 둬야겠어."

이건 완전히 사람을 잡겠다는 소리가 아닌가. 그렇기에 그 말을 옆에서 들은 막이첨은 쓴웃음을 감추기 어려웠다.

뜻밖의 결투

　묵향과 초류빈은 엄청난 속도로 경공술을 전개하며 순식간에 만리장성을 넘어 남하해 오고 있었다. 수하들과 함께 이동하면 편리한 점도 많지만, 되려 불편한 점이 더욱 많았다. 지금도 그런 경우다. 그 둘은 혹 가다가 농담까지 나눠 가며 달려가는 것이었지만, 초연대 무사들은 아예 따라갈 수가 없을 정도로 빠른 속도인 것이다. 그렇다고 그들이 꼭 수하들과 동행해야 할 필요는 없었다. 그렇기에 초류빈은 그의 수하들에게 양양성으로 오라는 말만 남기고 묵향과 함께 앞서가고 있는 중이었다.
　묵향과 초류빈이 산서성의 태원(太原) 인근에 이르렀을 때, 고수들끼리 접전을 벌이는 소리가 들려왔다. 거대한 힘과 힘이 충돌한 듯 벼락 치는 듯한 굉음을 뿜어내는 파괴적인 폭발력! 엄청난 공력을 지닌 내가고수들의 겨룸이 진행되고 있는 모양이다.

초류빈은 놀랍다는 듯 중얼거렸다.
"도대체 이게 무슨 일이죠? 여기는 금의 영토가 된 지 오래일 텐데……."

묵향은 초류빈이 그 소리를 듣기 훨씬 전부터 그걸 알고 있었다. 그렇기에 이쪽으로 방향을 잡아 달려가는 중이었다.

"모르지. 어떤 놈이 금나라 쓰레기들하고 싸우는 중인지."

"병사들이 저런 괴력을 지닌 인물과 싸울 수나 있겠습니까? 저 소리는 분명히 엄청난 실력을 지닌 내가고수들이 싸우는 소리가 분명합니다."

그 말에 묵향은 퉁명스러운 어조로 대꾸했다.

"내 말은 장인걸 패거리를 말하는 거야."

혹시 장인걸의 수하들이 누군가와 싸우고 있을 가능성이 있기에 묵향이 흥미를 느낀 것이었다. 초류빈은 그럴 수도 있겠다고 생각하며 묵향의 뒤를 좇았다. 하지만 묵향은 그곳에 도착한 후, 실망감 어린 한숨을 푹 내쉴 수밖에 없었다. 혹시 천마혈검대에 소속된 놈들이라도 만날 수 있다면 아작을 내버릴 수 있을 거라는 기대감으로 달려온 것이었건만, 이곳에서 싸우는 것은 모두 승려들이었던 것이다. 이곳에는 지금 수많은 승려들이 단 한 명을 상대로 격전을 벌이고 있는 중이었다. 남루한 행색을 하고 있는 젊은 승려는 포위당해 있음에도 불구하고 전혀 위축되지 않았다.

양측의 싸움을 지켜보던 초류빈은 도무지 그들이 왜 싸우는 것인지 이해할 수가 없었다. 모두들 승려의 행색을 하고 있는데다가, 이마에 계인까지 찍혀있는 것이 아닌가. 저렇게 이마에 보라는 듯 계인을 찍고 다니는 자들은 소림승들밖에 없었다. 그렇다면 집안

싸움이라는 말인데, 왜 그들이 소림의 영역에서 엄청나게 떨어진 이곳에서 싸우고 있다는 말인가.
"하고 있는 모습을 보니 아무래도 소림의 승려들인 듯한데요? 그런데 소림승들끼리 왜 싸우는 걸까요?"
초류빈의 질문에 묵향은 콧방귀를 뀌며 대꾸했다.
"그걸 말이라고 하냐? 하고 있는 꼴은 모두 똑같지만 쓰는 무공이 다르잖아. 저 중간에 있는 놈은 소림의 정통 무공이고, 나머지 놈들은 괴상한 무공을 쓰고 있는 걸 모르겠냐? 그렇다면 결론은 뻔한 거지. 저놈은 진짜고, 나머지는 가짜고……. 에잇, 김샜군. 가자."
"예? 그건 무슨 말씀이십니까? 소림승이 합공을 당하고 있는데 구해 줘야 하는 거 아닙니까?"
초류빈의 말에 묵향은 한심하다는 듯 혀를 차며 중얼거렸다.
"쯧쯧, 이 녀석은 아직도 자신이 천마신교에 소속되어 있다는 사실을 망각하고 있군. 땡초가 누구하고 싸워서 죽건 말건 신경 쓸 필요가 뭐있나?"
묵향은 짜증스러운 표정으로 소림승과 싸우는 승려들을 손가락으로 가리키며 말을 이었다.
"그리고 저놈들이 괴상한 무공을 사용하고 있긴 하지만, 본교의 무공하고는 아무런 상관이 없다. 오히려 그 원류를 따진다면 소림 무공과 유사함이 있어. 자기들끼리 치고받는 집안싸움인데 이쪽에서 낄 이유가 없지 않느냐."
초류빈은 묵향이 다방면으로 무공에 대한 지식이 뛰어다는 것에 놀라움을 감추기 어려웠다. 하지만 그건 그거고, 우선 급한 것은 소림승을 구해 줘야 한다는 것이다.

"하, 하지만……."

"하지만은 무슨 하지만이야? 빨리 가자."

잠시 망설이던 초류빈은 재빨리 검을 뽑아 들고 격전이 벌어지고 있는 현장으로 달려 나갔다.

"야, 이 멍충아, 거기 안 서!"

뒤에서 묵향이 부르는 소리가 들려왔지만 초류빈은 애써 그것을 무시했다. 나중에 묵향에게 명령 불복종으로 문책을 당하더라도, 일단 소림승을 구하는 것이 먼저였다. 초씨세가에서 자라난 초류빈으로서 그것은 어쩔 수 없는 선택이었다.

그는 포위당해 있는 소림승의 옆으로 떨어져 내리며 외쳤다.

"멈춰라! 감히 소림의 승려를 공격하다니, 네놈들의 정체가 무엇이냐?"

초류빈이 등장하며 사용한 신법이 워낙 뛰어난 것이었기에 괴승들도 감히 그를 경시하지 못했다. 그들은 새로운 적의 출현에 잠시 움찔한 듯했지만, 곧이어 차분히 괴인에 대한 공격 태세를 갖췄다. 초류빈은 상대의 반응을 보며 이들 또한 대단히 뛰어난 고수들이라고 생각해 감히 경시하지 못하고 주위를 경계하며 소림승에게 말을 걸었다.

"괜찮으시오? 선사. 어쩐 일로 이렇듯 협공을 당하시게 되셨소이까?"

하지만 예상과 달리 소림승에게서 돌아온 것은 비릿한 조소였다.

"크흐흐흣, 본부처님을 돕겠다고 나서다니 가소롭기 짝이 없도다. 네놈 또한 저놈들과 작당하여 본부처님을 돕는 척하다가 내 뒤통수를 치려는 것이 아니더냐?"

초류빈으로서는 황당하기 그지없었다.

"뭐, 뭐라구?"

바로 그 순간, 자신을 부처로 자처하는 그 소림승이 초류빈에게 기습적인 공격을 가해 오는 것이 아닌가. 대력금강장을 주축으로 하는 소림의 상승 무공들이 쉴 새 없이 쏟아져 나왔다. 권법을 구사하는 소림승의 주먹에 자연스레 푸른빛이 어리는 것만 봐도, 그의 실력은 결코 초류빈의 아래가 아니었다.

기겁을 한 초류빈은 다급히 도를 들어 상대의 공격을 방어했다. 도(刀)와 사람의 손이 부딪쳤는데도 피가 튀지 않고 불꽃이 번쩍거리며 폭음이 터져 나왔다. 초류빈은 한 호흡에 수십 초의 공격을 막아 낸 후, 그 충격에 뒤로 주르륵 밀려 소림승으로부터 튕겨 나왔다.

포위하고 있던 괴승들 중의 한 명이 그럴 줄 알았다는 듯 초류빈에게 다가와 말을 걸어왔다.

"어느 방면의 고수이신지 모르겠지만 방금 전 큰일을 당하실 뻔하셨소이다. 소승은 소림의 덕혜(德慧)라 하오이다."

초류빈이 소림승을 구출하겠다는 일념으로 뛰어들었다는 것을 알기에 그의 말투는 부드럽기 그지없었다. 하지만 그 말을 들은 초류빈은 기겁해서 외쳤다.

"아니, 선사께서도 소림승이셨다는 말씀이십니까? 그렇다면 저 사람은 도대체 누구란 말입니까?"

그 말에 덕혜선사는 한숨을 푹 쉰 후 불호를 중얼거리며 대답했다.

"아미타불…, 저분은 세간에서는 만사불황(萬邪佛皇)이라고 불리는 분이십니다."

명호에 '황(皇)' 자를 아무나 붙이는 것이 아니다. 황자를 붙이는 게 멋있다고 제멋대로 자기 명호에 붙일 수는 없다. 명호라는 것은 자신이 만드는 것이 아니라 타인이 붙여 주는 것이기 때문이다.

황 자가 붙는다면 최소한 화경급의 고수라는 말이다. 그런데 저런 소림승의 모습을 한 화경의 고수는 불계불황(不戒佛皇)밖에 없지 않은가. 그렇기에 초류빈은 고개를 갸웃하며 반문했다.

"만사불황이요? 그런 명호를 지닌 자도 있었습니까? 불계불황은 알겠는데, 만사불황은 잘……."

초류빈의 말에 덕혜선사는 씁쓸한 미소를 지으며 대답했다.

"과거에는 계율을 지키지 않는다고 불계(不戒)라고 불렸었지만, 지금은 수많은 사악한 행위들을 한다고 만사불황으로 불리지요. 그런 것도 잘 모르시는 것을 보면 시주께서는 강호 사정에 어두운 분이신 모양이구료. 소협의 의협심은 감사하나, 이건 소림 내부의 일이니 마음만 감사히 받겠소이다."

"이런 젠장."

초류빈은 무의식중에 욕지거리를 내뱉을 수밖에 없었다. 교주의 반대에도 불구하고 소림승을 구해 주겠다는 일념으로 나선 것이었건만, 현실은 완전히 자신의 의지와 반대로 되어 버린 꼴이 아닌가. 이제 교주에게 명령 불복종으로 깨질 것이고, 또 재수 없어서 자신의 정체가 탄로 나면 저들과도 한판 해야 할 것이다. 그렇기에 초류빈은 '그럼 수고들 하십쇼' 하며 슬그머니 내빼려고 했다.

하지만 바로 이때, 묵향이 황홀할 만큼 완벽한 경신술을 선보이며 그 모습을 드러냈다. 묵향은 나타나자마자 광소를 터뜨리며 소리쳤다.

"크하하하핫! 초류빈, 네 녀석이 드디어 밥값을 하는구나. 오냐, 안 그래도 불계불황을 만나려고 했었건만, 이렇게 기회를 마련해 주다니 정말 잘했다."

그 말에 초류빈의 안색은 똥색으로 물들었다. 과연 탈마의 고수. 그 먼 곳에서도 대화를 엿듣다니 도무지 인간이라고 생각할 수가 없었다.

이때, 소림승들 중에서 가장 연배가 높아 보이는 인물이 입을 열었다.

"그러는 시주께서는 또 누구시오?"

그 말에 묵향은 콧방귀를 뀌며 대꾸했다.

"네 녀석들은 그걸 알 자격이 없다. 본좌가 왔으니 이제 꺼져 주는 일만 남았군. 좋아, 불계불황, 아니 만사불황. 이제부터 본좌하고 건설적인 대화나 좀 나눠 볼까?"

만사불황은 가소롭다는 듯 손가락을 꺾어 뚝뚝 소리가 나도록 관절을 풀며 말했다.

"크흐흐흣, 별 미친 중생을 다 보겠도다. 본부처님과 대화를 나눠서 무엇을 하겠다는 말인고?"

"물론 네놈을 본좌의 수하로 삼겠다는 말이지."

그 말에 만사불황은 물론이고 덕혜선사를 비롯한 다른 소림승들도 그 광오함에 어이가 없어 멀뚱멀뚱 쳐다봤다. 하지만, 그다음에 이어진 묵향의 말에 비웃음은 경악에 찬 싸늘한 침묵으로 굳어버렸다.

"네놈을 본교의 세 번째 부교주로 만들겠노라."

너무 놀라 말도 하기 힘들 정도였지만 덕혜선사는 황급히 정신을 추스린 후 묵향에게 질문을 던졌다.

"부교주? 그렇다면 시주께서는 마(魔), 아니 천마신교(天摩神敎)의 교주 암흑마제란 말씀이시오?"

"그렇다."

덕혜선사는 장중한 어조로 불호를 외운 뒤, 단호하게 외쳤다.

"아미타불…, 교주께서 그렇게 하시게 놔둘 수는 없소이다. 무림맹과 귀교가 연합했다는 소식은 들었지만, 소림은 교주가 하는 일을 가만히 좌시할 수만은 없다는 점을 명심해 주셨으면 하오."

묵향은 덕혜선사의 말이 가소롭다는 듯 대꾸했다.

"크흐흐, 좌시할 수만은 없다고? 좋아. 마음대로 해 봐라. 이봐, 초류빈."

갑자기 교주가 왜 자신을 부르는 것인지를 알 수 없었던 초류빈이 떨떠름한 어조로 대꾸했다.

"왜요?"

"본좌가 이 부처님하고 잠시 볼일을 보는 동안 너는 저 쓰레기들을 막든지 쫓아내든지 마음대로 해라. 인정사정 봐주지 않는다면 너 혼자만으로도 충분할 게다."

'젠장, 일이 이렇게 돌아갈 줄이야.'

묵향의 말을 들은 초류빈의 얼굴은 그야말로 똥색으로 바뀌어 버렸다. 어떻게 일이 이렇게 꼬일 수가 있다는 말인가? 소림승을 구하려고 한 소기의 목적과 달리, 이제 자신이 직접 소림승들을 때려잡아야 하는 입장으로 바뀐 것이다. 그것도 한눈에 척 봐도 보통 실력들이 아닌 것 같은 소림의 고수들을 말이다. 소림사를 지탱하는 최정예들. 그들을 초류빈은 혼자서 상대해야 하는 것이다.

그리고 그 말에 소림승들의 이목도 초류빈에게로 집중되었다. 분명 초류빈이라고 했다. 그렇다면 과거 7룡4봉에 꼽혔던 초씨세가의 기대주였다가 어느 날 갑자기 실종된 인물이 아닌가. 동명이인일 수도 있지만, 그럴 가능성은 희박했다. 저자가 바로 탈명도 초류빈이 분명했다. 정파의 촉망받던 후기지수가 마교의 개가 되어 있을 줄이야.

떨떠름한 시선으로 자신을 바라보고 있는 소림승들의 눈을 보는 순간, 초류빈의 기분은 더욱 나빠졌다. 소림승을 구해 주려는 내 마음은 하나도 몰라주고, 마교도라는 말에 자신을 저따위 눈빛으로 바라보다니……. 좋아, 이판사판이다. 저런 놈들도 승려라고 내가 구해 주겠다고 나섰다니, 이런 빌어먹을!

초류빈은 소림승들에게 도를 겨누며 외쳤다.

"귀하들과 싸우고 싶은 생각은 별로 없소. 하지만, 구태여 싸우겠다고 나선다면 마다하지는 않겠소."

소림승들은 씁쓸한 미소를 지으며 한 발자국 앞으로 나서려고 했다. 하지만 그들의 행동은 곧이어 경악감에 바뀌어야 했다. 완전히 한판 하기로 마음먹은 초류빈의 몸에서 범인이 상상도 할 수 없을 정도의 패도적인 기운이 줄기줄기 뿜어져 나오기 시작했던 것이다. 그리고 위로 쳐든 초류빈의 도에서는 푸른색의 기운이 은은하게 뿜어져 나오기 시작했다. 저렇게 자연스레 어기충검술을 사용할 수 있다면 그것은…….

"화, 화경의 고수?"

그들은 경악할 수밖에 없었다. 자신들이 만사불황과 싸워서 어느 정도 우위를 차지할 수 있었던 것은 상대가 익힌 무공에 대해 극성을 지닌 무공을 사용했기에 가능한 것이었다. 물론 상대가 제대로 깨달음을 얻은 화경의 고수라면 한낱 초식끼리 지니는 극성 따위가 통할 리도 없을 것이다. 하지만 만사불황은 반쯤 미친 상태였다. 자신이 알고 있는 깨달음을 발현할 수 있는 정신 상태가 아니었던 것이다. 그 덕분에 지금까지 어느 정도 우위에 설 수 있었다. 하지만 이렇듯 진짜 화경의 고수라면 얘기가 완전히 달라진다.

이때, 소림승들 중에서 한 명이 앞으로 쓱 나서며 묵직한 음성으로 말을 걸었다. 희끗희끗한 수염이 그의 나이를 대변해 주는 듯했지만, 그의 피부는 젊은이들의 그것인 양 아직도 팽팽하기 그지없었다. 그의 모습만 봐도 상당한 경지의 무예를 연마했음을 알 수 있었다.

"노납은 소림의 대정(大正)이라고 하오."

대정선사라면 현 소림 장문인의 사형이었다. 젊어서부터 뛰어난 무위를 자랑한 그는 소림의 역사상 다섯 번째로 젊은 나이에 나한전에 들어갈 수 있었다. 108나한으로 대표되는 나한전에 들어갔다는 것 하나만으로도 그가 뛰어난 무승(武僧)으로서 자질을 인정받았음을 증명하는 것이나 마찬가지였다.

나한전을 거쳐 소림방장실을 경호하는 팔대호원에서 수련을 쌓은 그는 나중에 나이가 들어서 계율원의 원주로 임명되어 소림에 추상과 같은 규율을 세워나가는 데 앞장서게 된다. 그런 전설적인 승려가 지금 이 자리에 서 있는 것이다.

"안녕하십니까? 선사. 초면에 이렇듯 무례를 범하게 되었음을 이해해 주셨으면 감사하겠습니다."

"아미타불…, 초류빈 시주. 꼭 막아서야만 하겠소이까?"

초류빈은 잠시 망설였다. 이대로 계속 나간다면 소림승과의 대결은 불가피해진다. 그렇다면 물러설까? 하지만 절대로 그럴 수는 없었다. 교주가 자신을 가만히 놔둘 리 없기 때문이다.

"어쩔 수 없소이다, 선사. 나를 용서하시구려."

잠시 생각해 보던 대정선사는 문득 떠오르는 것이 있다는 듯 질문을 던졌다. '화경급의 고수라면 마교의 부교주 정도는 되지 않을까?' 하는데 생각이 미쳤던 것이다.

"아미타불…, 그렇다면 시주가 천마신교의 두 번째 부교주라는 것이오?"

초류빈은 어색하게 미소를 지으며 대꾸했다.

"어떻게 하다 보니 그렇게 되었소. 자, 어떻게 하시겠소이까? 들어오시겠소? 아니면 물러나시겠소?"

하지만 대정선사는 들어갈 마음도, 또 그렇다고 물러설 마음도 없는 듯했다. 앞을 가로막고 있는 초류빈은 무시하고, 그는 묵향과 만사불황의 동정에 깊은 관심을 표명하고 있었다. 만약 교주가 공공 사숙을 제압하지만 못한다면 굳이 초류빈과 다툴 이유가 없지 않겠는가. 또, 소문대로 교주의 무공이 그렇게 높다면 척살대상인 만사불황을 그가 대신 죽여 줄 가능성도 있었다. 하지만 대정선사가 기대하는 최선의 길은 서로 싸우다가 둘 다 죽거나 큰 피해를 당하는 것이었다. 그러면 이 기회를 빌려 무림의 화근이라고 할 수 있는 둘을 동시에 없애 버릴 수 있을 테니 말이다.

승려들과 초류빈의 대치가 진행되는 가운데, 한쪽에서는 묵향과 만사불황과의 협상(?)이 진행되고 있었다.
"이봐, 본좌의 수하로 들어올 생각은 없나? 돈을 좋아한다면 평생 쓸 돈을 줄 것이요, 계집을 좋아한다면 원도 한도 없이 붙여 줄 수 있는데 말씀이야."
"크흐흐흣, 본부처님에게 그따위 망발을 일삼는 미물이 존재할 줄이야. 좋다. 우선 그 주둥이를 찢어 놓은 후에 해탈에 이르게 만들어 주겠노라."
공공대사라면 소림이 자랑하던 최고의 고수였다. 역대 최연소로 나한전에 들었으며, 지객당에 소속되어 있을 때는 3백 여 명의 이름 있는 무림인들을 상대로 비무를 펼쳐 단 한 번도 패한 적이 없었다. 화경에 든 후에도 수련에 방해가 된다며 방장직까지 사양하고 사형에게 물려 준 전설적인 인물이었다.
하지만 인세의 모든 욕심을 버려야만 해탈할 수 있다는 불경의 가르침을 거역했기 때문일까? 화경에 든 것에 만족할 줄 모르고 더욱 높은 경지에 오르기 위해 정진하던 공공대사에게 커다란 재앙이 닥쳤다. 어느 날 갑자기 미쳐 버린 것이다.
묵향을 공격하는 만사불황은 그의 무공 원류가 소림에 있음을 알려 주듯 소림 최강의 무공들을 줄줄이 쏟아 내기 시작했다. 반야신공, 대승범천신공, 무상대능력, 대력금강장, 금강권, 염화지 등등 상대와의 거리를 불문하고 갖가지 무공을 조합하여 숨 쉴 틈을 주지 않고 공격하는 연계기를 자랑했다. 그 하나만 봐도 그가 얼마나 숙련된 무승인지 알 수 있었다.

만사불황의 장력에 땅거죽이 푹푹 파여 들고, 엄청난 먼지가 하늘로 날아올랐다. 하지만 그것뿐. 그의 공격은 묵향의 옷깃 한 올 건드리지 못했다. 한동안 여유롭게 만사불황의 공격을 피하던 묵향이 김샜다는 듯 투덜거렸다.

"젠장, 알짜배기인 줄 알았더니 빈껍데기잖아. 빈껍데기 초식만을 기억하고 있을 뿐이라니……. 내공만 심후하지, 형편없는 놈 아냐!"

미꾸라지처럼 자신의 공격을 피하고만 있는 상대가 얄미웠는지 만사불황은 더욱 공격에 박차를 가해 왔다. 하지만 그렇다고 변한 것은 하나도 없었다. 단순하기 그지없는 상대의 공격에 점점 지쳐 워지기 시작한 묵향이 한순간 손을 썼을 때, 묵향은 상대방의 반응이 뭔가 특이하다는 것을 깨달았다.

빈껍데기뿐인 초식만을 기억하는 자라고는 상상도 하지 못할 만큼 교묘한 한 수로 묵향의 공격을 피한 만사불황은 거기에서 멈추지 않고 오히려 역공까지 가해 왔던 것이다. 그 공격은 방금 전까지 만사불황이 보여 줬던 공격과는 판이하게 달랐다. 강맹한 위력이 느껴지지도 않았고, 엄청난 경력을 일으키며 먼지를 비산시키지도 않았다.

하지만 사실 그것이 더욱 무서웠다. 만사불황이 가지고 있는 웅후한 공력을 단 한 지점에 집중해 놓은 공격인 것이다. 그렇다 보니 겉으로 봤을 때는 그리 강해 보이지 않았지만, 그 전에 펼쳤던 공격에 비해 수십, 아니 수백 배는 강한 위력을 내포하고 있었다. 거기에다가 그 공격은 제아무리 현경에 든 묵향이라도 회피하기 어려울 정도로 쾌속한 속도와 교묘한 시간차를 두고 있었다.

본능적으로 위험을 감지한 묵향은 눈에 보이지도 않을 정도의 반전을 통해 공중에서 세 바퀴 몸을 돌리며 재빨리 상대의 공격권에서 빠져나갔다. 한순간의 방심 때문에 일격을 허용할 뻔한 것이다. 한편으로는 묵향의 가슴이 서늘해지는 순간이었다.

묵향의 눈빛이 매섭게 빛났다. 물론 대부분의 무림인들은 3할의 실력을 감추고 있다고 한다. 하지만 이번 공격은 그 범위를 크게 벗어나 있었다. 신검합일에도 들지 못한 고수가 일순간에 화경을 넘어서는 무공을 사용한 것이나 마찬가지였으니 말이다. 그렇다면 지금까지 만사불황은 본신의 무공을 숨기고 있었단 말인가? 하지만 그럴 가능성은 없었다. 반쯤 미친 그가 그토록 교활한 수법을 쓸 리가 없는 것이다. 그렇다면 이유는 단 하나뿐이었다.

"호오, 그렇군. 네놈의 머리는 기억하지 못하고 있지만, 몸이 기억하고 있구나. 이거 까다롭게 되었는데?"

바로 이 점 때문에 소림에서 파견된 승려들도 소림무공에 극성인 항정멸법신공(抗正滅法神功)을 극성까지 익혔는데도 불구하고, 만사불황에게 결정적인 우위를 확보하지 못하고, 그를 조금씩 조금씩 밀어붙이고만 있었을 뿐이었던 것이다.

묵향은 잠시 망설였다. 과연 저자를 제압할 수 있을까? 상처 없이 제압하기에는 상대가 너무 강했다. 혈마(血魔) 선배의 경우를 미루어 짐작할 수 있지만, 상대는 화경의 끝에 도달한 인물이었다. 거기에서 한 발자국을 나아가지 못하고 실패해서 반쯤 미친 것이 아닌가.

과거 묵향이 만난 최강의 고수 카렐은 이렇게 말했었다.

「의식과 한계 이상으로 성장한 무의식이 충돌하며 미쳐 버리는 거야.」

 미쳐 버렸으니 이제는 의도한 대로 자신이 깨달은 무공을 펼칠 수 없다. 하지만 그 자신도 의식하지 못하는 순간, 무의식적으로 튀어나오는 무공의 경우는 완전히 얘기가 다르다. 그의 무의식은 현경의 무예를 어느 정도 파악하고 있었다. 그렇기에 만사불황이 위급 시에 무의식적으로 펼치는 무공은 화경이 아니라 현경급의 무예였던 것이다. 그런 자를 생포한다? 그건 말만큼 간단한 일이 아니었다.

 "이런 젠장! 어쩐지 너무 쉽다고 생각했어."

 묵향은 재차 공격 준비를 하고 있는 만사불황을 당혹스러운 시선으로 바라봤다. 상대의 공력이 고갈될 때까지 슬슬 싸워서 힘 빼기로 나가 볼까? 하지만 공력만은 3황 중에서도 최강이라는 말을 수십 년 전부터 들어온 만사불황이다. 그를 상대로 지구전을 펼친다면 도대체 몇 날 며칠 동안 싸워야 할지 감도 안 잡혔다.

 묵향은 주먹을 불끈 쥐며 외쳤다.

 "이런 빌어먹을! 좋다. 본좌가 언제 이것저것 따지고 싸웠었나? 너 이리 와 봐. 뼈가 녹도록 한번 싸워 보자."

 꽉 쥔 묵향의 주먹에서는 우두두둑하는 소리가 울려 나오고 있었다.

 "아, 아미타불……."

 대정선사는 너무나도 경악한 나머지 불호마저 외우기 힘들 지경이었다. 그리고 그의 눈에는 어느덧 한 줄기 뜨거운 눈물이 흘러내리고 있었다.

마교 교주와 세 시진째 치열한 사투를 전개하고 있는 만사불황, 아니 사숙의 모습은 과거 그가 존경해 마지않았던 공공대사의 한창 때의 모습을 그대로 보여주고 있었다. 지금까지 소림승들과 싸우며 공공대사는 생명이 위급할 때 무의식적으로 펼쳐지는 단 한 수만을 보여 줬었다. 그리고 그것만으로도 충분했다. 소림승들의 포위망을 피해 도망치고, 또다시 포위당해 싸우고……. 이런 식의 반복이었던 것이다.

하지만 지금 마교 교주의 공격은 한 초식 한 초식이 그의 생명을 위협하고 있었다. 만사불황이 지닌 무의식적인 연계기 한 수 정도로는 한숨을 돌릴 여유조차 확보할 수 없었다.

'아미타불…, 오늘 하늘 위에 하늘이 있음을 보게 되는도다.'

지금껏 그는 공공대사를 뛰어넘을 만큼 강력한 고수가 있음을 단 한 순간도 믿어 본 적이 없었다. 그렇기에 그가 밤낮 생각한 것은 사숙, 아니 만사불황을 어떻게 해서라도 제정신으로 돌려놓든가, 아니면 소림의 이름에 더 이상 똥칠을 하지 못하도록 제거해 버리는 것이었다.

하지만 그는 오늘 만사불황을 압도하는 무위를 지닌 인물을 만났다. 지금 만사불황은 정신없이 자신이 지닌 모든 것을 뽐어내고 있었다. 그가 무의식적으로 전개하고 있는 무공 중에는 깊은 불문의 깨달음을 간직하지 않은 것이 단 한 수도 없었다. 그만큼 상대는 단 한 순간도 만사불황이 정신을 차릴 수 없을 정도로 밀어붙이고 있는 중이었다.

묵향은 언제부턴지 기억나지는 않지만 만사불황을 상대하기가 조금 까다로워졌다고 느꼈다. 그 이유가 뭘까? 치열한 격전의 와중이었기에 이유를 생각하고 있을 여유는 거의 없었다. 조금씩 시간이 지나면서 끊어지고 끊어지던 생각들이 하나씩 연결되고 있었다. 그러던 어느 한 순간 묵향의 뇌리를 때리는 것이 있었다.

'공격이 대단히 능동적이잖아!'

지금까지 만사불황은 완전히 수동적으로 싸워 왔다고 볼 수 있다. 묵향이 압박을 가하면 가공할 만한 무공이 튀어나오는 것이다. 물론 그렇지 않을 때는 만사불황이 지니고 있는 맹하기 그지없는 화경에도 못 미치는 초식에 의존한 무공이 튀어나온다. 그렇기에 그의 공격은 대단히 수동적일 수밖에 없었다. 상대가 먼저 시작을 해 줘야 그도 공격다운 공격을 할 수 있었으니 말이다.

그런데 언제부터인지 모르겠지만 그 공격이 대단히 능동적이 되어 가고 있었다. 물론 이건 묵향의 느낌일 뿐이다. 서로 간에 숨 쉴 틈도 없을 정도로 치열한 공방이 오가고 있는 중이 아닌가. 상대의 연계기에 의한 반격을 능동적 공격으로 잘못 느꼈을 수도 있었다. 하지만 묵향의 느낌은 그것이 연계기가 아니라고 말해 주고 있었다.

묵향은 공격의 강도를 낮추며 슬그머니 뒤로 물러섰다. 그에 맞춰 만사불황이 묵향을 따라붙으며 무지막지한 공격을 가해 왔다. 그 순간 묵향은 자신의 느낌이 맞았음을 깨달았다. 슬그머니 물러서면 상대는 멍청하기 그지없는 공격을 가해 와야 하는데, 이 엄청난 압박감은 도대체 무엇이란 말인가?

묵향의 짐작대로 만사불황은 정신을 차린 상태였다. 이 시대 최강의 고수라고 할 수 있는 묵향과 싸우며 만사불황은 전력을 다하지 않을 수 없었다. 순간순간 생명의 위협이 느껴졌고, 외부에서 가해지는 위협에 대처하기 위해 의식과 무의식이 합쳐지고 있었다. 그러던 어느 순간, 만사불황의 탐욕 어린 눈매는 인자한 고승의 그것으로 탈바꿈하고 있었다. 놀라운 변화였다. 묵향 같은 불세출의 고수와 생사를 걸고 접전을 벌이게 된 것은 공공대사로서는 생애 두 번 다시 만날 수 없는 큰 기연을 얻은 것이라 할 수 있었던 것이다.

묵향은 재빨리 상대의 공격권에서 벗어나며 입을 열었다.

"지금껏 말은 많이 들었지만, 공공대사를 뵙게 되어 영광이라고 생각하오."

묵향이 정중한 어조로 말하자, 초류빈과 그와 대치하고 있던 승려들의 시선이 묵향에게로 쏠렸다. '저자가 갑자기 왜 저러지?' 하는 의문을 담고 말이다. 하지만 놀랍게도 그 말에 대한 화답이 있었다. 만사불황 또한 공격을 멈추고 장중한 움직임으로 합장하며 대답했던 것이다.

"아미타불…, 노납 역시 시주와 같은 무위를 지닌 인물을 지금껏 대면해 본 적이 없었소이다. 시주께서는 대체 누구시오?"

공공대사로서도 황당스럽기 짝이 없었을 것이다. 문득 정신을 차려보니 지금껏 단 한 번도 만나 본 적이 없는 엄청난 고수와 싸우고 있지 않은가. 왜 그와 싸우기 시작했는지는 생각도 나지 않았다. 하지만 태평스럽게 그런 생각하고 있을 여유는 촌각도 주어지지 않았다. 상대의 공격이 목전에 임박하고 있는데, 그따위 생각을 할 틈이 없었던 것이다. 처음에는 생명을 보존하기 위해 싸웠고, 그다음에는 호승심 때문에 싸웠다. 그러다가 이제서야 상대의 정체를 물어볼 여유를 갖게 된 공공대사였다.

하지만 공공대사가 정신을 차렸음을 알 리 없는 승려들은 경악했다. 저 정상적이기 그지없는 만사불황의 대응은 또 뭐란 말인가? 어느 날 갑자기 미쳤을 때와 같이 갑자기 그의 정신이 되돌아오기라도 했다는 말인가? 도무지 짐작조차 할 수 없었기에 대정선사를 비롯한 승려들은 숨조차 죽이며 만사불황의 언행을 주의 깊게 관찰하기 시작했다.

묵향은 주위의 반응 따위는 신경 쓰지도 않고 싸늘하게 미소 지으며 공공대사의 물음에 대꾸했다.

"본좌는 천마신교의 교주 묵향이라고 하오."

그런 다음 그는 허리에서 검을 쑥 뽑아 들며 싸늘하게 외쳤다.

"이왕에 이렇게 된 거, 그대를 살려 둘 수 없음을 이해하시구려!"

공공대사가 정신을 차렸다면 얘기가 다르다. 그가 존재한다면 현경의 고수를 보유한 소림사의 위상은 얼마나 높아지겠는가. 지금 그를 없애 버리고, 또 저 떨거지 소림승들까지 쓸어버린다면 소림이 현경의 고수를 배출했다는 사실을 조용히 묻어 버릴 수 있는 것이다. 승부사 묵향이 아닌 마교 교주 묵향으로서 이건 선택의 여지가 없는 일이었다. 그렇기에 묵향은 자신이 지닌 전력을 다해 그를 상대하기 위해서 검을 뽑아 든 것이다.

상대의 패도적인 기세에 공공대사도 감히 경시하지 못하고 얼굴을 굳히며 대답했다. 이 순간 인자하기만 한 고승의 모습은 사라지고 승부욕에 타오르는 무림인의 모습이 드러나고 있었다.

"시주가 마도에 몸담은 자라면 노납도 부득불 손을 써야만 하겠소이다. 부디 극락왕생하시길 빌겠소이다, 아미타불……."

한마디로 '죽여 버리겠다'는 소림식의 엄포였다.

이렇게 해서 무림 역사상 처음 펼쳐지는 현경급 고수들 간의 대결이 갑자기 벌어졌다. 한쪽은 소림사가 낳은 최강의 고수였고, 또 다른 한쪽은 마교가 낳은 최강의 고수였다. 불세출의 두 고수가 마주한 자리. 어느 한쪽이 행동을 취한 것도 아니었건만 둘 사이에는 폭발적인 기운이 뿜어져 나와 범인의 접근을 불허하고 있었다.

공공대사는 합장을 한 채 온몸의 기를 일주천시켰다. 일순간 지금까지 그를 괴롭혀 오던 모든 탁한 기운들이 전신모공에서 빠져 나가며 청순지체로 탈바꿈했다. 그리고 그의 몸에서는 은은한 금광이 뿜어져 나왔다.

그 모습을 보며 대정선사의 입에서는 경악을 담은 외침이 터져 나왔다.

"그, 금강불괴(金剛不壞)? 사숙께서 드디어 정신을 차리신 것인가?"

이제 분명해졌다. 불문의 깊은 깨달음이 담겨 있는 금강불괴신공을 발현할 정도의 인물이 결코 미친 중일 수는 없었다. 금강불괴신공을 익히기 위한 기본은 중생을 보호하며, 타인의 공격을 그대로 받아들이겠다는 대자대비한 포용심에서 시작되는 것이니 말이다.

사숙께서 드디어 정신을 차리셨다는 감동에 대정선사의 눈에는 또다시 물기가 배어 나오고 있었다. 하지만 지금 그는 한가하게 감상에 젖어 있을 때가 아니었다. 지금 마교 교주는 사숙을 없애려 하고 있었다. 그렇다면 자신들은 어떻게 해야 할 것인가?

"공공 사숙을 지켜라."

뜻밖의 결투

대정선사의 명령에 따라 승려들이 일제히 움직이기 시작했다.

묵향과 그들 사이를 가로막고 있는 초류빈은 거도를 쥔 손에 힘을 주며 인상을 찡그렸다. 정말 일진이 사나운 하루라고 생각하며 말이다.

"아무리 그대들이 소림승이라도 내 앞을 지나갈 수는 없다고 했소. 빨리 물러나시오."

초류빈의 엄포에 대정선사가 장중한 어조로 대꾸했다.

"초류빈 시주, 문답무용(問答無用)이라 했소."

더 이상 싸움을 피할 수 없다는 생각에 초류빈의 안색이 일그러졌다.

"이런, 떠그랄!"

소림에 돌아온 괴승

 장인걸은 60만 명으로 몸집이 불어난 대군을 거느리고 남하하기 시작했다. 물론 그들 중 절반은 요의 잔당들을 처리하는 과정에서 흡수된 거란족 병사들이었다. 그리고 양지에 장군에게 맡긴 10만 명도 거의 대부분은 거란족 병사들이었다. 장인걸이 봤을 때, 그는 거란족 병사들을 거느린 상황에서도 충분히 맡은 바 임무를 수행할 수 있을 거라고 생각했기에 그에게 이곳의 상황을 맡긴 것이었다.
 물론 그가 임무를 제대로 수행하지 못할 수도 있었다. 의외의 변수라는 것은 언제나 발생하는 것이니 말이다. 하지만 그때는 그때대로 자신이 대군을 거느리고 한 번 더 올라오면 될 것이다.
 문제는 지금 강대한 적을 상대하는 데 있어서 자신이 키운 정예병들을 분산시키면 절대로 안 된다는 사실이었다. 특히나 기적과 같은 역사를 만들어 낸 최정예 병사 15만 명은 무슨 일이 있어도 결코 양보할 수 없었다.

60만 대군이 연경 부근을 통과하고 있을 때, 장인걸은 황제를 배알하기 위해 연경에 가 있었다.

"북방을 평정하느라 수고가 많으셨소, 대원수."

"응당 해야 할 일을 했을 뿐이옵니다, 폐하."

"안 그래도 짐이 대원수에게 남방을 평정해 달라고 청할까 생각하고 있었는데, 이렇듯 빨리 대원수의 모습을 보게 될 줄은 몰랐소이다. 북방 전선은 벌써 평정되었소?"

그 말에 장인걸은 고개를 조아리며 대답했다.

"신이, 양지에 장군에게 맡겼사오니 그가 잘해 낼 것이옵니다. 그건 그렇고, 폐하. 이번에 남방 전선에서 무림인들이 출몰했다고 들었는데, 폐하께서는 그 사실을 들으셨는지요."

그 말에 황제의 안색이 흐려졌다.

"물론이오. 적들과 대치하고 있는 대원수가 심란해 할까 봐 짐이 연락하지 말라고 했었으나, 얼마 전 황궁에도 무림인들로 의심되는 무리들이 침입한 적이 있었소."

그 순간 장인걸의 눈이 번쩍 하고 날카롭게 빛났다.

〈환영비마(幻影飛魔) 장로.〉

장인걸의 전음에 굵직굵직한 사내다운 전음이 화답해 왔다. 그가 바로 장인걸이 황제를 호위하기 위해 천마혈검대 40명과 함께 남겨 뒀던 구양운(丘陽雲) 장로였다.

〈옛, 교주님.〉

〈어떻게 된 일인가 설명해 보게.〉

〈예, 약 1백여 명의 무림인들이 습격해 온 적이 있습니다. 모두들 대단히 무공이 뛰어난 자들이었는데, 그들이 사용하는 검술로 보아 종남파의 고수들이 아닌가 사료됩니다.〉

그 보고에 장인걸의 눈썹이 꿈틀거렸다.

〈종남파라고? 이런 썩을 놈들을 봤나.〉

장인걸은 생각을 굳힌 듯 황제에게 말했다.

"아무래도 무림맹이 참전을 결의한 것이 확실한 모양이옵니다, 폐하."

"무림맹? 무림맹이 무엇이오? 대원수."

황제가 무림에 대해 아무것도 모르는 것 같자, 장인걸은 무림에 대해 설명하기 시작했다.

"현재 무림에 활동하는 고수는 크게 두 파로 나누어지옵니다. 사파와 정파가 그것이지요."

그러면서 장인걸은 황제에게 무림의 역사부터 시작해서 현재의 세력 판도에 이르기까지 간략하게 설명했다.

"그런 상황에서 정파의 연합이라고 할 수 있는 무림맹이 본국과의 전쟁을 선포한 모양이옵니다."

"허어, 참. 경의 말을 들어보면 무림맹이라는 것의 세력도 대단한 모양인데, 그들이 적이 되다니 참 안타까운 일이로고. 그래, 경은 이 일을 어떻게 처리하는 것이 옳다고 보시오?"

"본국을 적대하면 어떻게 되는지 본때를 보이는 것이 옳을 듯하옵니다."

장인걸의 말을 이해하기 어렵다는 듯 황제는 어리둥절한 표정으로 물었다.

"그들을 모두 잡아다가 목을 베자는 말이오? 그들의 무공이 뛰어나다면 모두 잡아들인다는 것은 아주 어려울 텐데……."
"그것이 아니옵고, 정파에 소속된 거대 문파들의 상당수는 북쪽에 자리 잡고 있나이다. 즉, 폐하의 영토 안에 있다는 말입니다. 군사들을 파견하여 그들을 응징하고, 그 식솔들을 인질로 잡는다면 무림맹은 산산조각이 날 것이옵니다."
그 말에 황제는 무릎을 탁 치며 감탄했다.
"호오, 그것 참 기가 막힌 의견이로다. 그대로 시행하도록 하시오."
"예, 폐하."

황제와의 회담이 끝난 후 장인걸은 재빨리 자신이 이끄는 부대로 돌아갔다. 장인걸이 돌아온 후, 60만 대군은 크게 두 개로 나뉘었다. 50만은 양양성 방면에서 후퇴해 오고 있는 무안 대장군의 병력과 합류하기 위해 남쪽으로 이동하기 시작했다. 그리고 장인걸이 직접 이끄는 10만은 무림의 각 방파들을 파괴하기 위해 흩어졌던 것이다.
10만 대군 중에서 가장 빠른 속도로 이동하기 시작한 것은 장인걸이 직접 이끄는 1천 기의 기마대였다. 그들은 목적지가 워낙 멀다 보니 길을 서두르고 있는 것이다.
그들의 목표는 서안 인근에 있는 검의 명가 종남파였다. 서안까지 가려면 정주와 낙양을 거쳐 머나먼 길을 달려가야 한다. 그렇다 보니 길을 서두르는 것이다.
장인걸이 왜 직접 종남파를 택했는가 하면 그들이 황제를 시해하기 위해 황궁에 침입했다는 혐의가 있었기에 그 죄를 물어 철저하게 파괴해 버릴 필요성이 있기 때문이었다.

공공대사는 도망치는 마교도들을 따라 몸을 날리려는 소림승들을 불러 세웠다.
"멈추거라!"
"무슨 일이십니까? 사숙."
공공대사의 행색은 묵향의 가공할 만한 공격을 받아 엉망진창이 된 상태였다. 소림의 전설이라 할 수 있는 연대구품(蓮帶九品)의 최상승신법을 펼치고도 상대의 공격을 모두 피해 내지 못한 탓이었다. 만약 그가 금강불괴신공을 대성하지 못했다면 지금쯤 극심한 부상을 당한 쪽은 초류빈이 아니라 공공대사 자신일지도 몰랐다.

공공대사가 진기를 끊자 그의 몸에서 뿜어 나오던 황금빛 광채가 서서히 사라졌다. 평상시의 모습으로 돌아온 후, 잠시 말없이 서 있던 공공대사는 믿어지지 않는다는 듯한 표정으로 질문을 던졌다.
"대정 사질, 그들이 과연 마교도가 맞기는 맞는 것인가?"
그 물음에 대정선사는 아연한 표정으로 대꾸했다.
"그자들 본인의 입으로 말했지 않습니까? 마교의 교주와 부교주라고 말입니다."
공공대사는 도무지 알 수 없다는 듯 하늘을 바라보며 탄식을 터뜨렸다.
"어찌 마교의 교주라는 자가 사용하는 무공이 도가에서 전해 내려오는 전설상의 절기들이요, 부교주라는 자는 악독한 살수를 쓰지 못하고 시종 방어에만 일관하다가 무너진 것인가? 도무지 이해할 수가 없도다. 아미타불……."

그 말에 대정선사는 어이없다는 듯 말했다.

"사숙, 그건 또 무슨 말씀이십니까? 초류빈이라는 시주의 무공은 그야말로 공포스러울 지경이었는데 말입니다."

공공대사는 모여 있는 소림승들을 하나하나 살펴봤다. 대정선사가 거느리고 온 승려들은 정확히 152명. 하나같이 뛰어나지 않은 무승들이 없었다.

아무리 초류빈이 화경에 도달한 막강한 고수라고 하지만 그 혼자서 감당하기에는 벅찬 수라고 할 수 있었다. 하지만 화경의 고수가 그들 중 단 한 명에게도 중상을 입히지 못했다는 것은 말이 안 되는 사실이었다.

묵향이 공공대사와 싸우면서 지속적으로 초류빈의 안위를 살폈듯, 그것은 공공대사도 마찬가지였다. 그는 초류빈이 승려들을 상대함에 있어서 지독한 살수는 일부러 피했고, 또 결정타를 날릴 수 있는 상황이 수십 번이나 있었음에도 불구하고 단 한 번도 마지막 일격을 날리지 않았음을 잘 알고 있었다.

"화경에 이르는 고수와 싸우고 단 한 명도 중상을 당하지 않았음을 사질은 어찌 생각하는고?"

사숙의 말을 듣고 나서야 대정선사는 그 의미를 깨달을 수 있었다. 상대가 아무리 강력한 화경의 고수라도 싸우다 보면 결국에는 승리를 거둘 수 있을지도 모른다. 다수가 한 명을 족치는 데 있어서 최강이라는 나한진법을 익힌 소림승들이니 말이다. 하지만 지금과 같이 단 한 명도 부상당하지 않고 성공할 수 있을 리가 없었다. 그것을 잘 알고 있는 대정선사였기에 사숙의 말에 대답을 할 수가 없었다.

"그의 마음이 순후하여 살수를 펼치지 않았음이야. 그리고 그 덕분에 노납도 목숨을 건졌고 말일세."

"예? 그건 무슨 말씀이십니까?"

대정선사가 봤을 때, 교주와 사숙은 거의 대등한 대결을 펼치고 있었다. 그러다가 초류빈이 부상을 당하자 교주는 황급히 그를 구출해서 탈출한 것이 아니었던가.

"사질이 봤을 때, 대등하게 비쳤을지 모르나 그와 노납의 사이에는 종이 몇 장 정도의 간격일지라도 엄연히 실력 차가 존재했다네. 그대로 계속 싸웠다면 결국에 가서는 노납이 쓰러졌을 가능성이 크다는 것이지."

대정선사는 놀랍다는 듯 질문을 던졌다.

"그 마물(魔物)이 그토록 강하다는 말씀이십니까?"

하지만 공공대사는 사질의 질문에는 대답도 하지 않고 한동안 생각에 잠겼다. 이윽고 그는 한숨을 내쉬며 중얼거렸다.

"수하를 그토록 아끼는 마교의 교주라. 허어, 어찌하여 부처님께서는 그런 자에게 정도(政道)가 아닌 마도(魔道)의 길을 걷게 하셨을꼬."

사실 자신과 비슷한 등급의 고수와 겨루다가 몸을 뺀다는 것이 말처럼 쉬운 일은 아니었다. 하지만 묵향은 그걸 해냈다.

갑작스럽게 무지막지한 공격을 억수같이 퍼부어 공공대사를 뒤로 밀어 버린 후, 재빨리 뒤로 돌아서서 부상당한 초류빈을 들고

튀었던 것이다.

 만약 그때 공공대사가 그 틈을 노려 역공을 가해 왔다면 큰 피해를 당할 수도 있는 상황이었다. 하지만 그런 일은 일어나지 않았다. 왜냐하면 마교도라는 자들이 인간이기를 거부할 정도로 비정한 자들이라고 굳게 믿고 있었던 공공대사였기에, 그런 일이 일어날 것이라고는 전혀 예상조차 하지 못했기 때문이다.

 보다 뛰어난 실력을 지닌 자를 상대로 승리를 쟁취할 수 있는 기회는 단 한 번. 그때뿐이었다. 하지만 막상 그 기회를 놓치고 나니, 다 잡은 물고기를 놓친 것 같은 기분에 공공대사는 묵향이 사라진 곳을 향해 아쉬움이 가득 배인 눈길을 던질 수밖에 없었다.

 이윽고 공공대사는 나직이 불호를 외며 뒤로 몸을 돌렸다. 이제서야 사질을 자세히 관찰할 여유를 가지게 된 공공대사는 뭔가 오늘 아침과 다르다는 것을 느꼈다. 사질의 얼굴이 이렇게 나이 들어 보였었던가? 그것 참 이상한 일이었다.

 "그러고 보니 자네도 많이 늙었……."

 여기까지 말한 공공대사는 뭔가 이상함을 느끼고 다시 한 번 주위에 포진하고 있는 승려들을 둘러봤다. 모두들 낯선 인물들이었다. 그것참 아무리 생각해도 모를 일이었다.

 소림에는 수많은 승려들이 있다. 그중에는 무승도 있고, 불법에만 정진하는 선승(禪僧)도 있다. 그들을 모두 다 공공대사가 알 수는 없는 노릇이었지만, 이처럼 뛰어난 실력을 지닌 인물들이라면 얘기가 달라진다.

 그렇다면 이유는 단 한 가지. 무슨 이유에선지 모르지만 자신이 기억하지 못하는 상당한 시간차가 존재한다는 말일 것이다.

그의 기억에 따르면 자신은 오늘 아침까지만 해도 연공실에서 수련에 여념이 없었다. 그런데 지금 이곳은 어디라는 말인가? 너무나도 낯선 지형과 지물들이 주위를 둘러싸고 있어 이곳이 결코 소림 인근이 아님을 말해 주고 있었다.

거기다가 오늘 아침까지만 해도 뜨거운 햇살이 쏟아지는 한여름이었지 않은가. 그런데, 왜 이렇듯 선선한 계절로 바뀌어 있다는 말인가.

왜 마교의 교주, 부교주와 자신들이 싸우게 되었을까?

그리고 눈앞에 보이는 이 엄청난 무위를 지닌 소림의 정예들이 왜 여기에 있다는 말인가. 개개인의 실력으로 보아 모두들 소림 내에서도 손꼽히는 강자들일 것이다. 그런데 왜 그들이 모두 소림을 떠나 이곳에 모여 있단 말인가. 그리고 왜 자신은 그들을 따라 이곳에 와 있을까? 아무리 생각해도 공공대사는 그 이유를 알 수가 없었다.

"이보게."

"예, 사숙."

공공대사는 대정선사의 눈을 가만히 바라보며 입을 열었다.

"자네, 노납에게 뭔가 할 말이 없는가?"

그제서야 대정선사는 공공대사가 정신을 차린 것이 마냥 기뻐할 일은 아님을 깨달았다.

"저…, 사숙. 그, 그것은……."

"솔직히 말해 보게. 자네가 말해 주지 않는다면 노납이 직접 여기저기 물어보고 다닐 것이야."

공공대사의 엄포에 대정선사는 한숨을 내쉬며 이실직고할 수밖에 없었다. 아무리 숨겨도, 또 아무리 세월이 흐른다고 해도 세상 사람들은 만사불황을 기억할 것이다.

그만큼 엽기적인 삶을 살고 있는 소림의 무승이었으니 말이다. 거기에다가 세상에 퍼진 얘기들은 한 다리 걸치면서 더욱 살이 보태지고 부풀려져 있었다. 그런 얘기를 들으면 사숙께서 얼마나 상처를 받겠는가. 그럴 바에는 차라리 자신이 직접 얘기해 주는 것이 좋을 것이다. 물론 정확하게 그대로가 아니라 조금 축소된 형태로 말이다.

대정선사로부터 자신의 잊혀진 과거사에 대한 얘기를 듣는 공공대사의 눈길은 예상외로 아주 침착하기 그지없었다. 그런데 오히려 그 점이 대정선사를 안심시켰다. 혹시 절망감에 자살이라도 하지 않으실까 하는 두려움에서는 벗어날 수 있었으니 말이다.

이야기를 다 들은 공공대사는 무심한 어조로 중얼거렸다.

"그랬었는가?"

"예, 세상에는 이런저런 소문들이 많이 퍼져 있습니다. 원래 추악한 소문이라는 것이 한 사람씩 건너뛰면서 더욱 살이 붙지 않습니까? 그렇다 보니 더욱 부풀려져 있습니다. 혹시 제가 드린 말씀 외에 딴 것이 있더라도 이해하시고 넘어가시면 되겠습니다."

공공대사는 허탈한 듯 공허한 웃음을 터뜨렸다. 너무나도 어이가 없었다. 자신이 기억하지 못하는 일을 가지고 반성을 하거나 사과할 수 있을까? 반성이라는 것도 자의적으로 저질러 놓고는 다시는 그 일을 하지 않겠다고 다짐하는 것이 아닌가. 처음부터 할 마음도 없었고, 또 저지른 기억도 없는데 뭘 반성할 것이 있단 말인가?

"허허허…, 이런 일이 있을 수 있다니. 물론 과거에 있었던 일을 변명하고 넘어가자면 넘어갈 수도 있는 일이겠지. 내가 그 일을 기억하지 못하니, 만사불황이라는 인물과 노납이 별개의 인물이라 자위하며 살아갈 수도 있음이야. 하지만 그럴 수는 없는 일인 게지. 이것도 다 무공에 대한 부질없는 욕망을 끊어 버리지 못하고 한없이 파고든 노납에게 부처님께서 내리신 징벌이리니."

공공대사의 말에 대정선사는 기겁해서 외쳤다.

"사, 사숙. 그렇게까지 생각하실 필요는……."

하지만 공공대사는 단호한 어조로 대정선사의 말을 잘랐다.

"더 이상 긴 말은 필요 없느니라. 먼저 소림으로 가자. 가서 방장님께……. 참, 방장직은 아직도 공지 사형께서 맡고 계시느냐?"

"아닙니다. 지금은 대덕(德良) 사제가 맡고 계십니다."

"그러신가……."

공공대사는 태연한 신색으로 대꾸했지만, 그 마음이 결코 편할 수는 없었다. 장문인이 바뀌었음은 자신이 기억을 잃은 동안 흘러간 세월이 결코 짧지 않다는 것을 단적으로 증명해 주고 있는 것이다. 그토록 오랜 세월 동안 제정신이 아니었다는 것이 더욱 공공대사를 슬프게 했다.

"자, 앞장 서거라. 돌아가자꾸나."

소림으로 돌아가는 공공대사의 뒷모습은 마교 교주와 싸우며 엄청난 무위를 자랑하던 그의 모습과 달리 너무나도 초라한 것이었다.

묵향은 안전한 지역까지 도망친 이후에야 초류빈을 내려놓으며 말했다.

"이런 젠장, 괜찮아?"

초류빈의 상처는 매우 깊었지만, 지혈을 해 놓은 상태였기에 출혈은 거의 없었다. 수십 명이 넘는 소림승들에게 속된 말로 다구리를 당한 것을 생각한다면 기적적으로 목숨은 건진 것이다. 물론 이것도 다 묵향이라는 희대의 고수가 그를 도왔기에 가능했던 일이었지만 말이다.

초류빈은 고통에 헐떡거리며 중얼거렸다.

"괘, 괜찮습니다."

오히려 그것이 더욱 얄미웠는지 묵향은 신음성을 흘리고 있는 초류빈의 머리통을 호되게 후려갈기며 외쳤다.

"망할 녀석! 내가 그래서 인정사정 봐주지 말고 도륙 내라고 했잖아. 네놈 주제에 어쭙잖게 봐주면서 그놈들을 상대할 수 있다고 생각했냐?"

말은 그렇게 했지만 묵향은 초류빈의 품속을 슬그머니 뒤져서 금창약을 꺼내어 상처에 발라 줬다. 자만심이 극에 달한 묵향의 경우 금창약 따위는 아예 가지고 다니지도 않았기 때문이다.

초류빈에게 운기조식을 하라고 이른 다음, 묵향은 그 옆에 주저앉았다. 아무리 뛰어난 고수라도 운기조식 중에는 취약한 법이다. 그렇기에 묵향은 초류빈이 안심하고 운기조식을 할 수 있도록 호법을 서 주는 것이다.

어두운 밤하늘 사이로 공공대사의 움직임이 환영처럼 스쳐 지나가고 있다. 불가사의할 정도로 빠른 신법, 소림이 말하는 연대구품이라는 초상승 절학이다. 그리고 그 화려한 움직임과 함께 터져 나오는 소림의 무학들. 그 하나하나가 아무리 약한 것이라고 하더라도 일격에 바위를 꿰뚫을 정도로 막강한 위력을 지니고 있었다.

"땡초들의 무학이 그 정도였던가……. 그놈들이 무림의 태두라고 불리는 것도 다 이유가 있었군."

묵향은 씁쓸한 시선으로 초류빈을 힐끗 바라본 후 중얼거렸다.

"당분간 이 빚을 갚기는 아주 어렵겠어. 물론 내가 혈랑대와 수라마참대를 이끌고 쳐들어간다면 못할 것도 없겠지."

곧이어 묵향은 결심을 굳혔다는 듯 주먹을 세차게 불끈 쥐며 중얼거렸다.

"오냐, 나중에 장인걸을 끝장낸 후에 그다음 목표는 소림이다. 아예 무공을 익힐 엄두가 안 나도록 싹 쓸어주겠다. 땡중이면 땡중답게 주야로 불경이나 읽고 있을 것이지, 감히 무공을 익혀? 그래, 나중에 두고 보자."

초류빈이 운기조식을 통해 어느 정도 기력을 회복하자 묵향은 초류빈을 이끌고 산서성에 마련해 놓은 비밀 분타로 이동했다.

"이곳에서 몸을 추스른 후, 총타로 돌아가라."

묵향의 지시에 초류빈은 궁금하다는 듯 반문했다.

"교주님께서는 어떻게 하실 겁니까?"

"내 걱정은 하지 말고 네놈이나 빨리 회복할 궁리나 해라. 장인걸과의 접전이 시작되면 네놈이 필요해질 테니까 말이야."

말투는 투박했지만 묵향의 눈동자는 초류빈에 대한 걱정을 담고 있었다. 그걸 느낀 초류빈은 씩 미소 지으며 대답했다.

"알겠습니다."

묵향은 밖으로 나오며 산서 분타주에게 물었다.
"요즘 양양성 쪽의 전황은 어떻다고 하던가?"
그 말에 분타주는 고개를 조아리며 당황스러운 어조로 대답했다. 그도 그럴 것이 이곳은 아직 제대로 된 전투 세력을 보유한 분타가 아니었다. 그런 만큼 이곳에서 정보를 취합하여 총타로 보내는 것은 몰라도, 중앙에서 이쪽으로 정보를 넘겨 줄 이유가 없었다. 그렇기에 그는 중원의 전체적인 판도에 대해서 거의 깡통이나 다름없었던 것이다.
"저, 그게…, 들리는 소문으로는 양양성 인근에서 금의 대군과 접전을 벌이고 있다고 합니다. 그리고……."
묵향은 차가운 어조로 산서 분타주의 말을 끊었다.
"됐네. 본좌가 괜한 것을 물어봤구먼. 이곳의 공사 진행은 어떤가?"
분타주는 이번 질문에는 신들린 듯한 어조로 자신감 있게 대답했다.
"옛, 공사는 거의 마무리 단계로 들어섰습니다. 길게 잡아도 2개월 내에는 본교의 고수들을 머물게 할 수 있을 것입니다."
묵향은 흡족한 듯 치하했다.
"아주 수고가 많았군."
"황송합니다, 교주님."
산서성 비밀 분타를 나선 묵향은 문득 만통음제가 만나고 싶었다. 만통음제를 만나기 위해 개봉 쪽으로 방향을 잡는다고 해 봐야 그렇게 많이 돌아가는 길은 아니었다. 거기에다가 혹시 누가 아는가? 형님을 꼬셔서 같이 갈 수 있을지 말이다.

물론 묵향은 만통음제의 본거지가 어딘지 모른다. 하지만 그의 수제자인 냉파천의 거처가 어딘지는 알고 있다. 냉파천에게 물어보면 만통음제가 있는 곳을 가르쳐 줄 것이 아닌가. 그렇기에 묵향은 냉파천이 살고 있는 장원을 향해 몸을 날렸다.

숭산의 소실봉 중턱에 위치한 소림사는 수많은 크고 작은 건물들로 이루어져 있다. 무려 8천 명에 이르는 수많은 승려들이 거주하는 곳인 만큼 그 규모 또한 범인의 상상을 초월할 정도다.
그중에서도 소림승들이 가장 소중히 관리하는 건물들은 몇 개로 압축된다. 소림사의 장문인이 기거하는 방장실(方丈室), 귀중한 불교의 경전들과 무공비급을 보관하는 장경각(藏經閣), 선대 고승들의 유골과 유품을 모아 놓은 조사전(祖師殿), 무승들에 비해 상대적으로 취약한 선승(禪僧)들이 불법을 수도하는 계지원(戒持院)이 그것이다.
특히나 방장실의 경우 팔대호원(八大護院)을 두어 외부의 침입으로부터 완벽하게 보호하고 있었다. 그토록 삼엄하게 보호되고 있는 방장실에 지금 통보도 하지 않은 방문객이 들어왔다.
"누, 누구?"
문이 열리며 들어서는 갑작스런 인기척에 장문인은 소스라치게 놀랐다. 이 순간 수많은 세월을 불법에 정진하여 쌓아온 평정심도 소용이 없었다. 여기가 어딘데 외인이 갑작스레 들어올 수 있다는 말인가?
더군다나 침입자의 얼굴을 확인하는 순간 장문인은 하마터면 심장이 멎어 버릴 뻔했다. 어떻게 저 얼굴을 잊을 수 있다는 말인가?

한때 소림의 자랑이었다가, 우환덩어리로 전락해 버린 승려를 말이다.

그 순간 장문인의 뇌리에는 만사불황을 없애 버리겠다며 소림사를 나선 대정 사형의 모습이 떠올랐다. 그는 소림 최고의 정예들이라고 할 수 있는 12금강과 32수좌승 그리고 108나한까지 거느리고 길을 나섰다. 그 덕분에 지금 팔대호원의 핵심 전력이라고 할 수 있는 32수좌승은 모두 자리를 비운 상태였다. 아마도 그 때문에 그가 별 어려움 없이 이곳에 들어왔겠지만 말이다.

'그렇다면 그들 모두가 죽었다는 말인가?'

눈앞이 캄캄해지는 것 같다. 대정 사형과 함께 간 그들이 누구인가. 108나한은 나한전의, 12금강은 장생전의, 그리고 32수좌승은 팔대호원의 핵심 전력이었다. 그들 모두가 만사불황에게 목숨을 잃었다면 소림의 위명은 이제 끝장난 거나 다름없었다.

"아, 아미타불……. 어, 어떻게 이곳에 오셨소이까?"

다리에 힘이 빠져 일어설 수도 없었다. 그런데 갑자기 만사불황이 무너지듯 꿇어앉으며 오체복지를 하는 것이 아닌가? 그 순간 장문인은 정신이 하나도 없었다. 그가 왜 갑자기 오체복지를? 이때 만사불황에 가려 있던 또 다른 인물이 장문인의 눈에 들어왔다. 그는 바로 대정 사형이었다.

대정선사는 장문인이 멍하니 자신을 바라보자 그 심정을 십분 이해한다는 듯 살짝 고개를 끄덕였다. 대정선사의 인자한 눈매는 슬픔으로 가득 차 있었다.

"사, 사숙께서 정신을 차리신 겁니까?"

공공대사는 오체복지한 채 장중한 어조로 말했다.

"소림 제자 공공, 오랜 방황을 끝내고 소림에 돌아왔음을 방장께 고하는 바입니다. 그동안 큰 심려를 끼쳐 드린 점 너무나도 송구스럽기 그지없습니다."

아직까지도 장문인은 작금의 상황이 도무지 현실 같지 않은지 멍한 상태였다.

"그동안 쌓은 죄업을 참회하기 위해 참회동(懺悔洞)에 들고자 합니다."

그 말에 장문인은 화들짝 놀랐다. 그가 쌓은 죄업이 크다는 점은 장문인도 잘 알고 있었다. 하지만 공공 사숙이 누구인가? 현존하는 소림 최강의 고수가 아닌가. 그가 말썽을 일으킬 때라면 몰라도 정신을 차렸다면 얘기가 달라진다. 지금처럼 세상이 뒤숭숭할 때 그의 존재가 소림에 얼마나 큰 힘이 되겠는가. 그런 그를 참회동에서 썩게 만들 수는 없었다.

"사, 사숙, 모르고 한 죄는 죄가 아니라고 하였지 않습니까? 그러니."

공공대사는 장문인의 말꼬리를 잘라 버리며 말했다.

"아무리 기억에 없다고 하나, 빈승이 쌓은 업보는 그대로 남아 있는 것. 빈승이 그 사실을 몰랐다면 모르되 알고도 참회하지 않을 수 없는 일이지 않겠습니까? 더 이상 빈승을 잡지 마시기를 간청드립니다. 그럼, 빈승은 물러가겠습니다."

장문인에게는 한 가지 과제가 사라지고 또 다른 과제가 남겨진 셈이었다. 어제까지만 해도 제발 세상에서 사라져 줬으면 하던 인물이 이제는 더없이 소중한 인물이 된 것이다. 화경급 고수……. 지고한 경지를 개척한 인물이 문파에 존재하느냐 그렇지 않느냐에 따라 그 위상이 달라지게 된다.

"후우, 사숙 어르신을 저리 보낼 수는 없는데, 어떻게 방법이 없겠습니까?"

대정선사라고 해서 딱히 방법이 있는 것은 아니었다. 오히려 그로서는 여기까지 오면서 공공 사숙의 결심이 얼마나 굳은 것인지 너무나 잘 알고 있다는 것이 더욱 문제였다.

"사숙께서는 아마도 참회동에서 생을 마감하시려는 듯하더군요."

그 말에 장문인은 기겁하지 않을 수 없었다.

"예? 마, 마감한다고 하셨습니까?"

그 말에 대정선사는 씁쓸한 표정으로 고개를 주억거리며 대답했다.

"예, 참으로 안타까운 일입니다. 본사가 최초로 배출한 현경의 고수를 그렇게 잃어야 한다는 것이 말입니다."

그 말에 장문인은 기절하기 직전까지 몰렸다.

"뭐, 뭐라고요? 혀, 현경이라고요?"

"예, 지금까지 현경의 고수라고 알려진 마교 교주와 거의 대등하게 싸우셨습니다. 아마도 정신을 차리시면서 무공은 더욱 진보하신 듯하더군요. 그분께서 그토록 소원하시던 현경에 들었으되 수많은 업보를 쌓으셨으니 참으로 부처님의 오묘한 뜻은 알 길이 없습니다."

마교 교주와 대등하게 싸울 수 있다니……. 수틀린다고 화산파를 멸문시킨 자가 바로 마교 교주였다. 아무리 소림의 저력이 막강하다고 하지만, 힘만을 숭상하는 거대 문파 마교와 쌍벽을 이룰 수는 없었다. 하지만 공공 사숙께서 함께 한다면 그게 가능해질 수도 있었다. 거기까지 생각이 미친 장문인은 화들짝 자리에서 일어서며 외쳤다.

"무슨 일이 있더라도 그분께서 자진하시는 것만은 말려야 합니다. 속히 그리로 가시죠."

"예."

대정선사는 즉시 고개를 조아리며 장문인의 뒤를 따라 달려갔다.

개방도의 작당 모의

묵향은 관도를 따라 최대한 빨리 이동해서 한때 대 송제국의 수도였던 개봉에 도착할 수 있었다. 개봉의 모습은 많이 달라져 있었다. 한때 호화찬란한 황궁이 들어서 있던 곳은 모조리 불타 버려 이제는 폐허만이 남아 있었고, 수많은 사람들로 북적거리던 번화한 거리는 사람이라고는 거의 없는 을씨년스러운 모습으로 바뀌어 있었다.

"허어, 놀라운 일이로구나. 천년의 영화를 자랑할 것만 같았던 중경(中京)이 이렇듯 폐허로 변해 버리다니……."

묵향이 아무리 주위를 둘러봐도 금군 병사는 단 한 명도 보이지 않았다. 도성을 함락시켰으면 하다못해 몇 명이라도 남아 있어야 하는 것이 아닌가? 묵향이 이리저리 주위를 둘러보며 가고 있을 때, 그의 눈에 개방도의 모습이 눈에 띄었다.

지금껏 여럿 봤었던 거지와 행색은 똑같았지만, 그 눈동자는 큰 차이가 있었다. 게슴츠레 살짝 눈을 감으며 나른한 듯 하품을 하고 있었지만, 살짝살짝 보이는 불타는 듯 번쩍이는 그의 안광은 내가 무공을 깊은 수준까지 익혔음을 보여 주고 있었다.

묵향은 슬그머니 늙은 거지에게 다가가 동전푼을 던져 주며 질문을 던졌다.

"이보시오, 여기 있던 금군들은 다 어디 갔소?"

늙은 거지는 게슴츠레한 눈으로 동전을 힐끗 바라본 후 나른한 표정으로 대꾸했다.

"낙양을 치기 위해 이동했습죠."

"그런가? 이곳에는 한 명도 주둔시키지 않고?"

"폐허가 되어 버린 도성 따위 무슨 필요가 있다고 미련을 가지겠소? 모든 보물들을 약탈해서 연경으로 보내 버린 후, 낙양으로 갔습죠."

딴에는 그럴 수도 있다고 생각한 묵향은 고개를 주억거렸다.

"양양성의 전투는 어떻게 되었소?"

"물론 아직도 열심히 싸우는 중입죠. 그런데 그런 것을 왜 저 같은 늙은 거지에게 물으시는 겁니까? 그런 거는 아무나 잡고 물어보면 되는데……."

묵향은 씨익 미소 지으며 대답했다.

"당신한테 물어보지 않으면 누구한테 물어보겠소? 여기 와서 처음 보는 개방도인데 말씀이야."

그 말에 늙은 거지는 바짝 긴장한 눈치였다. 하지만 묵향은 그런 것은 개의치 않고 질문을 마저 던졌다.

개방도의 작당 모의

"개봉에서 개방이 완전히 철수했나? 왜 이렇게 거지들이 안 보이지? 하나 찾는다고 한참을 돌아다녔잖아."

"그, 그건 대답해 줄 수 없소."

그 말에 묵향의 안색이 싸늘하게 굳어지기 시작했다.

"대답해 주는 게 신상에 좋을 텐데?"

그 누가 있어서 자신이 개방도임을 뻔히 알면서 이토록 핍박을 가한다는 말인가? 이것은 분명 무림 최대의 방파라고 할 수 있는 개방쯤은 물로 봐야 가능한 일이었다. 늙은 거지의 눈이 묵향의 얼굴에 자세히 머물렀다. 그 순간 그는 상대의 얼굴이 꽤나 눈에 익다는 생각이 들었다. 이때, 거지의 뇌리에 번쩍 떠오르는 생각이 있었다. 수많은 거지들을 학대한 개방의 적!

"허억! 다, 당신은 서, 설마 암흑마제?"

뒤로 넘어갈 듯한 늙은 거지의 반응에 묵향은 약간 쑥스러운 듯 대꾸했다.

"본좌가 그렇게 유명했었나? 하기야 지금까지 때려잡은 개방도만 몇 명인지 기억도 안 나는군. 자네도 그 안에 포함되지 말고 그냥 실토하는 게 어때?"

두려움에 질려 떨리는 목소리이기는 했지만 거지는 단호하게 대답했다.

"그, 그럴 수는 없소."

"젠장, 이러고 싶지는 않았는데……. 너 일루 와 봐."

묵향은 개방도의 멱살을 잡아 질질 끌고 골목 안으로 들어갔다. 끌려 들어가면서도 개방의 늙은 거지는 사력을 다해 반항했다. 물론 이미 점혈을 당한 상태라서 몸으로 저항할 수는 없었겠지만, 그의 입은 아직 살아 있었다.
"무림맹과 협정서를 주고받은 상태에서 이럴 수가 있소? 개방도를 건드린 것이 알려지면 무림맹이 가만히 있지 않을 거요."
묵향은 늙은 거지의 말에 피식 웃으며 이죽거렸다.
"본좌가 언제 그런 거 겁내고 살았는 줄 알아? 그리고 협정까지 주고받은 상태에서 정보를 숨기는 것은 협정 위반 아닌 줄 알아? 서로가 피장파장이야. 알겠어?"
"그, 그건 억지요."
"억지인지 아닌지는 조금 지나보면 알 거야. 크흐흐훗."
잠시 후 골목길 안에서는 사람 잡는 비명 소리가 구슬프게 흘러나오기 시작했다.

2각 정도가 흐른 후, 묵향은 손을 탈탈 털면서 골목 안에서 느긋한 걸음걸이로 걸어 나왔다.
"허엇, 참. 처음부터 얘기해 줬으면 그런 꼴은 안 당했을 거 아냐? 멍청한 놈! 그래도 머리가 좀 돌아가는 놈이었다면 본좌가 누군지 알아챔과 동시에 몽땅 다 불었을 텐데, 어찌 그리도 사서 매를 버는지 원……."
개방의 늙은 거지를 족친 결과 묵향은 자신이 궁금하게 여기고 있었던 것들을 모두 다 알아낼 수 있었다. 그 개방도는 제법 높은 지위를 차지하고 있었던 듯, 상당히 깊은 수준의 정보까지 알고 있었던 것이다.
"자, 이제는 형님을 만나러 가는 일만 남았군."

개방의 작당 모의

묵향은 과거의 기억을 더듬어 만통음제의 대제자인 냉파천이 기거하는 장원으로 찾아갔다. 고색창연한 장원의 겉모습은 변한 것이 하나도 없었다. 묵향은 만통음제를 만난다는 기쁨에 들떠 대문을 두들겼다.

"무슨 일이십니까요?"

문을 열던 하인은 묵향의 얼굴을 보자마자 바짝 얼어 버렸다. 그도 그럴 것이 묵향이 이곳에 와서 행패를 부린 것을 그 하인이 기억했기 때문이다. 자신의 주인을 개 패듯 패 놓은 자는 그때 처음 봤으니까 말이다.

"허억!"

기겁하는 하인에게 묵향은 말을 건넸다.

"자네 주인에게로 안내하게."

"예? 예."

엄청난 무공을 소유한 냉파천을 박살 내 놓은 상대니, 하인이 어떻게 할 수는 없는 노릇이었다. 그렇기에 하인은 순순히 냉파천에게로 그를 안내했다.

냉파천은 묵향이 왔음을 알고는 황급히 달려 나왔다. 그의 얼굴은 당혹스러움으로 가득 차 있었다. 그럴 수밖에 없는 것이 상대는 사숙이기에 앞서 마교 교주니까 말이다.

"무, 무슨 일로 오셨습니까? …사숙."

한참 후에 냉파천은 마지못해 사숙이라는 말을 덧붙였다. 그 소행이 괘씸하기는 했지만 묵향은 그냥 넘어가기로 했다. 좋은 일로 찾아와서 두들겨 패 버릴 수는 없는 노릇이니 말이다.

"형님을 만나려고 찾아왔다네. 어디에 계신가?"

"사부님께서는 양양성 쪽으로 출발하셨습니다. 그곳에서 패력검제 대협과 합류하실 거라고 하셨습니다."

"벌써 떠나 버렸다고? 에잉…, 한발 늦어 버렸군."

더 이상 냉파천에게 볼일은 없어진 셈이다. 묵향은 아무 말도 없이 돌아서서 몇 발자국 걸어가는 듯하더니 뭔가 할 말이 있는 듯 다시 되돌아왔다.

"이봐, 사질."

"예?"

묵향은 냉파천을 노려보며 으르렁거렸다.

"너 말이야. 앞으로 호칭 똑바로 안 하면 죽여 버릴 줄 알아. 알겠어?"

그 말에 냉파천은 등 뒤로 식은땀을 흘리며 재빨리 대답했다.

"옛."

그 말을 끝으로 묵향은 바람처럼 사라져 버렸다.

개봉성 외곽에는 수많은 거지들이 옹기종기 모여 있는 곳이 있다. 거지들의 거처가 그렇듯 그곳에 있는 건물들은 하나같이 허름하기 그지없었다. 바로 이곳이 북개방의 총타였다. 개방도의 숫자가 워낙 많았기에 개방은 효율적인 방도들의 통제를 위해 편의상 남, 북개방으로 나뉘어 있었지만, 모두들 한식구임에는 변함이 없었다.

요즘 개방도들은 매우 바쁜 생활을 하고 있었다. 엄청난 수의 금군이 몰려와 개봉을 약탈하고 지나간 지 채 몇 달 지나지도 않았다. 개방의 고수들도 황군들과 함께 그때 방어전을 펼쳤었기에 매우 피해가 컸었다. 그리고 전투가 끝난 후, 뒤처리할 일도 엄청나게 많았다. 그런 곳에 개방도들이 발 벗고 나서서 돕고 있었기에 묵향의 눈에 개방도들의 모습이 보이지 않았던 것이다.

묵향이 유유히 개봉성을 벗어나고 있을 때, 개방의 늙은 거지들이 건물들 중의 한곳에 모여 한창 회의에 열중하고 있었다.

"어찌 이럴 수가 있단 말입니까? 그놈을 계속 놔둘 겁니까?"

늙은 거지의 말에 또 다른 거지가 한숨을 푹 내쉬었다. 아무리 생각해도 방법이 없었기 때문일 것이다. 그 거지도 다른 거지와 같이 누더기를 입고 있었지만, 허리에 개방의 방주를 상징하는 아홉 개의 매듭이 지어져 있는 허리띠를 매고 있었다.

"파풍개(破風丐)의 용태는 어떻소?"

방주의 질문에 다른 거지가 재빨리 대답했다.

"다행히 생명에는 지장이 없는 모양입니다. 머리도 식힐 겸, 구걸도 할 겸, 볕을 쪼인다고 나갔던 그가 너무 오랫동안 오지 않는 것을 괴이하게 여긴 제자 하나가 그를 찾아 나서지 않았었다면 시체 하나 치울 뻔했습니다."

파풍개는 6결제자였다. 그런 만큼 그가 차지하고 있는 위치 또한 대단한 것이었고, 그 덕분에 그가 사라진 것도 빨리 눈치 챌 수 있었던 것이다.

"이번 소행도 그놈이 벌인 것이 확실하오?"

방주의 질문에 여기 있는 거지들 중에서 가장 살이 뒤룩뒤룩 찐 자가 노기를 참기 어렵다는 듯 다급히 대답했다. 바로 먹는 거라면 사죽을 못 쓰는 비육걸개(肥肉乞丐) 장로였다.

"방주님, 그건 안 봐도 뻔한 것 아니겠습니까? 그놈이 아니라면 어떤 간 큰 놈이 감히 본방의 제자를 걸레 짜듯 쥐어짠단 말씀이십니까?"

이때, 옆에 앉아 있던 거지 중 하나가 고개를 갸웃하며 중얼거렸다.

"허어, 참. 그거 알 수가 없는 노릇이네. 분명 마교에도 정보조직이 있거늘, 왜 궁금한 일이 있기만 하면 무조건 주위에 있는 개방도를 찾아 족치는지 이해를 할 수가 없구려."

그 말에 비육걸개 장로는 투실투실한 뺨에 감춰진 작은 눈알을 이리저리 굴리더니 퉁명스레 대꾸했다.

"이유야 뻔하지 않소? 그놈은 본방의 방도들을 족치는 것에 재미 붙인 것이 틀림없소. 그놈 손에 걸레가 된 제자만 벌써 5백 명을 넘어섰소이다."

바짝 마른 거지가 고개를 흔들며 반박했다.

"내 생각은 좀 다르오. 그자는 대부분의 경우 수하들을 거느리지 않고 단독 행동을 즐기고 있소."

그 말에 다른 거지들도 고개를 주억거리며 중얼거렸다.

"맞아요. 그렇다는 보고는 몇 번 받았소이다."

바짝 마른 거지는 자신의 허리에 매달린 호로병을 만지작거리며 말을 이었다. 아무래도 한잔하고는 싶은데, 회의 중이라서 못 마시다 보니 술이 가득 든 호로병이나 매만지는 것이다.

"상상을 해 보시오. 자신이 아주 뛰어난 고수라고 말이오. 그리고 부하들과 떨어져서 혼자 다니고 있소. 그러다가 덜컥 궁금한 일이 생긴단 말이오. 그때 당신네들 같으면 연락을 넣어 수하들을 불러들인 다음 그것을 물어보는 것이 빠르겠소? 아니면 널리고 널린 본방의 제자를 찾아 족치는 것이 빠르겠소?"

그 말에 모든 장로들은 놀라운 발견을 했다는 듯 고개를 끄덕였다. 맞다. 만약 자신이 강자라면 그렇게 했을 것이다. 그 편이 훨씬 편리하면서도 빠르니까. 사실, 그자처럼 개방이 지닌 힘을 아예 물로 보는 자들이 생각해 낼 법한 방법이었다. 수틀린다고 화산파도 하루아침에 멸문시키는 놈인데 힘없는 거지 한둘 족치는 것쯤이야 뭐 그리 큰일이겠는가.

"허어, 그렇다고 이대로 당하고만 있을 수만은 없지 않소이까?"

"취선개(醉腺丐) 장로. 그런 것까지 생각해 봤을 정도라면, 그 해결책도 생각해 두신 것이 있겠구려."

취선개는 주위를 쭉 둘러본 다음 말했다.

"그자는 현경과 맞먹는다는 탈마의 고수가 아니겠소? 무슨 짓을 해도 본방의 능력으로는 그놈을 없앨 수 없소. 본방의 식솔이 30만이나 된다고 하지만, 결정적으로 고수다운 고수가 너무나도 부족하기 때문이외다. 그렇다면 대답은 정해진 것이나 다름없소. 그놈이 물어보는 것은 뭐든지 아는 한도 내에서 친절히 가르쳐 주는 것 말이오."

그 말에 비육걸개 장로가 노성을 터뜨렸다.

"그건 말도 안 되오! 본방도 엄연히 정파의 기둥이란 말이오. 마교 교주 놈의 궁금증을 채워 줬다는 것이 외부에 알려지면 무슨 소리를 듣겠소이까?"

취선개 장로는 콧방귀를 뀌며 대꾸했다.

"쿵! 정파의 기둥이 부상자를 줄여 줍니까? 마교가 본격적으로 본방을 치고 들어온 것도 아니고, 마교 교주 혼자서 궁금한 거 몇 가지 물어보다가 생겨난 다툼이오. 처음부터 붙잡아 고문을 한 것도 아니고, 좋은 말로 질문을 던지다가 이쪽에서 불지 않으니 고문을 가하는 형식이오. 일이 끝난 후 증거 인멸을 위해 본방의 제자들을 죽이지도 않았소. 그런 사실을 가지고 그자를 처치하자고 무림공론을 일으킬 수 있을 것 같소? 젠장! 오히려 본방의 능력이 형편없음을 전 무림에 떠벌리는 것이나 마찬가지지."

취선개의 지적에 다른 장로들은 할 말이 없다는 듯 고개를 푹 숙였다. 사실, 그것 때문에 아직까지도 그놈을 응징하지 못하고 있었으니 말이다.

"거기에다가 지금은 무림맹과 마교가 협정까지 맺고 금과 공동전선을 형성하고 있는 상황이오. 그 누구도 그가 거지 몇 족쳤다고 마교와 싸우려고 하지는 않을 거란 말이오."

"그건 취선개 장로의 의견이 전적으로 옳소이다."

"놈을 못 잡을 바에는 차라리 부상자라도 줄이는 것이 현명한 처사가 아니겠소? 거기에다가 그렇게 하면 한 가지 부수적인 이익도 있소. 파풍개에게는 안된 일이었지만, 그가 당함으로 인해 우리들은 그놈이 개봉에 왔음을 알았소. 그리고 그가 뭘 궁금하게 여겼는지도 파풍개를 통해 알 수 있었소. 그걸 역으로 이용하면 매우 그럴듯한 정보가 되지 않겠소이까?"

개방 방주도 그럴듯하다고 느꼈는지 연신 고개를 끄덕거리며 말했다.

"호오, 그건 취선개 장로의 말이 백번 옳은 듯하오."

취선개는 호로병을 한 번 더 쓰다듬은 후 말했다.

"친절하게 놈에게 정보를 제공하면 놈은 본방의 방도들을 이용하는 데 재미를 붙일 수밖에 없을 거요. 최소한 과거보다는 더 자주 본방을 애용하게 되겠지요. 놈의 위치, 그리고 놈이 원하는 정보, 이 두 가지를 파악하면서 계속 놈의 행방을 추적하다 보면 어쩌면 기가 막힌 기회를 잡게 될지도 모른다 이겁니다. 그때는 무림맹이나 다른 문파의 손을 빌려서 복수할 수도 있지 않겠습니까?"

개방 방주는 취선개의 마지막 말에 무릎을 탁 치며 외쳤다.

"좋은 생각이오. 그대로 시행하도록 합시다."

이 회의가 끝났을 때쯤에 묵향은 자신도 모르게 천하에서 가장 방대한 정보 조직을 공짜로 거느리게 되었다. 물론 그게 나중에 화가 될지 복이 될지 아무도 알 수 없었지만…….

어울리지 않는 동행

요즘 매화검(梅花劍) 옥대진(玉大振)은 심사가 매우 불편한 상태였다. 그의 바로 곁에는 무림 최고의 재녀라는 4봉(四鳳) 중의 한 명이 착 달라붙어 아양을 떨고 있음에도 전혀 그의 심사는 나아지지 않고 있었다. 아니, 오히려 그녀가 더욱 그의 심사를 불편하게 만들고 있다고 봐야 했다.

화산 장문인인 현천검제의 비리를 폭로하며 자신의 명성을 떨치고자 했건만 그건 하나도 이루어지지 않았다. 오히려 일은 더욱 꼬여 들어 연인인 능비화(凌妃花)의 배경인 화산파만 박살이 나고 말았다.

야심이 큰 옥대진이 능비화를 꼬신 것은 그녀가 강호 후기지수들 중 최고라는 4봉의 일원이라는 점 외에도 화산파라는 든든한 배경을 지니고 있었기 때문이었다. 하지만 화산파가 사라진 지금,

옥대진에게 있어서 능비화가 지닌 가치는 날로 하락하고 있는 중이었다. 만약 그녀가 4봉만 아니었어도 화산파가 무너진 그 순간 옥대진은 능비화를 차 버렸을 것이다. 하지만 그녀는 아직까지 4봉이라는 희소성을 지니고 있었다.

'젠장! 4봉만 아니었어도…….'

하지만 그런 옥대진의 마음을 아는지 모르는지 능비화는 옥대진의 환심을 사기 위해 오늘도 노력하고 있는 중이었다. 사실, 사문도 없어진 지금 그녀에게 남은 것은 옥대진뿐이었으니 말이다.

"자네 무슨 생각을 그렇게 하고 있는 겐가?"

탁자의 맞은편에 앉아 있는 준수한 청년은 파양검(波楊劍) 황보룡(皇甫龍)이었다. 말을 걸었는데도 대꾸가 없어서 가만히 상대를 관찰해 보자 뭔가 딴 생각을 하고 있는 것이 아닌가. 자신의 배경도 옥대진에 못지않은 그였기에 짜증을 감추지 못하고 인상을 팍 일그러트렸다.

지금 객잔에는 옥대진을 비롯하여 7룡4봉에 속한 젊은 후기지수 다섯 명이 자리를 차지하고 앉아있었다. 그들은 모두 무림맹의 뜻을 좇아 양양성으로 가고 있는 중이었다. 상대는 금나라의 잡졸들이 아닌가. 그곳에서 한바탕 휘저어 주면 자신들의 명성이 팍팍 올라갈 것이다. 더욱이 잡졸들이 상대인 만큼 위험 부담도 적을 게 분명했다. 그런 만큼 이들은 한가로이 유람을 떠나는 기분으로 양양성을 향하고 있는 중이었던 것이다.

화들짝 정신을 차린 옥대진이 사과했다.

"으응? 아, 이런 내 정신 좀 보게. 죄송하게 되었소이다. 몇 가지 마음에 걸리는 일이 있어서……."

그 마음을 십분 이해한다는 듯 황보룡이 말했다.
"걱정 말게. 금의 세력이 아무리 강성하다고 하지만, 그들은 무공이라고는 익히지 않은 잡졸들이 아닌가."
황보룡의 말에 옥대진이 퉁명스럽게 반문했다.
"누가 금나라 잡졸들이 두렵다고 했소?"
이때, 상대의 뇌리를 스쳐 지나가는 것이 있었던지 황보룡은 능비화를 향해 정중하게 포권하며 말했다.
"이 황보룡의 생각이 얕았소이다. 능비화 소저의 처지를 생각하지 못한 점 정말 죄송하게 생각하오."
그런 다음 그는 옥대진에게로 시선을 돌리며 말했다.
"그곳에는 마교의 세력도 있다고 하던데, 그것 때문에 걱정인 게로군. 하지만 어쩌겠는가. 이번 일이 끝난 후에 그놈들에게 죗값을 물어도 늦지 않을 걸세. 군자의 복수는 10년이 흘러도 늦지 않는다고 하지 않던가."
'누가 그따위 것 걱정이나 한데? 이런 젠장! 처음부터 초미를 물었어야 했어. 초씨세가의 힘이 조금 미약하다고 하지만, 그 계집의 미모는 4봉 중에서 으뜸이지 않은가. 이런 덜떨어진 계집보다는 초미가 백배 나은데 말씀이야. 쩝, 바로 앞에 앉아서 얌전을 빼고 있는 당소진(唐素珍)도 나쁘지는 않군. 하지만 저 계집하고 결혼한다면 당가(唐家)에 데릴사위로 들어가야 한다는 게 영 마음에 안 든단 말씀이야.'
옥대진이 자신을 빤히 바라보고 있자 능비화는 얼굴을 살짝 붉히며 말했다.
"쑥스럽게…, 뭘 그렇게 바라보시나요?"

위기에 몰린 옥대진은 가증스럽게도 짐짓 부드러운 표정을 지어 보이며 느끼한 말로 응답했다.

"아니오. 너무나도 그대가 아름다워서 내가 잠시 실례를 했소."

그의 말이 너무나도 뻔뻔스러웠는지 앞에 앉아 있는 사람이 헛기침을 크게 터뜨리며 말했다.

"험험, 에잇 젠장. 이거 짝 없는 사람 서러워서 살겠는가."

바로 이때, 객잔 문이 활짝 열리면서 엄청난 기세를 뿜는 무인들이 들어왔다. 그들은 객잔 이곳저곳을 둘러보며 주위를 살핀 다음 흡족하다는 듯 고개를 끄덕인 후 밖으로 나갔다. 그리고 잠시 후, 강인해 보이는 청년이 그들의 안내를 받으며 들어섰다. 허리에 매인 고색창연한 보검 하나만 봐도 그가 보통 신분이 아님을 짐작할 수 있었다.

그의 모습을 보자마자 옥대진 등은 벌떡 일어서서 그에게 다가가 정중하게 인사를 건넸다. 상대는 화려한 배경을 지닌 그들이라도 무시 못 할 신분을 지닌 사람이었다. 그가 바로 황룡문의 문주 황룡무제(黃龍武帝) 혁련운(赫蓮運)이었으니까.

"노부를 알아보는 사람이 있다니, 그래 자네들은 누구인고?"

황룡무제의 물음에 그들은 각자 자기소개를 했다. 황룡무제는 원래 그들의 이름만 듣고 지나칠 생각이었는데, 이들이 현 세대의 7룡4봉이라는 점이 그의 마음을 움직였다. 과거 자신도 7룡4봉의 일원으로 뽑혀 그들과 폭넓은 교류를 가졌었지 않았든가. 그리고 그 덕분에 지금 자신이 이 자리에 서 있게 되었는지도 모른다.

황룡무제는 따뜻한 말로 후배들을 대하며 그들과 동석했다.

'자네들의 준걸한 모습을 보니 노부의 마음이 흡족하구먼. 그래,

자네들도 양양성으로 가는 길이었던가?"

"예, 선배님. 미약한 힘이지만 저희들도 한팔 거들고자 나섰습니다."

황룡무제는 호탕하게 웃으며 말했다.

"허허헛, 장한 일이로다. 자네들 같은 후기지수들이 있는 한 무림의 앞날은 밝게 빛날 것이야."

"과찬의 말씀이십니다."

"허허, 참. 자네들 아직 식사 전이라면 노부와 함께 하지 않겠는가?"

그 말이 끝나자마자 옥대진을 비롯한 후기지수들은 일제히 포권하며 소리쳤다.

"영광입니다, 황룡무제 대협!"

말이 좋아 3황5제지, 평생 가도 그들 중의 단 한 명도 만나기 힘든 게 바로 이 넓고도 넓은 강호다. 그런데 오늘 강호 최강고수 중 한 명인 황룡무제를 만났으니, 이런 영광이 없는 것이다. 그렇기에 7룡4봉에 들어 있는 후기지수들은 찬사를 아끼지 않으며 강호 노고수를 극진히 모시고 있었다.

모처럼 황룡무제가 강호 후배들을 앞에 두고 목에 힘주고 있을 때였다. 또다시 객잔 문이 활짝 열리며 아무도 청하지 않은 불청객 한 명이 모습을 드러냈다. 그자가 모습을 드러냈을 때, 화통하게 술잔을 들이켜고 있던 옥대진이 푸악하고 술을 내뿜었다. 그가 뿜어낸 술방울은 앞에 앉아 있던 황보룡이 고스란히 덮어쓰고야 말았다.

황보룡은 화를 버럭 내며 외쳤다.

"이게 뭐 하는 짓인가?"

 하지만 옥대진에게 황보룡이 하는 말은 단 한마디도 들리지 않았다. 그의 눈은 화등잔 만하게 커져서 밖에서 들어온 인물을 응시하고 있었다. 옥대진의 상태를 가장 민감하게 느낀 것은 당연히 그 옆에 앉아있던 능비화였다. 그녀의 시선이 옥대진을 따라 움직인 순간, 그녀는 너무나도 놀라 젓가락을 놓치고 말았다. 젓가락이 땅바닥을 구르고 있을 때, 황룡무제가 무슨 일인가 하여 쓰윽 문 쪽으로 고개를 돌렸다. 그리고 그는 봤다. 무림에서 다시는 보고 싶지 않다고 생각했던 그자의 얼굴을…….

"끄어억!"

 황룡무제의 입속에서 괴상한 음성이 튀어나올 무렵, 상대도 혁련운을 알아봤는지 빙글거리며 다가오는 중이었다.

"여어, 이게 누구신가. 워낙 오래전이라 이름은 잊어먹었지만, 그 얼굴은 잊을 수가 없지. 아주 건강한 모양이군."

 스스럼없이 다가와서 황룡무제의 등을 툭툭 치는 사람. 그 모양을 보고 동석하고 있던 후기지수들은 경악을 금치 못했다. 도대체 황룡무제가 누구인가. 화경에 오른 극강의 고수이자, 황룡문의 문주가 아닌가. 그런 그의 등을 스스럼없이 때릴 수 있는 인물이 존재할 줄이야 그 누가 상상이나 했겠는가.

 하지만 황룡무제는 얼빠진 듯 미소를 지으며 대꾸할 수밖에 없었다. 상대는 바로 무림 역사상 두 번째로 현경을 개척했다는 마교 교주였다. 아무리 그래도 몸을 사릴 수밖에 없었다.

"노, 노야(老也)께서도 건강하신 것 같아 기쁘군요."

 묵향은 옆 탁자에서 의자를 끌어당겨 털썩 주저앉으며 말했다.

"자네도 양양성 쪽으로 가는 모양이지?"

"예."

묵향은 넉살 좋게도 탁자 위에 놓여 있는 음식들을 스스럼없이 집어 먹으며 말했다.

"잘됐군. 나도 그쪽으로 가는 길인데 함께 가면 딱이겠군."

초류빈을 돌려보낸 후, 형님과 함께 가고자 개봉에 갔다가 허탕을 친 묵향이었다. 그런 상황에서 화경급의 고수를 만났으니, 이게 하늘의 뜻이 아닌가. 웬만한 일은 모두 다 이 녀석에게 시켜 버리면 아주 편리할 것이 분명했다.

하지만 묵향의 생각이야 어떻든 간에 그 말을 들은 황룡무제의 얼굴은 똥색으로 바뀌고 있는 중이었다. 물론 그와 함께 가기 싫다. 하지만 딱히 거절할 명분이 없는 것이다. 무림맹이 마교와 협정을 맺기 전이었다면 모르겠지만, 지금은 전장에서 함께 싸워야 하는 아군이 된 것이다.

황룡무제의 속마음을 알 리 없는 옥대진과 능비화는 지금 정신이 없는 상태였다. 이게 어찌 된 일이란 말인가? 이자가 현천검제하고도 친하게 밀담을 주고받더니, 이제는 황룡무제까지? 과연 이자가 마교 교주가 맞기나 맞는 것인가? 어떻게 정파의 기둥이라고 할 수 있는 3황5제의 둘과 이렇듯 스스럼없이 지내고 있을 수 있단 말인가. 그들로서는 도무지 짐작조차 할 수 없었다.

하지만 그것을 알 리 없는 다른 후기지수들은 저마다 묵향에게 공손히 인사를 건넸다. 황룡무제가 저렇듯 공손히 대하는 것을 보면 무림에서 손가락에 꼽히는 명숙일 것이 분명하니 말이다.

하지만 옥대진과 능비화는 저마다의 생각에 바쁜지라 묵향에게 인사를 하지 않고 있었다. 하지만 이때까지도 묵향에게는 별다른 생각이 없었다.
"이쪽은 공동파에서 온 옥대진이라고 하고, 저쪽은 화산파에서 온 능비화입니다."
자신들이 묵향에게 소개되자 능비화는 찔끔하는 듯 옥대진의 손을 살며시 잡았다.
'화산파의 능비화라고?'
묵향은 그때부터 둘의 관계를 유심히 관찰하기 시작했다. 아무래도 분위기로 보아하니 꽤나 깊은 사이인 듯한데, 왜 자신을 경계하는지 알다가도 모를 일이었다. 이때, 묵향의 뇌리에 떠오르는 기억이 있었다. 맞다. 전에 아르티어스와 여행했을 때, 패력검제 녀석하고 같이 다니던 아이들이 아닌가. 그렇다면 충분히 지금까지의 행동을 이해할 수 있었다. 자신이 누군지 저 둘은 알고 있을 테니 말이다.
저쪽에서 모두들 자기소개를 하는데 묵향이라고 안 할 수는 없는 노릇이 아닌가. 그렇기에 묵향은 싱긋 미소 지으며 말해 줬다.
"본좌는 천마신교를 책임지고 있는 묵향이라고 한다네."
그 순간 침묵이 흘렀다. 모두들 자신의 귀를 의심하는 눈치다. 개중에는 자신의 귓구멍을 후벼 파는 녀석도 있었다. 하지만 잠시 후, 그들은 자신이 들은 게 맞다는 결론을 내렸다. 이 자리가 어떤 자리인데, 감히 마교 놈이 합석을 하고 있단 말인가.
그런 생각이 들자 한 젊은이가 벌떡 일어서며 우렁차게 호령했다. 자신을 팽대성(彭大成)이라고 소개한 우람한 덩치를 지닌 젊은이였다. 팽대성은 건곤신장(乾坤神掌)으로 대변되는 권법의 명문

하북팽가(河北彭家)의 후계자였다. 하북팽가는 권법으로도 유명했지만, 그 불같이 급한 성질로도 유명했다.

"감히 마교 놈이 이 자리에 합석하다니 네놈의 간덩이가……."

하지만 팽대성의 말은 도중에 막혀 버렸다. 그 옆에 앉아 있던 사람들이 그를 붙잡아 앉힌 것이다. 그러면서 노기에 불타오르는 그의 뇌리에 전음성이 울려 퍼졌다.

〈이보게 팽 소협, 성급한 행동을 자제하게. 방금 저자가 마교를 책임진다고 했지 않은가? 그렇다면…….〉

'천마신교를 책임진다'라면 바로 교주를 말하는 것이다. 그렇다면 바로 저자가 암흑마제라는 말인가?

설마 하는 기색으로 자신을 바라보는 젊은이들을 바라보며 묵향은 아주 재미있다는 듯 씩 미소 지었다. 그런 다음 결정타를 날려 줬다.

"자네들도 들어 봤는지 모르겠지만, 정파의 쓰레기들은 본좌를 암흑마제라고 부르고 있지."

그런 다음 묵향은 방금 자신에게 따지고 들었던 팽대성에게 미소 띤 얼굴로 이죽거렸다. 물론, 그 말을 듣는 팽대성의 입장에서는 그 얼굴이 아마도 악귀의 모습처럼 보였을 테지만.

"본좌도 정파 놈들하고 여행하는 거 별로 좋아하지 않아. 그것도 네 녀석 같은 애송이라면 더욱 그렇지. 네놈들을 보자마자 껍질을 홀랑 벗겨 놓지 않은 것도 다 그놈의 무림맹주하고 주고받은 협정서 덕분이라는 것을 명심하라구. 알겠어?"

그 말을 들은 젊은이들은 모두 얼굴색이 새하얗게 질려 버렸다.

하지만 황룡무제는 묵향을 향해 아무렇지도 않다는 듯 말했다.

지금까지 묵향을 두 번이나 만나고도 살아남아 있는 그였다. 피도 눈물도 없다는 암흑마제의 탈을 쓰고 있지만, 사실 그의 마음 씀씀이가 대협의 풍도를 지니고 있다는 것을 잘 알고 있는 그였다. 그렇지 않다면 커다란 고목으로 성장할 가능성이 있는 자신과 비무까지 해 주면서 가르침을 줬을 리가 없었다.

"허허헛, 너무 아이들을 겁주지 마십시오. 협정서가 유효한 한은 동도라고 해도 과언이 아니지 않습니까? 자, 한잔 드시죠."

"그러지."

"과거 크나큰 은혜를 주셨는데, 그 사례도 못 해 드려서 죄송합니다. 오랫동안 소식이 없으셔서 혹시 큰일이라도 당하신 줄 알았습니다. 그런데 오늘 뵈니 과거와 하나도 변하신 게 없으시군요."

무림명숙이라는 황룡무제가 이 정도까지 저자세로 나오는데 묵향의 마음이 흡족하지 않을 수 없었다.

"클클, 본좌야 언제나 그렇지, 뭐. 자네도 한잔 들지."

그런 그들을 바라보며 후기지수들은 아연한 표정을 감출 수가 없었다. 어찌 이런 일이 있을 수가 있단 말인가? 마교 교주와 황룡문 문주가 저렇듯 가까운 사이라니. 그들로서는 도무지 이해할 수가 없었다.

다음 날 아침, 후기지수들은 묵향의 눈치를 슬금슬금 보며 황룡무제에게 조심스럽게 말했다.

"황룡무제 대협, 저…, 천마신교의 교주님과 함께 가시는 자리에 저희들 같은 무림말학들이 함께할 수도 없는 일이 아니겠습니까? 그래서 저희들은 먼저 출발했으면 합니다."

"그래? 그렇게 하도록 하게."

황룡무제가 이끌고 온 황룡문의 무사 수는 1백여 명에 이른다. 아무래도 이동할 때는 수가 많은 것보다는 적은 것이 다소 유리할 때도 있는 법이다. 그렇기에 황룡무제는 그들의 부탁을 허락했다. 하지만 옆에서 듣고 있는 묵향에게는 그게 그런 뜻으로 들리지 않았다는 게 문제다.

"호오, 본좌하고 함께 가는 게 영~ 껄끄러운 모양이군. 천마신교라는 단체가 그렇게 마음에 안 드나?"

그 말에 젊은이들은 화들짝 놀라며 대답했다.

"그, 그건 결코 아닙니다. 저희들은 그냥 조금이라도 빨리 달려가기 위해서……."

"아아, 그건 걱정 마. 안 그래도 그곳에는 본좌의 수하들이 먼저 가서 열심히 싸우고 있을 테니 말이야. 자네들은 천천히 가도 괜찮을 거야. 사실, 괜히 피 튀기게 싸워 봐야 뭐 하나? 산천 구경이나 하면서 천천히 가는 것도 나쁘지 않은 일이지. 안 그런가?"

마지막에 가서 황룡무제의 동의를 구하는 묵향이었다. 황룡무제라고 그 말을 정면으로 반박할 수는 없었다. 사실 정사를 불문하고 세력이나 무공만으로 무림명숙의 순서를 잡으라고 한다면 그 첫손에 꼽힐 인물이 마교 교주가 아니던가. 예전처럼 서로 원수지간일 때는 얘기가 달랐겠지만, 지금은 금이라는 적을 앞에 두고 서로 협력해야 하는 처지다.

"노야의 말씀이 옳으십니다. 사실, 아무리 서둘러 봐야 며칠 상관이 아니겠습니까?"

"하하핫, 본좌의 말이 바로 그 말이야. 자, 쓸데없는 소리 그만

하고 아침이나 들지?"
 말투는 호탕하면서도 부드러운 듯했지만, 그의 눈초리는 날카롭기 그지없었다. 만약 자신의 말을 안 들으면 곧바로 곤죽으로 만들어 놓겠다는 의지가 담뿍 배어 있었던 것이다.
 후기지수들은 어쩔 수 없이 자기 자리로 돌아갔다. 그 뒷모습을 보며 묵향은 희희낙락하며 중얼거렸다.
 "과연 명가의 제자들답게 잘 먹어서 그런지 기골이 장대하구먼. 부려먹기 딱이겠어."

야반도주

 무림명가의 후손들인 옥대진 등이 언제 이런 대접을 받아 본 적이 있었겠는가. 더군다나 그들은 모두 무림 최고의 후기지수라고 칭해지는 7룡4봉에까지 뽑히지 않았는가. 그런 그들이 맨날 남의 수발이나 들어야 하다니……. 그것도 불구대천의 원수라고 교육받아 왔던 마교의 교주를 말이다.
 저 앞에서 사이좋게 말머리를 나란히 하고 달려가고 있는 묵향과 황룡무제의 뒷모습을 노려보며 옥대진이 동료들에게 전음을 날렸다.
 〈아무래도 탈출하는 것이 최선의 방책인 듯싶소.〉
 팽대성은 사납게 콧김을 뿜었다. 생각만 해도 분통이 터졌던 것이다.
 〈쇠뿔도 단김에 빼랬다고, 오늘 밤에 실행하는 것이 어떻겠소?〉

놈도 사람인 이상 밤에 잠을 자지 않겠소?〉
〈팽 소협의 말씀이 옳은 듯하오.〉
옥대진은 분노를 감출 수 없는 모양이다.
〈아무래도 황룡무제도 교주 녀석과 뭔가 밀월 관계가 있는 듯하오. 그렇지 않고서야 그놈이 그토록 오만방자를 떨고 있는데 가만히 놔둘 리가 없지 않소? 이 일을 무림맹에 알려 철저히 시비를 가려야 할 것이오.〉
그 말에 황보룡도 찬성한다는 듯 고개를 끄덕였다.
〈옥 소협이 옥진호 대협께 말씀 잘해 주시오. 어떻게 이런 일이 있을 수 있다는 말이오? 불구대천의 원수인 마교도와…, 아니 마교 교주 놈과 그토록 친밀하게 술잔을 기울이며 대화를 나누다니 말이오. 이건 틀림없이 뭔가가 있다고 보오.〉
그들이 아무리 무림에서 최고의 후기지수라고 알려져 있었고, 또 자신들도 그렇다고 믿고 있었지만 단 한 가지 모르는 사실이 있었다. 화경급이 넘어가는 인물들 중에는 다른 사람이 주고받는 전음을 도청할 수 있는 능력을 지닌 사람도 있다는 사실을 말이다. 더군다나 현경에 달한 묵향이 그걸 못 알아들을 리 없었다.
묵향은 살기 찬 미소를 씨익 지으며 중얼거렸다.
"호오, 본좌를 그렇게 생각하고 있었단 말이지?"
하지만 묵향과 함께 담소를 나누던 중이었던 황룡무제는 갑자기 튀어나온 묵향의 말에 이해할 수 없다는 듯 되물었다.
"예? 그게 무슨 말씀이십니까? 저는 그냥 양양성에서 패력검제 대협이 분투하고 있다는 말씀을 드렸을 뿐인데……."
묵향은 슬며시 둘러댔다.

"아, 아닐세. 본좌가 잠시 딴 생각을 했다네. 미안하구먼. 그래, 자네는 어찌할 생각인가?"

"예, 일단은 무한에 포진하고 계시는 수라도제 대협과 행동을 함께 해야 하지 않겠습니까? 양양성은 금군에게 완전히 포위당한 모양이던데 말입니다. 물론 저 혼자라면 야밤에 간단히 들어갈 수 있겠지만, 딸린 식솔들이 많다 보니 그렇게는 할 수 없거든요."

"그게 좋겠군."

그런데 대화를 나누는 묵향의 표정이 너무나도 기분이 좋은 듯 싱글벙글이라 황룡무제로서는 어리둥절할 수밖에 없었다.

그날 밤 객잔의 2층 창문이 살며시 열리고 다섯 명의 인영이 소리 없이 뛰어내렸다. 그들은 창문에서 뛰어내리자마자 재빨리 건물의 그림자 속으로 숨어들었다.

안 그래도 어두운 밤에, 달빛마저 피하고 나자 그들의 모습을 찾는 것은 쉬운 일이 아니었다. 그들은 살며시 주위를 살핀 다음 마구간으로 이동하기 시작했다. 그곳에서 말을 타고 도망칠 요량이었던 것이다.

하지만 바로 이때, 밤하늘을 꿰뚫고 커다란 외침이 들려왔다.

"침입자다!"

물론 묵향이 변성하여 낸 목소리였다. 하지만 그 파장은 너무나도 컸다. 객잔에서 자고 있던 황룡문 무사들이 속옷 바람인 것을 개의치 않고 각자 무기를 든 채 모두 다 후다닥 뛰어나왔던 것이다. 누구의 목소리인지는 알 수 없지만 침입자가 들어왔다는 데야 안 일어날 수가 없는 노릇이었던 것이다.

"어디냐?"

이리저리 손짓과 전음으로 대화를 주고받으며 그들은 주위를 샅샅이 뒤지기 시작했다.

그림자 속에 숨어 있던 젊은이들은 황당스럽기 그지없었다. 이대로 숨어 있어 봐야 조금 있으면 들통 날 것이 뻔했다. 그렇다고 밖으로 나가자니 저들은 자다가 황급히 일어난 것이 역력한데, 자신들은 단정히 옷까지 입고 있는 데다가 각자 지니고 다니던 짐까지 다 들고 있지 않은가. 이것을 어떻게 변명해야 할지 정말 난감하기 그지없었다.

그들이 이러지도 저러지도 못하고 갈팡질팡하고 있을 때, 황룡문 무사 둘이 그들을 발견했다.

"웬 놈들이냐?"

그들이 큰 소리를 치자, 곧바로 그곳을 향해 모든 황룡문 무사들이 달려왔다. 무사들이 그 일대에 쫙 깔려 포위망을 형성한 후에야, 그들을 지휘하고 있던 인물이 네 명의 무사를 대동한 채 침입자가 숨어 있는 곳으로 다가갔다. 그가 뽑아 들고 있는 장검이 달빛을 받아 시퍼런 광택을 뿜고 있었다.

이때, 재빨리 옥대진이 앞으로 나서며 말했다.

"저희들입니다, 광 대협."

그 말에 황룡문 무사들을 지휘하고 있던 인물이 어리둥절한 표정으로 말했다.

"아니, 옥 소협이 이곳에는 왜?"

"사실 이렇게 떠나는 것이 예가 아니라는 것은 잘 알고 있지만, 아무래도 마교 교주와 행보를 같이 한다는 것이 너무나도 껄끄러운 일이라서……. 그냥 눈감아 주시면 안 되시겠습니까?"

옥대진이 애걸했지만, 광 대협이라는 인물은 난처하다는 듯 중얼거렸다.

"허, 참. 일이 난감하게 되었군. 이렇게 떠날 요량이면 좀 더 조심했어야 하는 것 아닌가? 이 소란통에 문주님께서도 일어나셨을 텐데……."

아니나 다를까. 저쪽에서 마교 교주와 황룡무제가 걸어오는 것이 보였다.

"무슨 일이냐?"

"큰일은 아닙니다, 문주님."

황룡무제는 현장에 도착한 다음에 어떻게 된 일인지 한눈에 알아볼 수 있었다. 아무리 어둠 속에 숨었다고 하지만, 그걸 못 알아볼 그가 아니었으니 말이다.

"허어, 참."

안타까운 듯 한숨을 내쉬며 그는 묵향의 눈치를 살폈다. 과연 그가 가만히 있을까? 생각 같아서는 저 녀석들 보고 빨리 눈앞에서 꺼지라고 말하고 싶은데, 아무래도 묵향의 눈치를 보니 그게 아닌 것 같았기 때문이다.

묵향은 한껏 비웃음을 머금고 으르렁거렸다.

"호오, 이 녀석들 봐라. 그래, 본좌가 그렇게 싫었단 말이지?"

안색이 창백하게 질린 채 후기지수들은 필사적으로 부인했다.

"아, 아닙니다."

"아니긴 뭐가 아니야. 싸가지 없는 것들. 같이 가고 싶지 않으면 그냥 떠나고 싶다고 말할 것이지, 슬그머니 야반도주를 해? 네놈들의 아버지는 무림에 나가 선배들을 그렇게 대하라고 가르치더냐? 아무래도 본좌가 친히 교육 좀 시켜 줘야겠군."

손을 걷어붙이고 묵향이 나서려고 하자, 황룡무제가 말렸다. 가만히 놔뒀다가는 그의 성격상 사고 칠 것이 뻔했기 때문이다.

"노야께서 나서실 필요까지 있으시겠습니까? 제가 잘 타이르겠습니다."

그 말에 묵향은 노성을 버럭 터뜨렸다.

"타이르기는 뭘 타일러! 본교에서는 아랫것들 교육을 이렇게 안 시키는데, 하여튼 정파라는 것들은 밖으로는 잘난 척 떠들면서, 도대체 후배 놈들 인성 교육을 어떻게 시켜 놨기에 이따위로 처신하는지……. 쯧쯧, 무공을 익히기에 앞서 인간이 되어야 할 거 아냐! 인간이!"

그 말에 황룡무제의 안색이 노기로 붉게 물들었다. 어찌 인륜까지도 저버린다는 마교도에게 저런 소리를 들어야 한단 말인가. 그것도 막무가내로 행동해서 온통 소란을 일으키는 저따위 인간에게서 말이다. 하지만 그는 다른 말은 할 수 없었다. 눈앞의 상대에게 그런 소리 떠들어 봐야 통하지도 않는다는 것을 잘 알고 있기 때문이다.

내심 황룡무제의 노여움은 저쪽에서 떨고 서 있는 다섯 명의 젊은이들 쪽으로 향하고 있었다. 저놈들이 야반도주를 하는 바람에 마교 교주에게 저딴 소리를 듣는 것이 아닌가. 속마음 같아서는 반쯤 죽여 버리고 싶었지만, 차마 그럴 수는 없었다. 명문의 자제들인 만큼 그 배경이 여간 껄끄러운 것이 아니기 때문이다.

그렇기에 황룡무제는 자신의 숙소로 걸어가며 신경질적인 어조로 말했다.
"노야 좋으실 대로 하십시오. 단 살인은 안 됩니다."
"흐흐흐, 본좌도 그 정도는 알고 있으니 염려 말고 푹 자거나."
음흉스런 웃음을 흘리며 대꾸하는 묵향이었다. 그런 다음 묵향은 구석에서 떨고 있는 다섯 젊은이들을 향해 이죽거렸다.
"자, 자네들은 본좌하고 얘기 좀 해 볼까? 왜 야반도주를 결심한 것인지 아주 궁금하구먼. 서로 간에 대화가 좀 필요할 것 같아."

"크으윽! 변태 새끼."
그 말에 팽대성은 화들짝 놀라 묵향의 눈치를 살피며 황보룡에게 전음을 날렸다.
〈아서게! 저자가 들을까 겁나네.〉
전음을 듣고 정신을 차린 황보룡은 저쪽에서 신음 소리를 흘리며 말 위에 간신히 앉아 있는 능비화와 당소진을 걱정스러운 듯 바라봤다. 덩치 좋은 사내인 자신도 온 삭신이 쑤시는데, 그녀들의 상태는 더욱 비참할 것이 뻔했다.
〈우리들이야 그렇다고 치고, 어찌 여자를 그토록 무자비하게 두들겨 팰 수가 있다는 말이오? 역시 저놈은 사악한 마두답게 변태 중에서도 변태가 분명하오.〉
그날 저녁. 무림 최고의 후기지수들 중 다섯 명은 묵향에게 먼지 나도록 두들겨 맞았다. 남자고 여자고 그런 면에서는 매우 공평하게 취급하는 묵향이었다. 하지만 황보룡의 생각은 달랐다. 덩치 큰 자를 좀 더 많이 때리고, 여자는 살살 때려야 하는 것이라고 굳게 믿고 있는 그였다.

팽대성은 고개를 절레절레 흔들며 반쯤은 포기한 듯 풀이 죽은 어조로 전음을 날렸다.

〈허어, 그럼 어쩌겠소? 때리는데, 맞아야지.〉

〈왜 그리 나약한 말씀을 하시는 게요? 팽 소협의 덩치가 아깝소이다.〉

그 말에 팽대성은 이빨을 뿌드득 갈았다. 어젯밤의 악몽이 떠올랐던 것이다. 어젯저녁 자랑스러운 팽가의 후예가 어찌 마두의 주먹을 맞고 신음을 흘리겠느냐고 저항했고, 묵향은 기꺼운 마음으로 그를 반쯤 죽여 놨던 것이다.

그런 그를 향해 측은한 시선을 보내며, 황보룡은 복수를 다짐했다.

〈젠장, 이 복수는 언젠가 꼭 하고야 말겠소. 두고들 보시오.〉

옆에서 황보룡과 팽대성이 전음을 나누고 있을 때, 옥대진과 능비화도 자기들끼리 전음을 주고받느라 여념이 없었다.

〈가가께서는 좋은 방법이 없으신가요?〉

능비화의 전음에 옥대진은 난색을 표했다.

〈나라고 딱히 좋은 방법이 있을 리가 없지 않소? 어젯밤 그 난리를 피웠는데, 아무래도 슬그머니 도망치는 것은 어려울 듯하오.〉

능비화는 앞에서 가고 있는 묵향을 살펴보며 전음을 날렸다.

〈그렇다면 어찌하면 좋을까요? 저 흉악무도한 자가 가가까지 해칠까 봐 너무 두려워요.〉

〈그런 걱정은 하지 마시오. 주위에 황룡무제와 그 문도들이 있소. 그자의 무공이 뛰어나다고 하지만 대놓고 그런 만행을 저지를 수는 없을 거요.〉

〈하지만 화산에서의 일을 생각해 보세요.〉

〈아아, 능매(凌妹)는 그가 화산파를 멸문시킨 것 때문에 걱정하는 모양인데, 그런 걱정은 하지 말라니까. 어젯밤 일을 생각해 보시오. 능매가 화산파라는 것을 그놈도 분명 알고 있었소. 소개를 해 줬으니 말이오. 하지만 딱히 능매에게만 해코지를 한 것도 아니지 않소?〉

〈그 말이 아니에요. 장문인께서 저자와 내통하고 있다는 것을 무림맹에 알린 후, 화산파가 멸문당했어요. 아아, 그때 장문인께서 마교와 내통하고 있다는 것을 무림맹에 알리지 않았어야 했어요. 가가가 그 사실을 무림맹에 알렸다는 것을 저자가 눈치 챈다면 가가를 가만히 놔둘 리가 없잖아요.〉

능비화의 전음을 듣고서야 옥대진은 모골이 송연해짐을 느꼈다. 그렇다. 거기까지는 그도 생각해 보지 못했던 것이다.

〈그, 그럴 수도 있겠구려. 그럼 어찌하면 좋을까…….〉

한동안 식은땀까지 흘려 대며 궁리에 궁리를 거듭하던 옥대진은 좋은 생각이 떠올랐다는 듯 동료 모두에게 전음을 날렸다.

〈이보시오. 나에게 좋은 생각이 있소.〉

옥대진의 전음에 모두들 그에게로 시선을 돌렸다.

〈무슨 생각인데 그러시오?〉

〈멀지 않은 곳에 무당파가 있지 않소? 그리로 갑시다. 거기에서 도움을 청하면 되지 않겠소?〉

그 말에 모두의 안색이 활짝 밝아졌다. 무당파라면 현 무림맹주인 태극검황(太極劍皇)을 배출한 검의 명문이 아닌가. 그곳이라면 마교 교주도 제멋대로 행동할 수 없을 것이다.

〈그게 가장 좋을 것 같소.〉
〈누가 황룡무제 어르신께 그 말을 전하는 것이 좋을 듯하오.〉
옥대진이 제안하자, 황보룡이 자신 있게 나섰다.
〈내가 가겠소.〉

묵향은 지금 정신이 없는 상태였다. 뒤에서 들려오는 전음성을 도청하는 재미에 흠뻑 취해 있다가 옥대진과 능비화가 나누는 전음을 듣고야 말았던 것이다.
〈그 말이 아니에요. 장문인께서 저자와 내통하고 있다는 것을 무림맹에 알린 후, 화산파가 멸문당했어요. 아아, 그때 장문인께서 마교와 내통하고 있다는 것을 무림맹에 알리지 않았어야 했어요. 가가가 그 사실을 무림맹에 알렸다는 것을 저자가 눈치 챈다면 가가를 가만히 둘 리가 없잖아요.〉

이 전음을 들은 후 묵향은 참을 수가 없었다. 자신의 사제가 그 모양이 되도록 만들어 놓은 원흉들이 이곳에 있는 것이다. 성질 같았으면 곧장 뒤로 달려가 저 연놈들을 단숨에 때려 죽였을 것이다. 하지만 곧이어 그의 생각은 바뀌었다. 그렇게 싱겁게 죽이면 안 된다.

저것들 때문에 사제는 모진 고초를 겪었다. 만약 아르티어스가 없다면 불구의 몸으로 평생을 살아야 할 것이다. 사제가 그런 꼴을 당하도록 만든 연놈들에게 간단하게 죽음을 선물해? 그건 당치도 않은 일이었다.

그다음부터 묵향은 저것들을 어떻게 말려 죽일 것인지 궁리하기 시작했다. 수없이 많은 방법들이 떠올랐다가 지워졌다. 그리고 묵향이 그러고 있는 동안에 황보룡과 황룡무제는 말을 끝내고 무당파를 향해 방향을 잡고 나아가기 시작했다.
 황룡무제는 무당파와 상당히 친분이 있었다. 특히 무당파의 전대 장문인과는 매우 절친한 사이였다. 그렇기에 무당파에 들렀다가 가자는 황보룡의 제안을 거절할 이유가 없었던 것이다.

한 가지 부탁

 무당파는 지금 최고의 전성기를 달리고 있었다. 과거에도 검의 명가로서 9파1방 중에서 가장 강대한 힘을 자랑했었다. 그런데 지금에 이르러서는 무림맹주까지 배출했으니 그 위세가 하늘을 찌를 것은 당연한 이치였다.
 첫 서리를 맞은 나무들은 저마다 형형색색 아름다운 빛깔로 단장하고 손님들을 맞이하고 있다. 당소진과 능비화는 온몸에서 전해 오는 통증도 잊고 무당산의 절경에 취해 사방을 두리번거리기에 바빴다. 그리고 7룡 중 세 명은 이제 마교 교주라는 찐드기를 털어 낼 수 있으리라는 기대감에 희희낙락하고 있는 중이었다.
 저 멀리 산문을 지키는 무당 문도들이 보이자, 가장 앞서가고 있던 황룡문도들 중의 한 명이 외쳤다.
 "황룡문에서 왔소이다. 길을 열어 주시기를 부탁드리오."

황룡문이라는 말에 도사들 중 한 명이 다급히 달려 내려왔다. 그리고 또 한 명은 내부에 통보하기 위해 달려 들어갔다. 1백여 명이나 되는 대단한 인원이다. 거기에다가 앞쪽에는 황룡문주 황룡무제까지 보였다. 그런 판국이니 산문에 서 있던 도사들의 태도는 정중하기 그지없었다.

무당파 내로 깊숙이 안내되어 들어가자, 그곳에는 무당파 장문인이 두 명의 장로를 대동한 채 나와 있었다. 황룡문이 그렇게 큰 문파는 아니지만, 상대는 화경의 고수였다. 그가 무림에서 차지하는 위치로 봤을 때, 이 정도 대접은 해 줘야 하는 것이다.
"허허헛, 먼 길을 오시느라 수고가 많으셨소이다."
"예, 장문인께서도 건강하신 듯하여 안심입니다. 이 근처에서 전쟁이 벌어졌는데, 문에는 별고가 없으신지요."
"무량수불, 다행히 원시천존께서 보우하셔서 그런지 이곳은 무탈하외다."
"오다가 보니까 사람이 많지 않은 듯한데, 모두들 양양성 쪽으로 가신 것입니까?"
"허허헛, 무림맹이 발 벗고 나서는 일인데, 본문이 동참하지 않을 수 있겠소? 자, 안으로 드십시다."
"예."
이때, 뒤쪽에 서 있던 젊은이들이 앞으로 우루루 달려 나와 무당 장문인에게 말했다. 그들은 앞 다투어 자기소개를 한 후, 묵향을 손가락으로 가리키며 말했다.
"무당 장문인께 꼭 알려 드릴 것이 있어서 이렇듯 실례를 무릅쓰

게 되었습니다. 바로 저자는 마교의 교주입니다. 정사불립이라는 말이 있는데, 장문인께서는 저자가 무당파 영내를 더럽히는 것을 방관하실 겁니까?"

"마교 교주라고?"

장문인은 눈을 날카롭게 빛내며 묵향의 아래위를 살펴본 후 묵향에게 말했다.

"이 아이들의 말이 사실이오이까?"

그 말에 묵향은 고개를 끄덕여 사실임을 인정했다. 장문인은 싸늘하기는 했지만 정중한 어조로 말했다. 상대가 마교의 교주인 만큼 어느 정도 대우를 해 줄 필요는 있었기 때문이다.

"그렇다면 대단히 죄송하지만 교주께서는 본문에서 묵으실 수 없습니다. 물론 무림맹과 마교가 협정을 맺은 것은 노도도 역시 잘 알고 있소이다. 하지만 그렇다고 해서 이곳에서 기거하기까지 해 드려야 한다는 것은 아니지 않겠소이까?"

"장문인의 말이 옳은 듯하군."

돌아서서 몇 발자국 가던 묵향은 갑자기 떠올랐다는 듯 뒤돌아서며 장문인에게 말했다.

"전대 장문인의 처소가 어딘지 일러 주겠는가? 아직 살아 있다면 한 번 만나 보고 싶구먼."

그 말에 장문인은 어리둥절한 표정으로 대꾸했다.

"사숙께서는 아직 생존해 계시오. 그런데 그분을 왜 만나겠다는 것인지 노도로서는 이해할 수가 없구려."

그 말에 묵향이 싱긋 미소 지으면서 말했다.

"아, 여기까지 온 김에 한번 만나 보려고 말이야. 그때 만났을 때는 정말 정파에도 이런 인물이 있는가 싶었지. 그동안 세월이 참 많이 흘렀으니 서로 간에 나눌 얘기도 많을 듯하고……. 거기에다가 혹시 누가 아는가? 노부를 하룻밤 재워 줄지 말이야."

아니, 하는 얘기를 들어 보니 이건 완전히 전대 장문인인 장춘진인(樟春眞人)이 마치 자기 친구라도 되는 듯하지 않은가. 누군가 옆에서 들은 사람이 있다면 오해하기 딱 좋을 것이다. 거기에 생각이 미친 장문인의 눈썹이 미미한 경련을 일으키기 시작했다. 하지만 마교 교주에게 대놓고 분노를 터뜨릴 수는 없는 노릇이었다.

"사숙께서 귀하와 같은 인물을 아실 리 없으니 농은 그만 하시고 돌아가 주시면 고맙겠소이다."

이때, 저쪽에서 장춘진인이 시동 한 명을 거느린 채 다가오고 있는 것이 보였다. 장춘진인은 황룡무제하고 절친한 사이였기에, 그가 왔다는 말을 듣고 서둘러 이곳으로 오고 있는 중이었던 것이다.

갑자기 마교 교주가 전대 장문인을 찾았기에 주위의 모든 이목은 장춘진인의 행동에 집중되었다.

"오오, 어서 오시게나, 황룡문주."

"오랜만에 뵙습니다. 문내의 일이 바빠 자주 찾아뵙지 못하여 송구스러울 따름입니다."

"허허, 무슨 말을 그렇게 하는가. 빈도도 한 문파를 이끌어 본 적이 있는 사람일세. 소소한 일이 많아, 짬을 낼 틈이 없음은 잘 알고 있다네. 오랜만에 자네를 보니 해 줄 말이 참 많을 듯하이. 자, 어서 내 방으로 가세나."

하지만 주위의 공기가 좀 심상찮음을 느낀 장춘진인은 이리저리 주위를 둘러보더니 말했다.

"아직 얘기가 다 끝난 게 아니었던가?"

무당 장문인이 더 이상 참지 못하고 말했다.

"마교(摩敎) 교주가 사숙을 만나 뵙고 싶다고 하더군요. 오랜 친구라면서 말입니다. 사숙, 도대체 이게 어떻게 된 일입니까?"

장춘진인은 고개를 갸웃하며 대답했다.

"마교 교주가? 이상한 일이로다. 노도는 그를 알지 못하는데……."

이때 묵향이 쓱 앞으로 나서며 음흉스런 어조로 말했다.

"도장은 노부를 모르겠소? 은원을 갚겠다고 그 난리를 친 것이 엊그제 같소만. 노망에 걸리지 않은 이상 그 일을 잊을 수는 없었을 텐데?"

처음에는 잘 모르겠다는 듯 묵향을 바라보던 장춘진인. 하지만 은원이라는 말이 튀어나오자 뭔가 떠오르는 것이 있었다. 그는 동의를 구하는 듯 황룡무제에게로 시선을 돌렸다. 황룡무제는 씁쓸한 미소를 지으며 고개를 끄덕여 그의 기억이 맞다고 알려줬다.

"시주는 그때 그……."

"맞소. 겨우 은자 40냥 가지고 그 난리를 부렸던 묵향이외다."

은자 40냥이라는 말에 장문인의 얼굴이 핼쑥하게 질렸다. 사실 내 무낭파에 단신으로 난입해 들어온 간 큰 자가 그때 그자 말고는 단 한 명도 없었으니, 기억을 떠올리는 것은 아주 쉬운 일이었다. 장문인은 믿을 수 없다는 듯 교주를 다시금 노려봤다. 그때 저자가 마교도라는 사실을 알았다면 가만히 안 놔뒀을 것이다. 그런데 그 절호의 기회를 놓쳐 버렸었다니…….

"허어, 참. 그 후에 시주에 대한 소식이 없어 궁금해하던 참이었소이다. 나중에 황룡문주에게 시주에 대해 물어봐도 당혹스런 표정으로 대답을 거부하기에 좀 이상하다고는 생각하고 있었지만, 시주가 마교에 계셨을 줄은 생각도 못했소이다. 참으로 만나서 반갑구려."

그 말에 묵향은 씁쓸한 미소를 지으며 대꾸했다.

"교주가 된 것이 뭔 자랑이라고 동네방네 떠들겠소? 그건 그렇고 여기 장문인은 나를 재워 줄 수 없다고 하는데, 도장은 어떻소이까? 하룻밤 재워 주실 수 있겠소?"

그 말에 장춘진인은 소탈한 웃음을 터뜨렸다.

"하하핫, 그깟 게 뭐 큰일이라고 손님을 내치겠소이까? 자, 따라오시오. 며칠이라도 기거하시게 해 드리리다."

손님에게 따라오라고 손짓하며 앞서가는 노도장의 모습은 온갖 세상의 명리를 초탈한 완숙된 도인의 모습을 보여 주고 있었다.

"이, 이게 어찌 된 일이지?"

"그걸 난들 알겠소?"

묵향에게 모진 고난을 당하고 있는 젊은이들은 지금 정신이 하나도 없었다. 설마하니 그자가 장춘진인과 면식이 있을 줄이야. 이런 식이라면 그를 이곳에서 떼어 놓자는 계획은 완전히 물거품이 되는 것이다.

하지만 그들의 절실함이 옥대진만 하겠는가. 그들의 경우 마교교주와 함께 가는 것이 싫다는 것이었을 뿐, 그 외의 감정은 없었다. 묵향이 그날 밤 그들을 구타한 것도 선배 고수로서의 예우를 안 해 줬기에 일어난 사건이 아닌가. 마교도라서 그런지 자신의 감정을 좀 화끈하게 배출한 것이었을 뿐, 다른 선배 고수들이라도 그런 경우를 당했다면 화를 냈을 것이 당연했다.

하지만 옥대진과 능비화는 지어 놓은 죄가 있다 보니, 속으로 전전긍긍하고 있었다. 혹시 자신들이 밀고자라는 사실을 교주가 눈치 챘다면, 그날로 자신들은 죽은 목숨이 아니겠는가. 현천검제만 한 고수를 간신히 포섭해 놨는데, 그것을 물거품으로 만들어 놨으니 만약 그 사실을 마교 교주가 알아내기만 한다면 그들은 죽은 목숨이나 진배없었다.

그런데 지금 그들의 놀라움은 그것만이 아니었다.

〈가가, 이게 어떻게 된 일이죠? 어떻게 그자가 무당파의 전대 장문인까지 알고 있을까요?〉

〈낸들 알겠소? 어쩌면 전대 장문인도 그자에게 포섭되었던 인물들 중 하나였는지도 모르지.〉

능비화는 고개를 내저었다.

〈혹시 아닐지도 모르잖아요. 수십 년 전에 만났다고 하고, 전대 장문인도 저렇게 거리낄 것 없이 자신의 처소로 안내하는 것을 보면……. 혹시 과거에 서로 무림행을 하다가 잠시 면식이 있었던 것이 아닐까요?〉

그 말에 잠시 곤혹스러운 표정으로 아무 말도 하지 못하던 옥대진이 마지못해 대꾸했다.

〈그… 그럴지도 모르지.〉

〈황룡무제 대협도 그렇고, 전대 장문 어르신도 그렇고……. 그렇다면 어쩌면 저희 장문인께서도 저자와 개인적 친분이 조금 있었을 뿐, 내통한 것이 아닐 수도 있었잖아요.〉

그 말에 옥대진은 화들짝 놀랬다. 사실 그럴 수도 있었다. 하지만 만약 그걸 인정하면 자신은 천고의 죄인이 될 것이 아닌가. 죄도 없는 현천검제를 모함한 죄인 말이다. 그렇기에 그는 슬그머니 그 죄를 지금은 사라진 화산파에다가 전가시켰다.

〈그, 그럴 리가 있겠소? 무림맹은 그분을 축출하는 데 직접적으로 관여하지 않았소. 화산파에다가 그 사실을 통고한 후에, 그 사후 보고만 들었을 뿐이오. 그분을 축출한 것은 순전히 화산파 장로들이 내린 결정이었소. 그분들이 죄도 없는 장문인을 축출할 정도로 어리석을 리가 있겠소?〉

〈그렇기는 하지만…….〉

옥대진은 앞쪽에서 가고 있는 묵향의 눈치를 살피며 전음을 날렸다.

〈자자, 쓸데없는 생각은 그만 두고, 이곳을 조용히 벗어날 궁리나 좀 해 봅시다.〉

무당 장문인은 갑자기 장춘진인이 자신을 부르자 무슨 일인가 싶어서 달려왔다. 장춘진인의 처소에는 묵향과 황룡무제가 술상을 앞에 놓고 한창 담소를 나누고 있는 중이었다.

"어서 오시게나, 장문인."

"예, 무슨 일이십니까? 사숙."

"한 가지 일러둘 일이 있었기에 장문인을 부른 것이네. 장문인도 기억하고 있을 걸세. 과거 교주가 이곳을 방문했을 때를 말일세."

장춘진인의 말에 장문인은 왠지 불길한 느낌이 들었는지 안색이 딱딱하게 굳어졌다.

"예."

"그때 노도는 한 가지 약속을 했었네. 무당파의 장문인으로서 말이야. 그 약속의 내용은 교주가 청하는 부탁 한 가지를 꼭 들어주겠다는 것이었지. 물론 무당이 할 수 있는 일에 한해서라는 조건이 붙었지만 말일세."

장문인은 이미 그 말이 나올 줄 알았다는 듯 정색을 하며 입을 열었다.

"사숙, 그건 저도 잘 알고 있습니다. 하지만 그건 그때 상대가 마교도라는 것을 몰랐을 때 한 약속이었지 않습니까? 마교도를 상대로 무슨 약속을 지킨다고 그러십니까? 그 약속은 원천적으로 무효라는 말입니다."

장춘진인은 잠시 안타까운 눈빛으로 장문인을 바라보다 천천히 입을 열었다.

"허허, 답답한 일이로고. 장문인, 내 얘기를 한번 들어 보겠는가?"

"예, 말씀하십시오."

"상대가 약속을 지키지 않는다고 해서 장문인도 약속을 지키지 않아도 된다고 생각하는가? 정(正)의 길을 걷는 자는 마음이 한결 같아야만 하네. 상대에 따라 가변적으로 변하는 것은 장문인이 말하는 사(邪)를 좇는 무리들이 하는 일이지. 더군다나 도(道)를 이루려는 장문인의 입에서 그런 말이 나온다면 어떻게 하겠는가? 상대가 누구건 약속이라는 것은 천금과 같이 중하게 여겨야 한다고 생각하는데, 장문인의 생각은 어떤가?"

장문인은 잠시 얼굴을 일그러트렸지만 곧 어쩔 수 없다는 듯 고개를 숙였다.

"죄송합니다, 사숙. 제 생각이 짧았습니다."

그리고는 묵향을 바라보며 딱딱한 어조로 질문을 던졌다.

"그래, 본문에 청하고 싶은 게 무엇이오?"

묵향은 피식 웃은 뒤 말했다.

"그런 것 없소. 또, 앞으로도 청할 일은 없을 거외다."

왠지 묵향의 말투가 마음에 들지 않은 장문인이었다. 안 그래도 전대 장문인의 부탁 때문에 억지로 한 가지 청을 들어주어야 한다는 것까지 자신이 양보를 했거늘, 그걸 옆에서 가만히 지켜본 후 그게 필요 없다니. 꼭 자신을 놀리는 것만 같았다. 그렇기에 장문인은 발끈해서 외쳤다.

"그건 무슨 말씀이오? 뭐든지 한 가지는 들어준다고 빈도가 말했잖소."

묵향은 고개를 가로저으며 말했다.

"그때, 내가 도장에게 한 가지 청을 들어 달라고 한 것은, 그 순간에 무당 장문인을 죽이지 않고 물러날 구실을 만들기 위해서였소. 그렇게 해야 함께 동행하고 있던 내 수하들을 납득시킬 수 있을 테고, 또 그 당시 본교의 교주였던 흑마대제(黑魔大帝)를 납득시킬 수 있었을 테니 말이오. 하지만 지금은 본좌가 교주요. 본좌는 그런 청 따위 안 해도 충분히 무당을 제어할 수 있소. 수틀리면 쓸어버리면 그만이니까. 이제 대답이 되었소?"

너무나도 광오한 묵향의 대답에 장문인은 기가 막힐 지경이었다.

"지, 지금 그 말 진정으로 하시는 말씀이오?"

얼굴이 시뻘개져서 따지는 장문인에게 묵향은 가소롭다는 듯 대꾸했다.

"왜? 본좌가 못할 것 같나? 본교에는 본좌 외에도 극마급 고수가 둘은 더 있다네. 그리고 헤아릴 수 없을 만큼 많은 고수들이 있지. 그럼 묻겠네. 무당에는 그 정도 세력이 있는가?"

당연히 있을 턱이 없다. 무당을 대표하는 유일한 화경급 고수는 지금 무림맹주가 되셔서 무림맹에 가 있는 것이다. 그리고 아무리 무당파의 세력이 강하다고는 해도 단일 문파로 마교에 대적할 수가 없었다.

그걸 잘 알고 있는 장문인이었기에 아무런 말도 못하고 가만히 서 있자 묵향은 음흉스런 미소를 지으며 이죽거렸다.

"화산파를 본좌가 어떻게 끝장냈는지 모르는 모양이군. 본좌에게 있어서 무당 하나 박살 내는 것은 손바닥 뒤집는 것보다 더 쉽다는 점을 명심해 주었으면 좋겠소이다. 알겠소?"

장문인은 얼굴색이 울그락불그락 변하는가 싶더니 치미는 화를 도저히 더 참지 못하고 밖으로 뛰쳐나가 버렸다. 어딘가 가서 화풀이라도 할 심산인 모양이다.

장문인이 나가고 난 후, 묵향은 언제 자신이 그랬냐는 듯 능청스럽게 장춘진인에게 말을 건넸다.

"그건 그렇고 그동안 세월이 많이 흐른 것 같소이다. 도장의 머리카락이 이렇듯 새하얗게 변한 것을 보면 말이오."

"허허, 모든 것은 자연의 이치를 따라 변하는 것. 빈도의 머리카락이 하얗게 변한 것이야 세월의 흐름에 순응한 것이 아니겠소."

말을 하다 잠시 멈춘 장춘진인은 부드러운 시선으로 묵향을 바라보며 다시 입을 열었다.

"빈도야 그렇다 치고 시주에게는 세월의 흐름조차 비켜 가는 듯하구려. 참으로 무림의 홍복(洪福)이 아닐 수 없소이다, 무량수불."

묵향은 무슨 소리냐는 듯 피식 웃으며 반박했다. 상대가 무림의 홍복이라고 치켜세우는 저의가 의심스러웠기 때문이다.

"본좌가 생존하고 있음이 복이라는 말은 도장에게 처음 듣소이다. 도장의 말씀을 무림맹의 떨거지들이 들으면 어떤 표정을 지을지 궁금하구료."

"허허, 그 무슨 겸양의 말씀을……. 무림의 정의를 지키기 위해 나선 시주에게 그 누가 그런 표정을 짓는다는 말이오. 빈도가 비록 힘없는 늙은 도인에 불과하나 절대 그런 일은 없을 것이라고 보장하오."

묵향은 그제서야 전대 장문인의 저의를 알겠다는 듯 고개를 끄덕이며 음흉스레 말했다.

"호오, 금군의 세력이 워낙 강성하다 보니 지금 본좌에게 아부를 하는 게요?"

그 말이 당치도 않다는 듯 장춘진인은 정색을 하며 대답했다.

"무슨 그런 말씀을. 천지만물의 모든 것이 흥하기도 하고 또 언젠가는 쇠하는 것이 바로 자연의 이치가 아니겠소. 비록 지금은 금의 세력이 융성하다 하나 그것이 세세토록 이어지지는 않을 것이 분명하오. 거기에 시주가 한팔 보태는 것뿐인데, 빈도가 왜 아부까지 한다는 말씀이시오?"

"참나, 자신의 말을 정당화시키기 위해 대립전화(對立轉化)의 법칙까지 들고 나오다니……."

장춘진인은 묵향의 말에 깜짝 놀라는 표정을 지으며 입을 열었다.

"허어, 어찌 심오한 도가의 사상까지 알고 계시다는 말씀이시오? 빈도 그저 놀라울 따름이오."

장춘진인이 놀랄 만도 했다. 대립전화의 법칙은 노자의 사상 중에서도 핵심을 이루는 사상으로 어지간히 도가 경전을 공부하지 않고서는 알기 힘든 용어였던 것이다. 그런데 극악무도의 대명사인 마교의 두목 묵향이 그 용어를 들먹이자 깜짝 놀라지 않을 수 없었다. 그 말은 묵향도 노자의 사상을 최소한 겉핥기에 불과할지라도 공부했었다는 말이 되니까.

하지만 다음에 이어진 묵향의 한마디에 장춘진인은 등골이 서늘해지는 느낌이었다.

"본좌보고 금군과 박 터지게 싸우라는 소리를 뭐 그렇게 어렵게 빙빙 돌려서 말하는지. 참내, 어이가 없어서."

애써 웃는 모습을 유지하고 있는 장춘진인은 묵향이 정말 만만히 볼 상대가 아님을 느낄 수 있었다.

마교 교주를 무당파에서 떼 놓겠다는 젊은이들의 야무진 꿈은 실현되지 않았다. 무당파를 나서는 인원의 수는 들어갈 때와 비교해서 하나도 더해지지도, 빠지지도 않았다. 하지만 아직까지 젊은이들은 교주와 헤어질 수 있다는 야무진 꿈을 놓은 것은 아니었다. 사실, 지금까지 그들이 지나 온 거리를 따져 본다면, 무당산을 지나고 나서 양양성까지는 지척이라고 봐도 무방할 정도였다.

'그래, 양양성에만 도착하면 우리는 해방이야. 거기에는 정파의 많은 원로 고수 분들이 계실 테고, 엄청난 수의 고수들도 있을 거야. 교주가 거기에서까지 절대로 깝죽거리지는 못할걸?'

모두 다 그런 생각으로 위안을 삼으며 양양성을 향해 나아가고 있는 것이다.

이때 황룡무제가 저 지평선을 가리키며 묵향에게 말했다.

"저기가 바로 양양성입니다. 아직까지 송군의 깃발이 나부끼고 있는 것을 보면 무사한 모양이군요."

"그런 것 같군."

다른 사람들은 이들의 대화를 이해할 수가 없었다. 황룡무제가 가리키는 곳을 봐도 보이는 것은 없었고, 아주 눈이 좋은 사람들이라야 겨우 양양성이 있다는 것 정도나 알 수 있었다. 그런데 그 위에 나부끼는 깃발이라니.

'저 둘은 저기서 뭔가를 봤다는 말인가?'

7룡4봉의 젊은이들은 저 두 사람이 얼마나 엄청난 고수인지 새삼 느낄 수 있었다.

진팔은 수련에 여념이 없었다. 그때 작은 깨우침을 얻은 이후 진팔은 더욱 수련에 매진하고 있었다. 머릿속에서는 모든 초식이 물 흐르듯 연결될 것만 같은데, 막상 실행을 해 보면 그게 안 되는 것이다. 애써 노력은 해 봤지만 초식이 뒤엉키거나 내력의 흐름이 불안하여 연결이 안 되는 것이다.

그래도 진팔은 포기하지 않았다. 조금만 더 하면 뭔가를 양손에 움켜쥘 수 있을 것만 같은데, 잡힐 듯 잡힐 듯 아무리 해도 되지 않는 것이다.

미친 듯이 수련하고 있는 진팔에게 소연이 다정한 목소리로 말했다.
"너무 무리하지 마라. 무공이란 자연스럽게 흘러야 하는 것, 그런 식으로 무리하게 초식을 연결하려고 하다 보면 오히려 몸을 상할 수도 있음이야."
진팔은 소연의 말에 한차례 심호흡을 한 뒤 천천히 몸을 세웠다.
"뭔가 될 것도 같은데, 그게 잘 안 되니 정말 안타까울 따름입니다, 사저."
소연은 빙그레 미소 지으며 말했다. 이미 그녀도 그 길을 가 봤기에 그게 얼마나 어려운지 잘 아는 것이다. 만약 초식같이 고정화되어 순서가 정해져 있는 것이라면 조언이라도 해 주련만, 이것은 그것이 아니었다. 그렇다 보니 초식의 틀을 깬 후의 몸놀림은 같은 천지문의 고수라도 큰 차이를 보이는 것이다. 그럴 수밖에 없는 것이 각자 초식을 깨는 와중에 깨달은 것이 다르니 어쩔 수 없는 현상이었다.
"조급해할 것 없다. 나도 네 마음 충분히 이해한단다. 마음은 앞서 가는데, 몸이 따라가지 못하니 정말 안타깝겠지. 하지만 무턱대고 도를 휘두른다면 몸만 상할 뿐이다. 시간을 두고 천천히 해 보거라. 초식의 틀을 완전히 깨는 것이 말처럼 쉬운 일은 아니니 말이다."
소연의 말이 채 끝나기도 전에 어디선가 구슬픈 금음이 들려오기 시작했다. 만통음제가 타는 금음이었다. 지음(知音)을 찾아 애절하게 흐르는 그의 선율은 너무나도 애달파서 듣는 이의 마음을 침울하게 만들었다. 그 때문에 병사들의 사기가 떨어진다며 악비 대장군이 제발 밤에는 금을 타지 말아 달라고 당부했지만, 전혀 지켜지지 않고 있었다.

"너무나도 슬픈 곡이로구나."

왠지 감상에 젖은 듯한 소연의 중얼거림에 진팔은 고개를 끄덕였다.

"저도 음(音)이라고는 잘 모르지만, 저 곡을 들으면 만통음제 어르신의 마음이 느껴지는 듯합니다. 누군가를 정말 그리워하시는 것처럼 아주 애절한 음률이라, 듣기에 참으로 안타깝군요."

어느새 소연의 눈가에는 살짝 이슬이 맺혀 있었다. 애절한 금음을 듣고 있자니 가슴 속에 고이 묻어 두었던 과거의 상처가 조금씩 파헤쳐지는 느낌이었던 것이다.

"그래, 누군가를 사랑하면서도 헤어져야 한다는 것은 너무나도 슬픈 일이야."

과거 소연은 장진(張瑨) 사형을 사모했었다. 하지만 그는 문주의 둘째딸과 결혼해 버렸다. 워낙 오랜 세월이 흘렀기에 벌써 잊어버렸다고 생각했었는데, 저 곡을 듣고 있으니 자꾸 그가 생각나는 것이다.

소연이 과거의 사랑을 생각하고 있을 때, 진팔은 그런 소연을 애절한 눈빛으로 바라보고 있었다. 진팔이 진정으로 사랑하는 첫사랑은 바로 눈앞에 서 있는 사저였으니 말이다. 사랑하는 사람을 앞에 두고 사랑한다는 말조차 하지 못하는 자신의 처지에 그는 가슴이 찢어지는 듯 아팠다. 하지만 진팔의 마음을 더욱 아프게 하는 건 그렇게도 사랑하는 사저가 가슴 아파 하며 눈물을 흘리고 있었기 때문이다.

멍하니 사저를 바라보던 진팔은 거칠게 머리를 흔든 뒤 입을 열었다. 뭔가 말하지 않으면 미쳐 버릴 것만 같았다.
 "어르신께서 그토록 그리워하시는 분을 꼭 만났으면 좋겠군요."

 한동안 양양성을 휘감고 돌던 애절한 금음이 어느 순간 들리지 않았다. 잠시 사저에 대한 안타까운 감정의 늪에 빠져 있던 진팔은 이를 악물고 연무장으로 걸어 나갔다. 미친 듯이 수련이라도 해야 사저에 대한 안타까운 감정을 잊을 수 있을 것만 같았기 때문이다. 천천히 팔 다리를 푼 뒤 다시 수련을 시작하려던 진팔은 갑자기 전신에 소름이 쫘악 끼치는 것을 느꼈다.
 '흐억!'
 이게 뭐란 말인가? 너무 쉬어서 몸이 차가워졌나? 그렇게 날씨가 차가워진 것도 아닌데 말이다. 그리고 소름과 함께 갑자기 떠오르는 이 기묘한 불안감은 또 뭐란 말인가. 한참 동안 수련에 마음을 집중하지 못한 진팔은 자신도 모르게 성문 쪽을 바라봤다. 마치 불안함의 근원이 그쪽에 있기라도 한 것처럼.

『〈묵향20 - 묵향의 귀환〉에서 계속』